大连外国语大学 2018 年度学科建设经费资助出版
2015 年辽宁省教育厅科学研究一般项目“城市化进程中的
20 世纪英国生态诗歌研究”（项目编号：W2015093）最终成果

城市化进程中的
20 世纪英国生态诗歌研究

姜慧玲　著

中国戏剧出版社
CHINA THEATRE PRESS

图书在版编目（CIP）数据

城市化进程中的20世纪英国生态诗歌研究 / 姜慧玲
著. — 北京：中国戏剧出版社，2019.4
ISBN 978-7-104-04772-8

Ⅰ. ①城… Ⅱ. ①姜… Ⅲ. ①诗歌研究－英国－20世
纪 Ⅳ. ① I561.072

中国版本图书馆CIP数据核字（2019）第051255号

城市化进程中的20世纪英国生态诗歌研究

责任编辑：王松林　张　霞
责任印制：冯志强

出版发行：中国戏剧出版社
出 版 人：樊国宾
社　　址：北京市西城区天宁寺前街2号国家音乐产业基地L座
邮　　编：100055
网　　址：www.theatrebook.cn
电　　话：010-63385980（总编室）
传　　真：010-63383910（发行部）

读者服务：010-63381560
邮购地址：北京市西城区天宁寺前街2号国家音乐产业基地L座

印　　刷：北京鑫海达印刷有限公司
开　　本：880mm×1230mm　1/32
印　　张：7.25
字　　数：170千字
版　　次：2019年4月　北京第1版第1次印刷
书　　号：978-7-104-04772-8
定　　价：48.00元

自 序

20 世纪的生态思潮是人类对自身文明体系全面反思的运动，文学的生态伦理批评兴起于欧美 20 世纪七八十年代，是一种研究“文学与物理环境之间关系”的文学批评理论；国内生态批评视角的外国文学研究兴起于 20 世纪末 21 世纪初，由于我国生态危机日益严峻，生态文明的重要性越来越受到重视，再加上源远流长的中国传统生态思想和中国田园诗歌传统，生态批评吸引了很多国内的批评家和学者。生态伦理学有很深的历史渊源，西方的生态伦理思想可追溯到古希腊时期，在文艺复兴时期的意大利、17—19 世纪的英国以及 20 世纪的美国逐渐发展和繁荣。西方生态伦理思想和中国传统生态思想有很多类似之处，如对动物的怜爱和同情、众生平等观和对人类中心主义的批判和儒家的恻隐之心、道家的类无贵贱、佛教的戒杀、放生和素食等如出一辙，并影响了中国当代生态伦理学的发展。因此，古今中外生态伦理思想不乏相通之处：遵循客观规律，节约有度，爱护动植物和大自然，珍惜生命，保护环境，以此维护生态平衡和可持续发展。

诗歌作为文学体裁的一大类别，源远流长，早期的英国浪漫主义自然诗歌中不乏生态意识，到了20世纪，这一传统得以延续，而且表现出鲜明的时代特征。美国诗人约翰·肖普托（John Shoptaw）在文章《为什么是生态诗歌》（“*Why Ecopoetry*”，2016）中指出“生态诗歌”是“描写自然受到了人类行为威胁的自然诗歌，旨在改变我们的思考、感受、生活和行为方式，它不是自然诗歌的简单替换，而是扩大了其内涵”[①]。从这个意义上说，英国生态诗歌萌芽于20世纪初托马斯·哈代的自然诗，兴起于20世纪二三十年代D. H. 劳伦斯的动植物书写诗歌，发展于50年代菲利普·拉金的战后英国风景诗和动物诗；繁荣于60—80年代泰德·休斯的动物诗和环保诗等，如上几位代表诗人批判人类中心主义，歌颂生命平等，倡导回归自然，重新正视人与自然的关系，表现出保护动物和环境的生态伦理思想，呈现出20世纪英国生态诗歌中生态伦理观的共同特征和流变趋势。

当前，在世界范围内生态危机持续加重，地球可持续发展危在旦夕的背景下，通过分析20世纪英国生态诗歌中生态伦理观的共同特征和发展态势，解析和借鉴古今中西方生态伦理思想，对我们树立正确的生态伦理观，改善动物保护现状，深刻反思人与自然以及生存环境的关系，推进世界范围内的生态文明建设有重要意义。这也和当代中国“坚持人与自然和谐共生、绿水青山就是金山银山、良好生态环境是最普惠的民生福祉、山水林田湖是生命共同体、用最严格制度最严密法治保护生态环境和共谋全球

① John Shoptaw, “Why Ecopoetry”. *Poetry*. Volume 1, 2016, pp.395–408.

生态建设”的指导思想相一致。人与环境的关系问题和生态伦理学的发展既具有深厚的中西方传统文化思想基础，也有关系到国计民生和可持续发展的深刻的现实意义，已成为世界范围内各研究领域关注的焦点。

因此，研究生态伦理视域下城市化进程中的20世纪英国生态诗歌，既是对文学、生态学和伦理学的跨学科综合性研究，又是促进在全球范围内人与环境和谐发展的必然要求。建构20世纪英国生态诗歌中生态伦理观的理论体系，将丰富国内20世纪英国生态诗歌研究，影响中国本土生态诗歌的创作和研究，实现中西生态伦理观的互补和共融，促进中西文学和文化交流，更是积极响应党的十九大的号召，为在世界范围内应对日益严峻的全球生态危机带来的挑战贡献一份力量。

近年来，有关对20世纪英国生态诗歌的研究渐多，这说明了生态问题在世界范围内日益受到关注，也显示了学界对诗人在工业文明时代对生命家园守望的关注。但是，当前国内外对20世纪英国生态诗歌研究只局限于个别诗人诗作生态思想的研究，对城市化进程中的英国生态诗歌的系统化研究则非常匮乏。本书将生态诗学理论与诗歌文本分析紧密结合，从诗人所处的社会现实背景、生态危机、生态传统和生态理想等方面进行分析，系统研究城市化进程中的20世纪英国生态诗歌的发展脉络、具体诗人诗作的生态思想比较，实现文化、文学和生态学的跨学科研究，将对城市化进程中的20世纪英国生态诗歌的系统研究具有开拓作用。

本书的主要内容包括以下四个方面：首先，从生态批评的视角探索城市化进程中的20世纪英国生态诗歌的发展历程，归纳出20世纪英国生态诗歌的发展轨迹；其次，比较分析城市化进程中的20世纪英国生态诗歌代表诗人诗作的生态思想，包括托马斯·哈代、D. H. 劳伦斯、菲利普·拉金、泰德·休斯等代表诗人的诗歌，其共同之处在于揭露和批判20世纪英国社会的自然生态危机和精神生态危机，以生态预警唤起人们的生态良知和生态责任，寻找生态诗歌的生态源头和传统，重新找回人类失落的家园，倡导人与自然和谐相处的诗意栖居方式；再次，通过分析诸位生态诗人所在特定历史时期和社会生态危机背景的相似之处和差异，比较20世纪英国代表诗人诗作中生态思想的异同：同表达人与自然和谐统一的共同生态理想，但表现手法和方式各不相同，由此得出城市化进程中英国生态诗歌发展的共同特征和流变趋势；最后，通过考察城市化进程中的20世纪英国生态诗歌在中国的译介和传播看其生态伦理观对中国生态诗歌创作的影响，从而形成中西文化的交互和共融，并应对全球生态危机的挑战。

本书的重点在于对城市化进程中的20世纪英国生态诗歌的发展脉络的把握以及通过比较分析得出生态诗歌发展的共同特征，纵观城市化进程中20世纪英国生态诗歌，哈代、劳伦斯、拉金和休斯等人的生态诗歌既注重对自然界中的动物和植物等实际生存状况的描述，关注它们在自然界和人类关系中的命运，倡导“众生平等观”，也注重揭露人类对生态环境的破坏，关注动植物与人及其生存环境的关系，可见城市化进程中的20世纪英国生态诗歌经历了从萌芽到发展、再到繁荣的过程，生态诗歌创作既源于浪漫的诗歌传统，又流露出真切的现实情怀，具有浓烈的时代特征和本土意识。对这些共同特征的把握和归纳对研究20世纪英国生态诗歌的整体性和独立性具有重要作用。

本书的创新之处在于联系20世纪英国代表生态诗歌创作的社会现实背景和诗人的个人经历比较诗人在表达共同生态理想方面表现手法和侧重点的异同，例如，在批判人类中心主义方面，哈代的乐观保守不同于拉金的绝望彻底；在表达人与自然最佳作用方面，劳伦斯关注众生平等，而休斯则更强调天人合一。几位代表诗人的诗作除蕴含上述一些共同伦理思想外，我们还可以发现哈代对拉金、劳伦斯对休斯的影响以及其诗歌创作的不同之处，呈现出人与动物、自然关系思考维度拓展、伦理理念递进的流变趋势，这对从整体上把握20世纪生态伦理观中人与动物和自然的关系，表达人与自然和谐共生的生态理想以及维持生态平衡和可持续发展的总体趋势具有重要意义。

目 录

contents

第一章
城市化进程中的20世纪英国生态诗歌概论

在如今全球化和现代化的时代背景下，科技发展和经济繁荣给人们带来前所未有的便利的同时，也给人类的生存带来严重的问题，甚至带来灾难。人对自然资源的掠夺、对动物的虐待都对人类的生存环境构成威胁，如全球变暖、沙尘暴肆虐、酸雨频降、淡水资源匮乏、物种濒临灭绝、海平面上升以及海洋污染甚至地震海啸时有发生。在此危机之下，人类终于认识到要改善人与自然的关系，为改善生态环境积极努力，如政府可持续发展政策的制定，经济决策家注重企业的社会责任，而在文学创作和研究方面，很多作家和人文学者也迫切发出自己的声音，通过自己的方式如文学创作或文学研究的生态学转向呼吁人类为改善环境做出努力，实现人与自然的和谐共处。

我们的环境到底出了什么问题？人与自然的关系为何发生了异化？人文学者可以为此做些什么？这些都是文学批评家聚焦的问题。文学作品来源于生活，代表人们对待生活的态度。人与自然的关系是一个在世界文学作品中被普遍表现的主题，人与自然的关系既有和谐的一面，如中国晋代陶渊明的自然诗歌和英国华兹华斯的自然诗歌，在这些诗歌中读者获得的大多是美的享受；也有对立和对抗的一面，如美国麦尔维尔的《大白鲸》和海明威的《老人与海》，在这些作品中主人公虽然顽强奋斗也难逃悲剧命运，可见在自然面前人类的渺小。然而，一般认为，生态批评兴起于西方批评界，尤其是英语国家，作为对更发达的现代化引起的若干问题的批判，这些问题在大量的作品中被表现出来。诚然，在中国作品中也有很多的生态元素，可以追溯到老庄的道家哲学思想，因此当 20 世纪 90 年代生态批评被引入中国以来就成了前沿文学批评理论。

在西方语境下，20 世纪八九十年代的生态批评家们尝试在现代化和全球化语境下对生态环境的改善做出自己的努力。面对自然资源被过度使用的现实，他们对自然有两种不同的态度：一种是亲近自然；一种是对自然进行控制并想方设法征服自然。无论我们遵循自然法则还是遵循自己的意愿，如果所采用的方式不当，就必定会受到自然的惩罚。这就代表着两种不同的自然伦理观：以人类为中心还是以地球为中心。在传统的人文学中，自然和地球服从于人的利益，而在生态批评中，这种人类中心主义的批评方法得到转向。具体来说，我们在利用自然资源时，也应该关注保护自然和环境，以实现可持续发展。然而人们不免会提出另一个问题：如果人类中心主义被解构，是否会出现地球中心主义或自然中心主义？如果此类情况发生，人类将处于何种地位？显然，生态批评家不反对人类美化自然的欲望，也不使人与自然处于二元对立的状态，但是他们会以自然本身的规律而非人类自身的意愿来做事情。再者，生态批评家们也不反对人道主义，而是把人类作为自然的一部分融于自然。他们从自然中来，也会最终到自然中去。从文学环境伦理的角度说，文学应该赞美自然与人类的和谐关系。

第一节　文学研究的生态学转向

根据马克思主义代表人物卢卡契的“社会反映论”，文学是社会的反映，20 世纪的生态思潮就是人类对自身文明体系全面反思的运动，兴起于欧美 20 世纪 70 年代后期和 80 年代初期的生态批评就是一种研究“文学与物理环境之间关系”[①]的文学批评理论。1974 年，美国学者约瑟夫・W. 密克尔（Joseph W. Meeker）出版专著《生存的悲剧：文学的生态学研究》，提出“文学的生态学”（literary ecology）这一术语，主张探讨文学“对人类与其他物种之间关系的揭示”[②]；1978 年，威廉・鲁克尔特（William Rueckert）在《衣阿华评论》当年冬季号上发表题为“文学与生态学：一次生态批评实验”的文章，提出将生态学和生态概念应用于文学[③]。1991 年，英国教授乔那森・贝特（Jonathan Bate）出版了他从生态学角度研究浪漫主义文学的专著《浪漫主义的生态学》，使用了“文学的生态批评”（literary ecocriticism）[④]这个术语，标志着英国生态文学研究的开端[⑤]。1992 年，“文学与环境研究会”（The

① Cheryll Glotfelty & Harold Fromm (ed.), *The Ecocriticism Reader—Landmarks in Literary Ecology*. Athens and London: The University of Georgia Press, 1996, p. xviii.

② Joseph W. Meeker, *The Comedy of Survival: Studies in Literary Ecology*, New York: Charles Scribner's Sons, 1974, pp.3–4.

③ Cheryll Glotfelty & Harold Fromm (ed.), *The Ecocriticism Reader—Landmarks in Literary Ecology*. Athens and London: The University of Georgia Press, 1996, pp.114–115.

④ Jonathan Bate, *Romantic Ecology: Wordsworth and the Environmental Tradition*, London: Routledge, 1991, p.11.

⑤ R. Kerridge & N. Sammells (ed.), *Writing the Environment: Ecocriticism and Literature*, London: Zed Books Ltd., 1998, p.9.

Association for the Study of Literature and Environment, ASLE）在美国内华达大学成立，现已成为一个国际性的生态文学研究的学术组织，在世界各地有会员千余人，在英国、日本还有分会，每两年举行一次年会，规模盛大。1995年，哈佛大学教授劳伦斯·布伊尔（Lawrence Buell）出版了专著《环境的想象：梭罗，自然书写和美国文化的构成》（*The Environmental Imagination: Thoteau, Nature Writing, and the Formation of American Culture*）；印第安纳大学教授帕特里克·墨菲（Patrick D. Murphy）主编了《文学与环境百科全书》（*ISLE: Interdisciplinary Studies in Literature and Environment*），被称为是生态文学研究的标志性成果[①]。1998年，由英国批评家克里治和塞梅尔斯（R. Kerridge & N. Sammells）主编的生态文学论文集《书写环境：生态批评和文学》（*Writing the Environment: Ecocriticism and Literature*）在伦敦出版，这是英国第一部生态批评论文集。近二十余年来，美国大学里有关生态文学或文学与环境的课程猛增，学生对生态学的兴趣越来越浓，很多研究生把博士论文选题定在文学与自然研究这一领域[②]，内华达大学可谓全美生态文学研究和教学中心，在那里，汇集着一批以生态文学为专业的教授、访问学者。美国的生态文学发展为三个阶段：第一阶段主要研究自然如何在文学中被表达；第二阶段是复原被忽视的自然写作，唤起其中的生态意识；生态文学批评的第三阶段则尝试理论上的创新，试图通过强调生态系统的

① 王诺：《欧美生态文学》，北京大学出版社2003年版，第19页。

② Steve Grant, "Finding Nature in Literature", *The Hartford Courant* 16 Dec. 1998, p.1.

概念，加强生态文学批评的理论建设，如生态女性主义和深层生态学等[①]。

国内生态批评视角的外国文学研究兴起于20世纪末21世纪初，由于我国生态危机日益严峻，生态文明的重要性越来越受到重视，再加上源远流长的儒、道、佛等中国传统生态思想和中国田园诗歌传统，生态批评吸引了很多国内的批评家和学者。对文学的生态批评的引入可追溯到1999年，王诺在其著作《外国文学：人类蕴含的发掘与寻思》中探讨了“外国文学里的人与自然”，从人与自然的角度初步梳理了外国文学作品；2001年，程虹发表了《寻归荒野》，虽然她没有使用“生态批评”或“生态文学”等术语，但其研究方法和一些观点与此后的生态批评相当近似；第一次使用“生态批评”这一中文术语的是在王宁教授选编并主持翻译的《新文学史Ⅰ》中包含了国际知名的文学研究期刊 *New Literary History* 1999年生态批评专辑的几篇文章，这是我国学界第一次翻译国外生态批评文献；2002年，王诺发表论文《生态批评：发展与渊源》(《文艺研究》第3期)和《蕾切尔·卡森的生态文学成就和生态哲学思想》(《国外文学》第2期)并出版专著《欧美生态文学》(北京大学出版社)，这是国内第一部生态批评视角的外国文学研究专著。在其后的十几年中，中国的生态研究呈现井喷趋势，中国学者翻译引进国外相关研究著述多部，发表学术专著二十多部，研究论文不计其数，从研究内容看，包括生态批评理论研究，生态审美及生态艺术特性研究、生态思想文化维度研究，其中生态思

① Cheryll Glotfelty & Harold Fromm (ed.), *The Ecocriticism Reader—Landmarks in Literary Ecology*. Athens and London: The University of Georgia Press, 1996, pp. xxiii–xxiv.

想维度研究是最突出的部分，研究者致力发掘生态智慧，揭示生态危机的思想文化根源，为人类走出生态危机提供路径；从研究对象看，既包括对20世纪60年代以来涌现的生态文学的研究，又包括对古往今来所有外国文学作家文学名著的研究，多是重新评价，揭示被忽视的美学价值，对反生态思想和人类中心主义的艺术展开批评。

第二节　生态伦理观的思想渊源和哲学基础

西方生态伦理思想有很深的历史渊源，可追溯到古希腊前苏格拉底时期。公元前6世纪，米利都学派唯物主义哲学家阿那克西曼德（Anaximander）认为自然和人类社会都由规则统治，一切破坏自然平衡的东西都不会持久；赫拉克利特（Heraclitus）的“逻各斯”思想影响深远，他著有《论自然》一书，认为有序的宇宙对万物都是相同的；毕达哥拉斯（Pythagoras）被认为是“西方传统上第一个反对虐待动物的人”，他指出：“只要人还在残酷地毁灭低等生命，他就绝不会懂得健康与和平”[1]；犬儒学派代表人物第欧根尼（Diogenes）强调禁欲主义，号召人们恢复简朴自然的理想状态生活；古罗马的老普林尼（Pliny the Elder）著有《自然史》一书，是一部包罗自然万象的学术著作。西方哲学的另一传统是人类中心主义，在《圣经·创世纪》中，上帝按照自己的形象造人，使之成为“万兽之主”并“征服地球”[2]，亚里士多德和后来的

① Peter Marshall, *Nature's Web: Rethinking Our Place on Earth*, New York: Paragon House, 1992, p.70.

② *Genesis* 1: 26, 28.

笛卡儿和康德都是人类中心主义的支持者，然而文艺复兴时期哥白尼提出“日心说”，对人类中心主义进行了公然的反击；人文主义学者安德烈亚·切萨尔皮诺（Andrea Cesalpino）指出“自然界中没有令人唾弃的东西，就连最渺小的生物也有自己的神圣价值”[①]；列奥纳多·达·芬奇（Leonardo da Vinci）也抨击人类蹂躏自然的暴行：“人类真不愧为百兽之王，因为他的残暴超过一切野兽”[②]。17世纪英国哲学家约翰·洛克（John Locke）崇尚自由主义，他对人类迫害低等动物进行了批判。法国18世纪哲学家让·雅克·卢梭（Jean-Jacques Rousseau）在晚年著作《孤独漫步者的遐想》(*Reveries of the Solitary Walker*)(1982)中表达了热爱大自然的思想，指出自然环境为健康生活所必需。英国现代功利主义奠基人杰里米·边沁（Jeremy Bentham）是一位动物权利的宣扬者，他论说动物的痛苦和人的痛苦并无本质差异，用功利主义原则为动物权利辩护，认为只要制造出痛苦就是不道德的。19世纪英国的威廉·华兹华斯（William Wordsworth）和美国的亨利·戴维·梭罗(Henry David Thoreau)的文学作品都充斥着生态思想，华兹华斯认为自然是快乐的源泉，对自然的破坏将会受到惩罚；梭罗崇尚简朴生活，反对破坏荒野，认为人是自然的一部分。

1859年，达尔文《物种起源》的出版具有里程碑的意义，他的自然选择、适者生存和进化论说是对人类中心主义的有力批判，影响巨大而深远，如20世纪阿尔贝特·史

① 参见王诺:《欧美生态文学》，北京大学出版社2003年版，第27页。

② Wynne Tyson, *The Extended Circle*, New York: Paragon House, 1989, p.65.

怀泽（Albert Schweitzer）的敬畏生命理论、彼得·辛格（Peter Singer）的动物解放论、H.S.塞尔特（H. S. Salt）和汤姆·雷根（Tom Regan）的动物权利论、保罗·泰勒（Paul Taylor）的生物中心论等非人类中心主义动物伦理思想，极大拓展了人类的伦理视角。此外，20世纪美国学者把道德原则扩大到人与自然的整体关系。被誉为“生态伦理之父”的美国生态伦理学者奥尔多·利奥波德（Aldo Leopold）在《沙乡年鉴》（*A Sand County Almanac*）（1949）中阐述了大地伦理思想，倡导整体主义的伦理观，认为个体是相互依存的共同体成员，扩大了共同体的界限，包含土壤、水、植物和动物，将之合称为大地，他认为“凡是保存生命共同体的完整、稳定和美丽的事都是对的，否则都是错的”[①]；蕾切尔·卡森（Rachel Carson）在1962年出版了《寂静的春天》（*Silent Spring*），反对使用杀虫剂，倡导保护环境；“深层生态学”提出者、挪威著名哲学家阿伦·奈斯（Arne Naess）提出了生物圈平等主义和自我实现论，认为生物圈中所有生物都有生存和繁荣的平等权利，人是更大整体的一部分，人的本性是由人与他人及自然界中其他存在物的关系决定的；霍姆斯·罗尔斯顿（Holmes Rolston）继承了利奥波德的大地伦理思想，提出自然客观内在价值论，其生态伦理涉及了对待动物以及一切生命体的伦理态度，强调把“不破坏生态系统的稳定和动态平衡、保护物种的多样性作为最基本的价值判断标准，把生态的整体利益当作最高利益和终级目的”[②]；这种

① ［美］奥尔多·利奥波德：《沙乡年鉴》，侯文蕙译，吉林人民出版社1996年版，第262页。

② ［美］霍姆斯·罗尔斯顿：《环境伦理学》，杨通进译，中国社会科学出版社2000年版，第48页。

生态整体观与中国道家“道法自然”、“天人合一”的生态伦理思想相契合，以崇尚远离尘世的自然田园生活为生态理想，旨在建构完整的人类生态家园。

古今西方丰富的生态伦理思想和中国传统生态思想有很多类似之处，如对动物的怜爱和同情、众生平等观和对人类中心主义的批判和儒家的恻隐之心、道家的类无贵贱、佛教的戒杀、放生和素食等如出一辙。中国儒家的生态伦理思想还包括孔子“知命畏天”的生态伦理意识、“乐山乐水”的生命伦理情怀以及“弋不射宿”的生态资源节用观，孟子“仁民而爱物”的生态爱护意识和荀子“天行有常”的生态伦理意识[①]；道家的生态伦理思想包括老子“道法自然”的生态平等观、“天网恢恢”的生态整体观和“知常曰明”的生态保护观，庄子“至德之世”的生态道德理想、“物我同一”的生态伦理情怀和“万物不伤”的生态爱护观念[②]。可见古今中外生态伦理思想的相通之处：遵循客观规律，节约有度，爱护动植物和大自然，珍惜生命，保护环境，以此维护生态平衡和可持续发展。不可否认的是，随着现代社会科技的发展和人口的膨胀，新的环境问题不断出现，中西方生态伦理观在如上相通的总体原则基础上也注入了现代元素，纳入了新的内涵，因此，环保的具体做法应随之与时俱进，如节约用电、绿色出行、反对使用杀虫剂和保护物种多样化等；而且，环境保护不仅靠个人从身边日常生活的小事做起，也应该提升到国家和社会发展的战略高度上来，纳入各国国家战略发展方案中，形成世界范围内的一种合力。

---

① 任俊华、刘晓华：《环境伦理的文化阐释——中国古代生态智慧思考》，湖南师范大学出版社 2004 年版，第 166—176 页。

② 同上书，第 217—223 页。

第三节　20世纪英国生态诗歌的内涵和研究现状

任何一种文学的发展，都与历史、政治、经济、伦理文化、自然环境等时代背景密不可分。西方现代社会发端于意大利的文艺复兴时期，“科学技术摧毁了死板的经院哲学体系”[①]，为接下来的世界做了思想解放的历史准备。哥白尼于1543年发表了《天体回转论》，提出了“日心说”；在开普勒的“运动三定律”和伽利略的“力学”定律的基础上，牛顿提出“万有引力”学说；蒸汽机的利用取代了手工劳动；各种自然资源的开采和钢铁的冶炼使得科学技术取得了飞跃……科学技术的发展最终导致了西方世界的工业革命。在第一次工业革命的100年里，英国已经从一个以农业和手工业为主的国家一跃成为“世界工厂”。机器取代了手工生产，机械工厂代替了手工作坊。工业所需要的劳动力通过大规模的“圈地运动”来获得，为了获得纺织业需要的羊毛，农民被赶出自己的土地，大量的农田变成了牧场，“大批的农民被剥夺了生产资料和生活资料，沦为流浪者和乞丐”[②]。这样，工业革命一方面使英国的经济有了巨大的发展；另一方面，煤炭的使用使得伦敦上空雾气笼罩，森林和田野的宁静被隆隆的火车和机器的马达声所破坏，英国变成了弥尔顿笔下的“失乐园”[③]。与此同时，英国的社会结构也发生了变化，“英国成

① ［英］伯特兰·罗素:《西方哲学史》(下卷)，马元德译，商务印书馆2002年版，第14页。

② 刘淑兰:《英国产业革命史》，吉林人民出版社1982年版，第8页。

③ 苗福光:《生态批评视角下的劳伦斯》，上海大学出版社2007年版，第34页。

了一个城市国家，中世纪那种田园般的农业社会被一个发达的工业社会所取代”[①]。再者，达尔文的进化论认为一切生物都是进化而来，否认了人高高在上的地位。在这样的社会历史背景下，哈代开始在他的诗歌中关注动物的不幸遭遇，控诉人类中心主义；劳伦斯在他的诗歌创作中倡导“众生平等”，歌颂野生动物的自由生活状态。而拉金和休斯创作的时间已是二战之后，两次世界大战使英国遭到重创，昔日的英国风景正在逝去，英国人的心态也更加低调务实，人类开始反思批判自身行为带来的恶果，并呼吁保护濒危野生动物和维护生态系统平衡，这正是拉金和休斯为寻求人类与其他动物以及自然之间和谐生态关系所做出的努力。

现代工业文明之初的英国浪漫主义文学经典是人类开始反思生态危机和人性危机的最初尝试，M. H. 艾布拉姆斯（M. H. Abrams）在《镜与灯》中认为浪漫主义对个人情感和自由的强调是对“非人化的工业和商业社会的抗议和尊严，它面对大众的奴性（mass conformity）勇敢地坚守着个人的价值和尊严”[②]。英国著名生态批评学者乔纳森·贝特认为华兹华斯等浪漫主义诗人对自然的兴趣是关于人类生存的（vital）和生态的（ecological），“华兹华斯是我们第一个真正的生态诗人”[③]，“当我们正为改变环境做出努力时，其实华兹华斯早已走在了我们前面”[④]。

① 王觉非主编：《近代英国史》，南京大学出版社 1997 年版，第 260 页。

② M. H. Abrams, *The Mirror and the Lamp: Romantic Theory and the Critical Tradition*, Oxford: Oxford University Press, 1971, p.334.

③ Jonathan Bate, *Romantic Ecology*, London & New York: Routledge, 1991, Preface.

④ Ibid, p.5.

我国学者丁宏为认为华兹华斯“对现代大都市之状况有亲身体验，耳闻目睹了法国共和派的各种言行，身历欧洲各种战乱气氛，并在此间游历了西欧各国的名胜古迹，这一切加在一起，构成华兹华斯的诗人资本”[①]。学者鲁春芳认为浪漫主义诗歌对“情感”、“想象力”的强调，对“自由”、“正义”的呼唤，对“自然”、“和谐”的颂扬“印证了英国浪漫主义诗人热爱自由与和谐、注重物质生态与精神生态的哲学思想，昭示着英国浪漫主义诗人们的生态伦理价值观”[②]。英国浪漫主义诗歌中的生态思想直接影响了后来的托马斯·哈代、D. H. 劳伦斯、菲利普·拉金、泰德·休斯等生态诗人的生态诗歌创作和生态伦理思想。

诗歌作为文学体裁的一大类别，源远流长，早期的英国浪漫主义自然诗歌中不乏生态意识，到了20世纪，这一传统得以延续，而且表现出鲜明的时代特征。美国诗人约翰·肖普托在文章《为什么是生态诗歌》（2016）中指出“生态诗歌”是“描写自然受到了人类行为威胁的自然诗歌，旨在改变我们的思考、感受、生活和行为方式，它不是自然诗歌的简单替换，而是扩大了其内涵”。从这个意义上说，英国生态诗歌萌芽于托马斯·哈代（Thomas Hardy）的自然诗，哈代擅长写英格兰乡村的景色和鸟类等动物，他的《捕鸟人之子》《一包包的肉》等诗从罹难的动物身上看到人类的无情，从而鞭挞了人类中心主义；D.H. 劳伦斯（D. H. Lawrence）在他的动物诗歌中表达了“众生平等”的观点；到了20世纪中期，菲利普·拉金

① 丁宏为:《理念与悲曲——华兹华斯后革命之变》，北京大学出版社2002年版，第63—64页。

② 鲁春芳:《神圣自然：英国浪漫主义诗歌的生态伦理思想》，浙江大学出版社2009年版，第4页。

（Philip Larkin）在《降灵节婚礼》中表现了战争和工业化对英国风景的摧残，《在草地上》《铁丝网》等诗都对动物的悲惨遭遇表示同情；而60年代后期的泰德·休斯（Ted Hughes）促进了生态诗歌的繁荣，他在早期诗作如《雨中鹰》《牧神集》中刻画了野生动物的力与美，中后期诗作倡导回归自然，重新正视人与自然的关系，表现出环境保护的生态意识。以如上诗人为代表研究20世纪英国生态诗歌，可见20世纪英国生态诗歌中生态伦理观的发展轨迹和流变过程，这对中国生态文学的发展尤其是当代生态诗歌具有借鉴意义，对在全球范围内应对当今生态环境不断恶化的挑战、提出可持续发展的战略思想以及化解当今日益严峻的生态危机具有借鉴意义。

国内外对20世纪英国生态诗歌的研究是文学生态批评的重要组成部分，以哈代、劳伦斯、拉金和休斯的生态诗歌为例，国外关于20世纪英国生态诗歌的研究主要在个体诗人的文本生态思想分析方面，如唐纳德·戴维（Donald Davie）提及了拉金对工业革命后英国风景的关注[①]，莱奥纳多·M.斯齐盖济（Leonard M. Scigaj）指出休斯写生态诗歌旨在呼吁人类尊重自然、关爱自然，重建与自然的和谐关系[②]；詹姆斯·布斯（James Booth）把拉金与休斯的有关动物的诗篇加以比较，探讨两位诗人的动物诗歌的不同之处[③]；约翰·费尔斯迪那（John Felstiner）

---

① Donald Davie, *Thomas Hardy and British Poetry*, New York: Oxford University Press, 1972.

② Leonard M. Scigaj, "Ted Hughes and Ecology: A Biocentric Vision", *The Challenge of Ted Hughes*, ed. Keith Sagar, New York: St. Martin's Press, 1994, pp.160–180.

③ James Booth, "Larkin as Animal Poet". *About Larkin* 2006 (22), pp.11–22.

从生态批评的视角探讨了劳伦斯在意大利的陶米纳和美国墨西哥的陶斯创作的动物诗歌[①]；凯斯·萨格尔（Keith Sagar）在从生态批评视角研究休斯的著作《泰德·休斯和自然："恐怖和欢欣"》中认为休斯自20世纪60年代后期开始用生态视角写诗就与他所受的道教文化影响密不可分[②]。国内关于20世纪英国生态诗歌的研究主要集中在生态诗学发展史方面和生态诗歌文本分析方面，如李美华在专著第五章中探讨了20世纪英国诗人巴兹尔·邦廷（Basil Bunting）、威斯坦·休·奥登（Wystan Hugh Auden）、拉金、休斯和麦克·朗利（Michael Longley）诗歌中的生态思想和生态意识[③]；颜学军探讨了哈代的自然诗中的生态意识，尤其指出其对人类残忍对待动物的控诉[④]；苗福光在其专著中分析了劳伦斯作品中的自然、社会与生态思想[⑤]；闫建华在《绿到深处的黑色：劳伦斯诗歌中的生态视野》中分析了劳伦斯诗歌中的生态视野[⑥]；吕爱晶撰文探讨了拉金诗歌中的生态思想、精神生态危机和诗意生

---

① John Felstiner, *Can Poetry Save the Earth: A Field Guide to Nature Poems*, New York: Yale University Press, 2009.

② Keith Sagar, *Ted Hughes and Nature: "Terror and Exultation"*, Peterborough: Fast-Print Publishing, 2010.

③ 李美华:《英国生态文学》，学林出版社2008年版，第206—222页。

④ 颜学军:《哈代诗歌研究》，人民文学出版社2006年版，第67页。

⑤ 苗福光:《生态批评视角下的劳伦斯》，上海大学出版社2007年版。

⑥ 闫建华:《绿到深处的黑色：劳伦斯诗歌中的生态视野》，中国社会科学出版社2013年版。

存向往[1]；陈红的《特德·休斯诗歌研究》[2]和凌喆的《特德·休斯诗学研究》[3]分别梳理了休斯的诗歌和诗学。可见目前国内外对20世纪英国生态诗歌的研究多着眼于生态诗学理论研究和单个诗人诗作的文本研究，而没有把20世纪英国生态诗歌作为一个整体单元进行纵向发展脉络研究和横向具体诗人诗作生态思想的比较解读，因此这一领域有待进一步开拓。

① 吕爱晶:《寻找英国的花园——菲利浦·拉金诗歌中的生态意识》,《外国语文》2010年第8期，第16—20页。

② 陈红:《特德·休斯诗歌研究》，华中师范大学出版社2014年版。

③ 凌喆:《特德·休斯诗学研究》，浙江大学出版社2016年版。

第二章 托马斯·哈代诗歌中的生态伦理观

作为诗人的托马斯·哈代（Thomas Hardy，1840—1928）开拓了 20 世纪的英国文学。哈代是英国传统的乡村生活、乡土文化的最后代言人，长期的乡村生活使他与大自然亲密接触，感觉细腻敏锐，他善于从自然万物中攫取人们熟悉的事物作为诗歌意象，并运用令人瞠目结舌的生动性将其描述出来。达尔文的进化论对哈代有巨大的影响，他这样论述达尔文进化论的意义："确立物种共同起源的学说的最深远的影响是在道德领域……把所谓'金规律'从只适用于人类调整到整个动物王国"[①]。哈代的生态整体观在其动物书写诗歌中得到最充分的体现，如《关在鸟笼的金丝雀》（"*The Caged Goldfinch*"）、《被刺瞎双眼的鸟》（"*The Blinded Bird*"）、《供捕猎的鸟的困惑》（"*The Puzzled Game Bird*"）和《一包包的肉》（"*Bags of Meat*"）等从罹难的动物身上看到人类的无情，从而表达了保护动物的生态意识。他的自然诗歌充满了对家乡的热爱和浓厚的乡土精神，而他的动物书写诗歌则表现了对动物处境的忧虑，对人类中心主义的控诉，以及对人与动物和谐共处的生态理想的追求。哈代曾两次列出对他思想产生过重大

① E.H. Florence, *The Life of Thomas Hardy*, 1840–1942, London: Macmillan Publishers Ltd., 1962, p.349.

影响的人物名单，在这份名单中，达尔文被置于首位[1]。达尔文的进化论对哈代有巨大的影响，其核心观点是，人与其他生物有密切的关系，人类与其他生物有着生物意义上的共同的根。它推动哈代把人类的伦理扩大到所有生物，把人类的关怀扩大到所有生命。

“生态伦理学”是20世纪初期兴起的一种新型伦理学，把人与人、人与社会的传统伦理关系扩大到人与自然环境的关系之上，其核心在于伦理学的“道德批判问题”。随着工业化和城市化在英国的开展，人类生存环境遭到严重的破坏；在走向工业文明时代的过程中，人类在获取物质利益和破坏生态环境的同时，也经历着深层次的精神危机，如道德的下滑和人性的扭曲等。作为英国维多利亚时代的亲历者，哈代大部分时间在以农耕为主、风景优美的多塞特郡乡村度过，乡村生活使他对大自然和动物充满热爱，随着城市文明对乡村生活的取代，他不仅看到了人类对自然环境的破坏，而且看到了人类精神环境的日趋失衡。

第一节　哈代的自然生态观

在哈代的自然诗歌中，哈代酷爱自然，渴求人与自然万物能够和谐共处，将对自然生态的思考与人类的终极幸福融合在一起，形成了蕴涵丰富生态意识的自然观。哈代赋予动物以主体性，将动物视为有情、有智的道德主体。

---

① 陶久胜:《体验自然的伤残，呼吁整体的和谐——哈代自然诗歌生态思想揭示》,《重庆邮电学院学报》(社会科学版) 2005年第5期，第725页。

在诗歌中，他把人类的伦理扩大到动物。他不仅对动物充满了悲悯意识，还对人类对动物的残害行为进行了尖锐的批判，他所憧憬的是人与动物的和谐统一，这显示了他作为生态意识者与人文主义者的深刻性。

一、对自然生态的忧虑，对动物的怜悯

19世纪下半叶以来，整个西方世界危机四伏：工业文明高速发展，传统的宗法制农业经济向资本主义过渡转型，宁静的田野被机器轰轰的工厂所吞没，随着城市化的进程，自然遭到了人类肆意的开发和破坏，诗人所崇尚的人与自然的和谐已荡然无存[①]。在《伐木》（"*Throwing a Tree*"）一诗中，哈代细致刻画了两个伐木者的伐树过程，人被称为伐树的"执行者"（executioner），揭示了人类的无情和凶残的本性，叹息和控诉了人类破坏自然的残忍行为。因此哈代笔下的自然时而充满了生机和梦幻，时而充斥着萧瑟和残酷，很多自然诗中充斥着这样的意象：萧瑟的晚秋、凄凉的寒冬、枯萎的花朵、苍莽的天空和充满杀戮的密林等，这无不显示出诗人在城市化进程中对自然的忧虑。

哈代的动物书写诗歌的基调也常常是忧郁的，表达了对动物处境的忧虑。哈代擅长写鸟类，《关在鸟笼的金翅雀》一诗表现了哈代对遭遗弃的金翅雀的忧虑：

在教堂墓地的新坟上，
我看到一只鸟笼，

---

① 韩利敏、梁晓东：《托马斯·哈代：一位悲戚而刚毅的诗人——哈代诗歌的生态批评解读》，《河北北方学院学报》2011年第12期，第27页。

关着一只金翅雀，四周没有声响，
除了它在笼里不停地跳动。
在它若有所思的眼里带着疑问，
它也一度试图把歌唱，
是谁把它遗弃在新坟，
没有人知道为什么会这样。[1]

在这首诗里，哈代描写了一只金翅雀遭遗弃的情景，表达了对金翅雀处境的忧虑和哀愁。如果说金翅雀的处境艰难，那么《被刺瞎双眼的鸟》中的盲鸟的命运就更加凄惨了，因为它在不会飞行的时候，就被人用“热红的针”刺瞎了双眼，它只有在“永恒的黑暗”中忍受煎熬，然而虽然生存痛苦，它却没有放弃生存意志：

谁具有慈善的品质？这一只鸟。
谁生性善良，却遭受着无尽的痛苦？
谁双目失明，生活的环境犹如坟墓，
却从来不急不躁，
谁憧憬未来，默默忍受着生活的一切，
不为邪恶环境烦恼，高唱生活的欢歌？
谁具有天使般的品质？这一只鸟。[2]

哈代赋予了鸟以坚强的人格特征，更表达出对鸟的生存困境的怜悯与同情，同时可见哈代动物诗歌创作的另一个主旨是谴责人类对动物的摧残，呼吁人们以仁慈之心来对待动物。

---

① ［英］托马斯·哈代：《梦幻时刻——哈代抒情诗选》，飞白、吴笛译，中国文联出版社1992年版，第43页。

② 同上书，第192页。

二、对人类中心主义的悲愤与控诉

在《供捕猎的鸟的困惑》中，哈代从鸟的视角揭示了人的残酷。令“供捕猎的鸟”困惑和恐惧的是，它的人类朋友突然一反往日的温情和善良，表现出极端的残酷，诗句“他们不是过去给我们食物的那些人”在第四行和第七行重复，这种重复深刻地揭示了鸟的天真无邪和人的伪善欺诈，表达了哈代对人类残酷无情的恐惧感和厌恶感。哈代对人类中心主义的愤怒之情在《一包包的肉》一诗中得到极大的宣泄：

> 一个个被驱赶进来的“畜生”
> 以惊异和责备的目光，
> 向周围的买主张望。
> 它们也曾双目圆睁
> 怒视曾被它们当作亲人的骗子，
> 这些人如此怪异，冷酷，贪婪，卑鄙，
> 把它们带入险恶之地
> 它们要么死在屠夫刀下，
> 要么被农夫套上犁铧。
> 若被屠夫买走，它们会被赶离交易场，
> 可以想象，它们准会泪流满面，心中哀伤。

在《赴前线的战马》（“*Horse Abroad*”）中，哈代则把同情的目光投向了战马：“这些是一匹匹战马，/ 即将向远方战场出发；/ 但是，它们左看右看，还是不知在哪。/ 在凄凉、阴森的荒原，/ 它们变成白骨，用不了一年，/ 最终，被当作战争废品一件。”在《捕鸟人之子》（“*The Bird's Catcher's Son*”）一诗中，哈代表达了人类对动物持有的两种截然相反的态度，弗雷德象征着人性中的善良和天真，而他的父亲则象征着残忍和世故：

“爸爸，我害怕你的行为，
这种交易很不正当！
把小小的云雀捕捉起来，
变成一个个终生的囚徒，
云雀伤痕累累，在狱中流血，
它们试图远走高飞；
每只关在笼里的夜莺
很快会死亡或憔悴。”
“好一个傻瓜，我的孩子！
鸟雀就是任逮任捕，
干这种行当是我的命运，
而你则是接受教育。”①

弗雷德不但没有说服父亲，反而要“接受教育”，这说明人类要与动物保持和谐的关系阻力重重，这一理想的实现任重而道远。

三、对人与自然和谐统一理想的追求

在哈代看来，动物是作为生态共同体的一分子存在，人与动物、自然是和谐统一的，其生态伦理观沉淀着他对生态万物的思考以及广阔而深沉的伦理关怀。在《郊外白雪》（“*Snow in the Suburbs*”）的最后一节中，哈代做了这样的书写：“台阶是变白的斜坡，/一只黑猫身材瘦弱，/它

① ［英］托马斯·哈代：《哈代文集》，刘新民译，人民文学出版社2004年版，第825页。

睁大眼睛，渺茫地向上攀登，/ 于是我们把它接入屋中”[①]。在这里，人与黑猫同时出现在画面中，从而建立了人与动物的联系，也表达了诗人对动物的仁慈和对“迷途”的动物的同情。在《黑暗中的鸫鸟》（“*The Darkling Thrush*”）一诗中，前两节诗人描写了一个荒凉、凄惨冷漠的树丛，“大地上每个灵魂与我一同 / 似乎都已丧失热情”，然而在第三节出现了希望之声：

> 突然间，头顶上有个声音
> 在细枝萧瑟间升起，
> 一曲黄昏之歌满腔热情
> 唱出了无限欣喜，——
> 这是一只鸫鸟，瘦弱、老衰，
> 羽毛被陈风吹乱，
> 却决心把它的心灵敞开，
> 倾泻向浓浓的黑暗。[②]

在苍茫凄怆的世界上，有别于诗中“我”的悲凉心情，鸫鸟唱出了一曲无限欢欣的黄昏之歌，显示了它面对大自然苦难的坚强乐观精神[③]。哈代想表达的意思是，人类应该从鸫鸟身上学到一种刚毅而顽强的生存意志，同时也有义务和责任来拯救生态危机，并对人与动物的和谐统一充满信心。

不难发现，在哈代的诗歌中始终贯穿着人与自然合二为一的和谐生态理想。哈代的《在林中》（“*In the Wood*”）

---

① ［英］托马斯·哈代：《梦幻时刻——哈代抒情诗选》，飞白、吴笛译，中国文联出版社1992年版，第193页。

② 飞白译。

③ 张炳飞：《论哈代的自然观——由哈代诗歌的鸟意象谈起》，《绍兴文理学院学报》2005年第6期，第70页。

表现了城市和乡村生活的矛盾以及脱离城市、回归自然的美好愿望："残缺的心，跛足的灵魂，/ 在城市沉闷压抑，/ 我走进一片森林，/ 幻想林间的寂静，/……/ 大自然是温和的慰藉"[1]。可见，城市生活让诗人感到残缺和压抑，而只有在森林中投身自然的怀抱，才能找到慰藉，阅读此诗可以充分体验到在广袤无垠的时空中人与自然合二为一的感觉，人与自然合二为一成为哈代向往和追求的人生境界。无独有偶，在《威塞克斯高地》（"*Wessex Heights*"）中哈代也描写了这种天人合一的理想境界：

> 威塞克斯有些高地，好像被仁慈的妙手所制作，
> 供人思索、梦想、渴望。
> 当我站在险峻之处，
> 即东面的英格彭灯塔，或西面的威尔斯岩颈，
> 我觉得这是我生前的所在之地，和死后的归宿。[2]

在这首诗中，一位孤独的诗人和一片沉默的高地水乳交融地融为一体，在高地上，诗人沉浸在自然中"思索、梦想、渴望"，"东面的英格彭灯塔，或西面的威尔斯岩颈"代表着城市，是与自然对立的险峻之处，体现了现代都市文明和尘世的喧嚣和嘈杂，它们使诗人抑郁苦闷，惊悸不宁；而"威塞克斯高地"则是自然的象征，它幽深静谧、恬静舒适，诗人与"高地"是那么和谐默契而又温情相依，此处表达了哈代愿意"生于斯、死于斯"，与自然合二为一的生态理想。

---

① 聂珍钊:《悲戚而刚毅的艺术家》，华中师范大学出版社1992年版，第114页。

② ［英］托马斯·哈代:《哈代文集》，刘新民译，人民文学出版社2004年版，第92页。

第二节　哈代的社会生态观

随着城市化进程的加快，人类对于物质无休止的追求不但破坏了人与自然的和谐之美，而且导致了社会生态的失衡，人与人之间的关系异化，人世间充满了冷漠、暴力和血腥。哈代珍视人性中的善良、信任和同情，痛恨破坏美好人际关系的各种罪恶，所以他对摧残人类生命的战争深恶痛绝，对摧残纯真爱情和真诚友情的世俗道德观和虚伪宗教观鄙视抨击，对城市化进程中人与人关系的异化叹息感慨，哈代的社会生态观是其自然生态观在社会和人际关系中的进一步深化。

一、对战争深恶痛绝

哈代一生经历过普法战争、南非战争和第一次世界大战，战争摧残了人类的真善美，使人与人之间变得冷漠残酷，于是哈代写下了大量的战争诗来抨击它给人类带来的无尽灾难。一轮又一轮的战争反复碾压每一寸土地，英布战争把《鼓手霍吉》（“*Drummer Hodge*”）中的霍吉从卡斯特桥附近一个村庄推向前线，在尚未听懂对手话语之前，霍吉便永坠死亡的深渊。“他们把霍吉扔进坑里，/ 不用棺材——也未加装殓：/ 一抔土丘是他的标志 / 独自兀立在南非平原”[①]。对于霍吉一样质朴的乡下人，锄头和田地是他们的根基，而战争迫使他们扛起刀枪，远赴沙场，并最终战死异乡。战争夺去人们的生命，粉碎无数和睦的家

---

① ［英］托马斯·哈代:《哈代文集》，刘新民译，人民文学出版社2004年版，第41页。

庭，给整个人类带来巨大创伤[1]。

哈代多采用普通人的视角，冷静、客观地描写战争中小人物的心理和经历，以揭示战争给普通人内心带来的灾难性后果，进而对战争进行反思。《在伦敦的妻子》（"*A Wife in London*"）通篇描述都很平淡，对丈夫阵亡的描写只有一句"他倒在了南方的大地上"，没有对战争场面的描写，也没有对牺牲进行描述，仅这淡淡一句就将战争的后果带到了远在伦敦的妻子身边，引起读者的无数想象，从而体会到战争对人的伤害。

随着战争的爆发，哈代对人类对生存状况感到极大的担忧，他发现战争并没有让人类变得更仁慈，相反更加冷漠无情。通过战争的反思，哈代认为荒诞的、邪恶的战争对人类的生存状况恶化有一定的责任。哈代在为"一战"停战协议的签署而作的《战后的平静》（"*And There Was a Great Calm*"）中描述了战争中美德的沦丧。在他看来，虽然"一战"结束了，但人类并没有吸取教训，战争虽然过去了，但短暂的和平后说不定会有另一场战争再次发生。哈代预感到了人类暗淡的未来，在他的诗歌中透露出浓浓的哀伤。

二、对世俗道德观鄙视抨击

工业化和城市化为维多利亚时代的英国创造了巨大的经济利益，然而也加重了统治阶级对底层劳动人民的剥削，哈代忧心于人类对自然的破坏，谴责人类把自然当作原料的生产基地和产品的加工厂。哈代不仅敏锐地觉察到

---

① 魏平玲：《论托马斯·哈代诗歌的社会生态意识》，《安徽工业大学学报》（社会科学版）2016 年第 7 期，第 28 页。

经济的繁荣是以牺牲自然为代价，同时也是建立在上层社会对底层劳动人民的剥削和利用之上。

在《穿裘皮大衣的贵妇人》一诗中，一位穿着裘皮大衣的贵妇人极力炫耀一件“价值百万英镑的大衣”。而这皮衣是皮货业主“直接剥得毛皮 / 从那怯弱惊恐的小动物”。得体的皮衣也非贵妇人亲手裁制，而是由她根本不认识的工人们“夜半手工操劳”，“又由服装师量体裁衣 / 辛辛苦苦为我定制”[①]。贵妇人所代表的上层阶级剥削皮货业主和缝纫工的剩余价值，同时皮货业主猎杀无助的小动物，缝纫工剪裁它们的皮毛制成皮衣。资本主义制度把人按照经济实力重新排位，经济实力雄厚的上层社会用金钱主导底层人民，而底层人民掠夺自然资源以获取来自上层社会的报酬。

哈代对社会道德的批判也体现在《堕落的姑娘》一诗中。城市化使成千上万的年轻姑娘离开多塞特郡来到都市，寻求更富有色彩的生活。她们有些人去工厂做工，有些人被迫当上了“堕落的女人”。这首诗描写的是一位刚刚进城寻找生计的“新来的乡下姑娘”与她已经“堕落”的朋友奥密莉亚之间的一次对话。诗人从言语、衣着等方面对两者进行了对照：刚从乡村来的姑娘说着粗俗的多塞特郡方言，而奥密莉亚则变得谈吐高雅，从对话中不难了解到奥密莉亚前后的变化：过去衣着破烂，“没鞋没袜”，现在打扮入时，有了“华丽的羽毛和手镯”；过去说的是多塞特郡方言，现在的谈话完全是上流社会的风格；过去脸儿“又瘦又青”，现在就像贵妇人，“如花似玉”；过

① ［英］托马斯·哈代：《哈代文集》，刘新民译，人民文学出版社2004年版，第452页。

去总说“家乡的生活是一场噩梦，老是叹气不停”，现在“看起来无忧无虑，似乎挺快活”，这里哈代使用反讽的手法，表面上的轻松愉快与实质上的悲惨凄凉构成富于张力的矛盾冲突，获得强烈的反讽效果。然而在乡下姑娘说“我真想有华丽的拖地长袍，还有漂亮的脸蛋，能在城里炫耀”时，奥密莉亚一语吐出真谛：“别指望这一切。你没有堕落”，激起读者强烈的思索，使读者明白两位对白者的悲惨命运，同时也看到“诗人所背负着的人间苦难的心”[①]。

三、对异化的人际关系叹息感慨

资本主义制度下的等级划分不仅造成了资源分配不公，造成了底层人民物质上和精神上的困苦，同时也加深了人与人之间的隔阂，异化了人与人之间的关系。哈代常用“死亡”撕开“忠诚”的伪装，揭露人们的趋利忘义的冷漠内心。如在《在她姑妈的墓畔》一诗，通过一对男女青年的对话，来展现人间冷暖、世态炎凉：一位姑娘来到姑妈墓前，决定实现姑妈的遗愿，用姑妈“攒了八十个星期的钱”为她立下墓碑，“因为她认为 / 世上可信赖的人，只有我一个”。可是姑娘的恋人却说，现在立不立碑，反正姑妈也不知道了，还不如把钱花掉，姑娘没有犹豫，只“顺从地点点头”[②]。于是，他俩用那来之不易的钱，参加舞会去了。

《啊，是你在我坟上刨土》是另外一首反映相似主题的讽刺诗。诗中，死者听到坟上掘土的响动，以为是她的

---

① 吴笛：《哈代研究》，浙江文艺出版社 1994 年版，第 267 页。

② ［英］托马斯·哈代：《哈代文集》，刘新民译，人民文学出版社 2004 年版，第 267 页。

恋人或者家人出于思恋而来探望她，却失望地得知她的恋人已经“娶了个漂亮富有的女人”；她的家人认为缅怀她已没有任何意义：“无论怎样照料她的坟地，也无法救她出死亡陷阱”；甚至连曾经的敌人也不屑于恨她。在死者备受打击而心灰意冷时，她欣喜地发现原来掘土的是她的狗，狗却告诉她掘土的原因：“为的是埋一根骨头”，实际上“我竟完全遗忘 / 这是你安息的坟丘”[①]。诗中虽未描述死者听后的反应，读者却不难想象她转悲为喜后知晓真相时的惊愕、尴尬与颓丧，哈代诙谐的故事讽刺的是“人走茶凉的辛酸世态”[②]，哈代幽默的表现手法让人忍俊不禁之余深感悲凉。

第三节　哈代的精神生态观

中国学者鲁枢元在《生态批评的空间》中将生态空间拓展到精神生态，继而提出“精神生态学”，指出“这是一门研究作为精神性存在主体（主要是人）与其生存的环境（包括自然环境、社会环境、文化环境）之间相互关系的学科。它一方面关涉到精神主体的健康成长；一方面关涉到一个生态系统在精神变量协调下的平衡、稳定和演进”[③]。20世纪初哈代所处的社会历史背景和他从乡村到城市的生活经历决定了他精神上的演变和成长，其在诗歌作

① ［英］托马斯·哈代:《哈代文集》，刘新民译，人民文学出版社2004年版，第199页。

② 魏平玲:《论托马斯·哈代诗歌的社会生态意识》,《安徽工业大学学报》（社会科学版）2016年第7期，第29页。

③ 鲁枢元:《生态文艺学》，陕西人民出版社2000年版，第148页。

品中既有对人生的思考和对生存的困惑，又有对爱情的感悟，同时也有对时光的慨叹和往昔的向往。

一、对人生的思考

“路漫漫其修远兮，吾将上下而求索”，人生之路是一个永恒的主题，哈代在其诗歌中也不免感悟他的人生之路和精神世界，如今读起，也颇有哲理。在其诗作《疲倦的行人》（“*The Weary Walker*”）中，诗人写道：

眼前是一片平原，
　　上面有条道路。
广袤无垠的田野，
　　宽阔坦荡的道路！

越过一座座山岭，
　　依然延伸着道路。
也许再没有山岭
　　阻挡前方的道路？

唉！越过山岭又见山岭，
　　仍是这条道路，
必须往前攀爬——
　　一条灰白狭窄的道路！

天空似乎把它斩断，
　　但是斩不断。这条道路
又从山后伸展而出。
　　永无止境的道路！[①]

① 吴笛译。

反复出现的景象是“道路”（road）、“山岭”（ridge），用词浅显，通俗易懂。这里诗人用道路比喻人生，先是“宽阔坦荡”，然而一座座山岭阻挡着道路，必须“越过山岭，往前攀爬”，此时映入眼帘的是一条“灰白狭窄”的道路，宛若人生受阻时的苦难境地，然而“天无绝人之路”，这条道路“天空斩不断，又从山后伸展而出”，而且“永无止境”，这跟“山重水复疑无路，柳暗花明又一村”有异曲同工之妙。可见哈代在经历人生迷茫之后的豁然开朗和乐观心态。

然而年老的哈代似乎不那么乐观，在《对镜》（“*I Looked into My Glass*”）中，已步入老年的哈代对着明镜，“见自己形容憔悴”，于是发出感慨：“但愿上苍听从我祈请，让我的心也皱缩枯萎”，悲哀之情溢于言表。衰老的身躯和敏捷的思维之间的反差是诗人痛苦的根源，也向人们揭示出时间的残酷。诗人自知对上苍的祈请只是无奈的喟叹，“人们将对我日益冷淡，/ 到那时我也不会介意，/ 我会平静而坦然，/ 等待着永恒安息”[①]。既然新与旧、美与丑、生与死的交替是自然规律，人们本不该为此而过分悲伤。可是从感情上，诗人对生活中美好事物的丧失感到遗憾和痛苦，残酷的时间“偷走一半”，却让“正午的心”留存于“黄昏之躯”，这无疑加深了心灵的痛苦。

尽管哈代诗歌的基调是悲观的，但哈代本人则极力反对自己是个悲观主义者。在诗集《晚期和早期抒情诗》的序言《辩解》中他这样写道：“所谓悲观主义实际只是对现实的探索，只是为了改善人们身心的第一步，……要改善这个世界，就得正视世道的丑恶。也就是说，要观察现

① 陈敬容译。

实，并在观察中逐步认识现实，不加掩饰，同时着眼于争取最好的结果。简言之，即以进化向善论作引导”[1]。正如朱黎航在其文中所言，哈代哲学思想的矛盾性使得他诗歌中的悲观主义思想极不彻底。绝望和希望两种截然相反的思想协调地统一在哈代身上，诗人徘徊在两者之中，一方面留恋过去，对现实深感绝望；另一方面又信奉社会进化向善说，对将来充满希望。从这个意义上说，表现悲伤并不是《对镜》诗的主旨。事实上，诗人以简洁的言语表达了他的真正创作意图：探索人们应当如何面对残酷的时间，追求生活中的真善美。哈代希望人们认识到生活的悲剧性，并且以深沉的乐观主义态度来对待生活。

二、对往昔爱情的追忆

吴笛指出，哈代善于以自身的经历、体验、感受来建构自己的诗歌王国，具有浓厚的自传性色彩[2]。正如吉丁斯所说，“在《人生诸景》中，回顾昔日爱情和友谊的诗写得最为出色”[3]。哈代昔日的一些恋人和朋友，如埃玛、罗莎蒙德·托姆森、特里芬娜·斯帕克斯、霍勒斯·莫尔，以及亨尼克夫人等，都激发了哈代的诗情，使他写下了许多情深意长的诗句。如其中一首题为《不要来；还是来吧！》的诗，就写得相当成功，出色地表达了他对一位女子的深沉而又复杂的爱恋，全诗如下：

---

① 朱黎航:《在绝望和希望中徘徊——试析哈代的悲观主义》,《上海大学学报》1999 年第 4 期，第 36 页。

② 吴笛:《哈代研究》, 浙江文艺出版社 1994 年版，第 229 页。

③ ［英］罗·吉丁斯:《年老的哈代》, 伦敦海尼曼出版公司 1978 年版，第 144 页。

在明智时分，我能够开腔：
　　不要朝我靠近，
而是留在遥远的异乡，
　　好让一颗心灵
在这儿再次清澈、再次安详。

可这种想法即刻消亡。
　　我为何害怕
从你的接近中赢得声望，
　　尽管旧火复燃，
最后，也许把我撕碎、烧得精光！

于是我说：来吧，再将光芒
　　赐予这块地方，
即使我从那张甜蜜的脸上
　　遭受极度的刺痛，
并且昏厥成超越全部踪迹的幻象。[①]

在这首诗中，哈代把对这位女子的思恋之情和矛盾心理表露无遗，那种宁愿让“旧火复燃”，哪怕把自己“烧得精光”的浪漫主义激情，更是突出了表明“黄昏之躯”中仍然搏动着一颗“正午的心”。

哈代最精彩的爱情诗要属“埃玛组诗”了。自1912年12月埃玛逝世后，哈代连续创作了许多以埃玛为主题诗，并且悔罪似的到两人以前一同去过的地方，旧地重游，回味早年幸福的初恋和美满的婚姻，抒写内心真切的思念。与其说这些诗歌是“组诗”，不如说是一首完整统一的记录心灵历程的“悲歌”。哈代在这些诗中表现了对

① 吴笛译。

晚年他与埃玛关系疏远的深刻的悔恨和内疚以及对早年生活的向往，如在《离去》（*Going*）中诗人写道："为什么我们近来不去回味 / 早已逝去的往昔，也不交谈，/ 不趁你消逝前去努力寻回 / 那些一去不复返的时光？"[①]

哈代之所以产生这种悔恨感，是因为他一定认识到，五年以来，他把自己的关切和柔情都倾注到一个年轻的女子——佛罗伦斯·达格黛尔身上。为了减少内心的痛苦，他把佛罗伦斯独自留在家中，自己携带者埃玛生前的日记，从 1913 年 3 月开始，重访他与埃玛初次相会并且堕入情网的康沃尔等地，寻觅埃玛在日记中描述的行踪。这样，回到那些萦绕着甜蜜回忆的地方，柔情和悔恨交加在一起，诗歌也如泉水一般在他笔下喷涌而出，如在《旅行之后》中诗人写道：

我看见你在干什么：你正在领我前往
　我俩在此逗留时熟知的地点，
在那晴朗的天气，美妙的时光，
　来到身披云雾彩虹的瀑布旁边，
还有底下的洞穴，传来已久瓮隆的声音，
　仿佛四十年前一个声音把我呼唤，
　　那时你是生气勃然，
而不是我如今茫然追踪的虚幻幽灵！

这一由天空、彩虹、瀑布、洞穴所构成的优美画面似乎填平了时间的距离，复活了昔日的情人，使得诗歌有了一种悲凉的欣慰。而诗中人物与地点的融合，既加强了画面感，又深化了情感的寓意。

---

① 吴笛:《哈代研究》，浙江文艺出版社 1994 年版，第 231 页。

昔日的爱情不仅仅是与埃玛轰轰烈烈的蜜恋，也包括和小巷里的路易莎懵懂的初恋。《献给小巷里的路易莎》（*To Louisa in the Lane*）是哈代在临终前几个月写成的，路易莎是哈代少年时代的邻居，大约比哈代小一岁，父亲是一个非常富有的地主，由于家庭社会地位的悬殊和门第观念的影响，加上年少时的胆怯和羞涩，哈代始终不敢对路易莎表白心迹，只是在小巷里对她轻轻地道过一声问候，路易莎则对他报过羞怯的一笑。哈代把对路易莎强烈的爱恋珍藏在心底，直到七十多年以后，才在这首诗里直抒胸臆，抒发了他对路易莎久藏于心的一片赤诚：

像当年一样再同我相会
　　在这空荡荡的小巷；
我再也不会像少年时那样羞怯，
　　当我每个黄昏都经过这块地方。
　　　啊，我记起来了，
要重逢，你就必须再次惠顾
这条不见你倩影的小巷！

但是，我将迎接你白杨般的身段，
　当你惊奇地东张西望，
用幽灵般的虚弱的惊恐说：
　“我怎么还停留在这块地方？
　啊，我记起来了！
是因为不曾爱我的他有了欢畅，
现在热恋我，吸引我来到这个小巷！”

我将回答：“一双甜蜜的眼睛，
　　我的恋人，带我离开这里，

带我去上你穿着灵服的地方，

　　那儿远远地胜于尘世！”

　　可是，我记起来了，

这桩事你无法办到；

只好待到抛开皮囊时，再去追随你。[①]

全诗共分三节，每一诗节都是虚实相加，真实和幻想相互交织。每一诗节的前四行都是以幻想和追忆筑构的“梦幻世界”，而后三行似乎从“梦幻世界”中苏醒过来，回到“真实”之中。然而，现实终归是现实，终生未嫁的路易莎已离开人世，诗人明白，天上人间难以相会，不过，犹如但丁对待贝阿特丽丝，或是彼特拉克对待劳拉，哈代并未因恋人去了天国而停止对她净化形象的追求，诗中饱含了“八十多岁老诗人的甜蜜怀旧情绪和‘抛开皮囊’之前的无限惆怅”[②]。

三、对命运无常的感慨

由于思想上的局限性、历史条件的限制以及当时哲学思潮的影响，哈代产生了一些宿命论的观点，他把人生的苦难归因于命运作祟，热衷于描写任意孤行、不可捉摸的命运，认为是“偶然”的命运主宰着宇宙，陷入“一种永远无法解脱悲剧命运的无可奈何的悲哀中”[③]。正因如此，他在许多诗作中，反复阐述着一个基本思想：悲剧的根源主要归之于命运对人的盲目捉弄。

《偶然》（“*Hap*”）是哈代早期创作的一首名诗，通过

① 吴笛译。
② 吴笛：《哈代研究》，浙江文艺出版社 1994 年版，第 288 页。
③ 同上书，第 171 页。

拟人手法，以生活中的偶然事件和偶然现象来显示“内在意志力”的力量，来体现人类受到“内在意志力”的控制和捉弄。全诗共三节，第一二两节表述了对人类“受苦受难”的哀叹以及面对苦难的无能为力，最后一节强烈抒发了哈代的悲观主义命运观：

可惜并无此事。为什么欢乐遭杀戮，
为什么播下的美好希望从未实现？
——是纯粹的偶然遮住了阳光雨露，
掷骰子的时运不掷欢欣却掷出悲叹……
这些盲目的裁判本来能在我的旅途
撒播幸福，并不比撒播痛苦更难。[①]

这种“内在意志力”似乎不知善恶、盲目作用，没有意识，在本可以“撒播幸福”的时候，却意外地“撒播痛苦”。如在《离去》中，命运盲目地捉弄他，“一点儿口风也不透露”，就夺去了他的埃玛，而这一刹那的变故，改变了他的全部生活：

从不表示一声“再见”
或用樱唇发出温柔的欢呼。
或表达对一个词儿的企盼，
而我看到凌晨在墙上变得冷酷，
我纹丝不动，全然不知
你的伟大的消逝
发生在这一时刻，改变了全部。[②]

① 飞白译。
② 吴笛译。

这种苦难归于命运的观点在很大程度上是受到了叔本华的影响。叔本华认为宇宙的一切事物与现象、一切有生命和无生命的实体都受一种称之为意志力的控制。哈代在停止小说创作后的90年代曾勤奋地阅读和摘录过叔本华的著作[①]，因此对叔本华观点的认同感不时地流露在他的诗作中。这种意志力无限强大，在《合二为一》(“*The Convergence of the Twain*”)中，它使巨轮与冰山相撞毁亡。当人们建造这艘巨型客轮时，内在意志力也在为客轮准备一个与之结合的伴侣——冰山。豪华的巨轮象征新娘，坚硬的冰山象征新郎。前五节把人类创作的生活的骄傲同超自然的内在意志力一同描述，给未来的“会合”设下伏笔；最后三节造物主一声令下，客轮和冰山相撞，新婚夫妇合二为一，表现了尘世的彼岸和天国的彼岸融为一体的思想。除了叙述“泰坦尼克号”首次航行与冰山相撞沉没这一海难外，诗人所力图表现的是代表人类工业化和文明的钢铁巨轮同体现大自然力量的冰川之间的较量和冲突。

可见，在20世纪初，随着英国工业革命的进行和城市化的发展，哈代诗歌中的生态伦理思想已初露萌芽。拓宽生态批评的空间，我们可以看到哈代生态诗歌中的人与自然、人与人以及人与自己的深刻关系，从而更好地理解哈代诗歌中的自然生态、社会生态和精神生态意识，这体现了他广博而深远的道德关怀。哈代既是一个人文主义者，也是一位生态文学家，他的诗歌中的人文思想和生态意识将越来越受到文学界和生态学者的重视，同时也给当代的诗歌创作和文学生态学跨学科研究以启示。

---

① ［英］罗·吉丁斯:《年老的哈代》，伦敦海尼曼出版公司1978年版，第144页。

第三章 D. H. 劳伦斯诗歌中的生态思想

D. H. 劳伦斯（D. H. Lawrence，1885—1930）既是一个卓越的小说家，又是一个杰出的诗人，F. R. 利维斯曾给予劳伦斯的小说以极高的评价，认为他继承了英国浪漫主义的传统。劳伦斯的诗歌也多以自然、动物和人与自然的关系为题材，表现出对生态环境的关注，对人与自然和谐共处以及人类摆脱机器控制的美好生态愿景的向往。劳伦斯一方面对自然生命充满了赞美和敬畏，尤其对低等动物表示出赞美和欣赏，体现出“众生平等”观；另一方面，他对人类文明和生活在城市中的“文明人”进行抨击和批判，工厂机器只不过是高级阶层剥削底层劳动人民的工具，城市生活充满死寂和悲哀。这两种对立分明的态度集中在劳伦斯的身上反映了在英国城市化进程中英国人关注自然生态、社会生态和精神生态的思想历程。随着城市化进程的加快和英国煤矿业的发展，劳伦斯的生活环境遭到严重破坏，作为一个矿工的儿子，他自出生就患上肺病，并一生受其困扰，他一生都在逃离城市，寻找荒野，并把对大自然和野生动物的赞美、对人类机器文明的批判和对和谐生态的美好愿景都表现在诗歌创作中。

第一节　劳伦斯的时代、生平和诗歌创作

一、劳伦斯诗歌创作的时代背景

在最近的两个世纪中，人类物质文化发生了翻天覆地的变化，呈现加速度的发展。西方现代社会发端于意大利的文艺复兴时期（约 13 世纪至 16 世纪中期），文艺复兴运动虽然没有使科学技术有巨大的进展，却摧毁了死板的经院哲学体系[①]，为接下来的世界做了思想解放的历史准备。17—18 世纪是西方人腾飞的世纪，哥白尼于 1543 年发表了《天体回转论》，提出了“日心说”；在开普勒的“运动三定律”和伽利略的“力学”定律的基础上，牛顿提出“万有引力”学说；蒸汽机的利用取代了手工劳动；各种自然资源的开采和钢铁的冶炼使得科学技术取得了飞跃……科学技术的发展最终导致了西方世界的工业革命。

众所周知，工业革命始于英国，英国的第一次工业革命开始于 1770 年，到 1870 年基本结束，在这 100 年里，工业革命一方面使英国的经济有了巨大的发展，经济结构有了根本的改变，由过去的农业国变成了工业国；另一方面，工业化的步伐扰乱了哈代笔下“牧歌式的田园”，森林被砍伐，田野被铲除，不再是动物理想的栖息之所，动物的命运危在旦夕。与此同时，达尔文的进化论否定了人高高在上的地位，认为一切生物都是进化而来，适者生存。在这样的社会历史背景下，劳伦斯开始了他的诗歌

① ［英］伯特兰·罗素：《西方哲学史》（下卷），马元德译，商务印书馆 2002 年版，第 14 页。

创作，倡导“众生平等”，歌颂野生动物的自由生活状态，否认人类的中心主义地位，这正是劳伦斯为寻求人类与其他动物之间和谐生态关系所做出的努力。

二、劳伦斯的生平

劳伦斯正生活于这样的时代，1885 年他出生于英国中部诺丁汉美丽的伊斯特伍德，一出生身体就极度虚弱，根据其传记作家布伦达·马多克斯（Brenda Maddox）考证，劳伦斯“一降生到这个世界上就患有支气管炎”[①]，他的父亲是一个矿工、一个没有文化的酒鬼，而母亲受过良好的教育，有着中产阶级的家庭背景。父亲挣的钱难以维持一家七口人的开销，再加上酗酒，一家人的生活很拮据，多亏母亲会很好支配家庭开销，在操持家务的同时干零活挣得额外补贴。由于双亲的差距无法弥合，在母亲的影响下，孩子们在心理上远离了父亲，母亲对孩子们寄予厚望，希望他们摆脱矿工的命运，然而由于大量燃烧煤炭造成空气严重污染，优秀的二儿子死于肺炎，因此母亲的全部心思和爱都转嫁到劳伦斯的身上，这对劳伦斯有很深的影响。

1912 年对劳伦斯来说是不平常的一年，在经历了一系列不成功的恋爱后，他离开了故乡，偶然地去拜访了他在诺丁汉学习时的法语指导教师欧斯特·威克利（Ernest Weekley），希望从他那里获得一些支持和建议，意外地和威克利的夫人弗里达·威克利（Frieda Weekley）一见钟情。弗里达的家族是德国的贵族，她于 1879 年出生于

---

① ［英］伦达·马多克斯:《劳伦斯：有妇之夫》，邹海仑等译，中央编译出版社 1999 年版，第 4 页。

德国的梅斯，“长着一对变化莫测的淡绿色眼睛，脸上总是挂着开朗、自信的微笑……她是个很漂亮的女人，尖鼻子，高颧骨，好看的下巴，匀称的五官”[①]。在弗里达眼里，劳伦斯“身材瘦长，腿笔挺，走路轻快稳健；他看似如此单薄”[②]。他们第一次见面就无可救药地爱上了对方，劳伦斯仿佛在其母亲 1909 年去世后又找到了另外一个母亲般的情人，后来他们来到了弗里达的德国故乡。私奔和离婚在当时社会是一桩大丑闻，弗里达的丈夫威克利直到 1913 年才勉强同意离婚，同年 7 月 13 日，在经过一年多的纠纷后，弗里达成为劳伦斯的合法妻子和终身伴侣。

劳伦斯一生都没有摆脱肺病的困扰，1915 年他因肺炎恶化，险些丧命。劳伦斯亲眼目睹了现代工业如何破坏美丽宁静的田园，也切身地承受着环境污染给人类带来的灾难。他痛恨这种破坏，几乎用尽一生来寻找着欧洲大陆尚存的大自然。城市在劳伦斯眼里是工业、机械化的中心，是他鞭挞和诅咒的对象。劳伦斯和弗里达私奔后先后来到意大利加尔达湖西岸上的加尔尼亚诺、巴伐利亚、康瓦耳北部沿海小城帕兹托以及澳大利亚和美国西部等地去寻找健康的自然原野。由于受肺病的困扰，劳伦斯一生大部分时间都游走在远离城市的生态荒野中，在意大利的陶斯别墅，劳伦斯过着农夫一样的生活，他甚至还养马、鸡等动物，去体验印第安土著人的生活。劳伦斯坚信人类应该、也只有抛弃工业文明，并重返自然的怀抱，才能重获新生。

① ［英］伦达·马多克斯：《劳伦斯：有妇之夫》，邹海仑等译，中央编译出版社 1999 年版，第 117 页。

② Gamini Salgado, *A Preface to D.H. Lawrence*, Beijing: Beijing University Press, 2005, p.30.

劳伦斯一生四处寻找一个能吸入清新空气的地方，一个属于他自己的生态荒野，然而还是没有躲过肺病的纠缠。1925 年劳伦斯被确诊为肺结核，1929 年，劳伦斯肺结核已经到了晚期，他的朋友想办法为他寻找疗养胜地，最后他去了法国旺斯（Vence），正是在这个当时欧洲最理想的肺结核治疗中心，劳伦斯于 1930 年 3 月 2 日离世。正如苗福光总结道："在他 44 年短暂的一生中，共创作了 10 部长篇小说，9 部中篇小说集，12 部诗歌集、近千首诗歌，10 部戏剧（其中 2 部未完成），5 部评论集，3 部游记，5534 封书信；还有几部散文集，甚至还有许多绘画作品"①。由于他的小说涉及了性，当时英国清教徒遗风普遍存在，社会较为保守，这就注定了他无法为当时的社会认可。在他离世后的 30 年，他的作品已全面解禁，他也跻身于世界著名作家行列，成为 20 世纪英国文学史上最伟大的作家之一。

三、劳伦斯的诗歌创作

正如哈代对故乡多彻斯特满怀深情，劳伦斯也称故乡伊斯特伍德为"心灵的故乡"。劳伦斯于 1926 年 12 月在意大利佛罗伦萨时写信给他的朋友："去沃尔克街，站在第三个房屋的前面，向左边的里克奇望去，安德伍德在前，高地公园和安妮丝丽在右：我 6 岁到 18 岁就生活在那栋房屋里，我知道那里比世界上任何地方的景色都美好……这就是我心灵的故乡"②。伊斯特伍德是一个被环境污染的

---

① 苗福光：《生态批评视角下的劳伦斯》，上海大学出版社 2007 年版，第 37 页。

② Harry T. Moore (ed.), *The Collected Letters of D.H. Lawrence* (Volume II), Viking Range Co. Ltd., 1965, p.953.

小镇，是个小城市，而黑格斯农场却是一片田园风光，风景旖旎，生机勃勃，是劳伦斯的心灵花园。但煤炭业摧毁了这个美丽的世外桃源，他用一生的时间丈量着故乡的土地，用心灵记录着故乡的风景。他痛斥唯科技化、唯工业化和唯城市化理论，有评论家认为，要了解劳伦斯，读他的全部小说不如一篇诗歌。他的诗歌可以分为前中后三个时期。早期有《爱情诗集》(*Love Poems and Others*)，《阿莫斯》(*Amores*)、《新诗集》(*New Poems*)、《瞧，我们走过来了》(*Look！ We Have Come Through*)；中期有《鸟、兽和花》(*Birds, Beast, and Flowers*)；后期有《三色紫罗兰》(*Pansies*)和《最后的歌》(*Last Poems*)。他的作品包含了丰富的生态思想。

劳伦斯在早期写了很多关于自然和爱情的诗歌，这些诗歌是人与自然结合相融的典范。诗歌中包含了大量的自然元素，有紫罗兰、山茶花、水草、牡丹花和知更鸟；有田园、河流和小溪，还有水声、风声和花香，更有他真挚纯洁的情感。那些雨中遐思、风中惆怅和月下徘徊都是人与自然和谐的美好场景，他如同自然的孩子，尽情享受母亲的拥抱与爱抚。在《新升的月亮》一诗中，劳伦斯写道:“我突然闯进月亮和夜晚的秘密小天地 / 原来他们正在相爱 / 他甜蜜地亲吻着她 / 于是世界容光焕发”[①]。在这首诗中，世界的主体不是人类而是月亮和夜晚，他们具有了人的情感，在亲吻恋爱，诗人用拟人化的写作手法将美丽的月夜人与景的和谐相融呈现纸上，画面感强烈，给读者以安静、美好和舒适的感受。

---

① 薛青:《劳伦斯和他的生态诗歌》,《牡丹江师范大学学报》2012 年第 12 期，第 26 页。

劳伦斯成年后经历了第一次世界大战，由于妻子的德国血统，他们不得不离开祖国，在欧洲大地四处流浪。在这个古老的文明大陆上辗转期间，他感到让人心醉的自然和文明都一去不复返，他深思问题的根源，意识到导致自然的破坏、人类的战争和社会混乱的根源是西方文化中的二元对立思想，在无数个日夜思索后，“生态诗歌史上最瑰丽的奇葩”——《鸟、兽和花》诞生了。诗集《鸟、兽和花》是他以整体生态主义眼光观察撒丁岛上的乌龟、蛇、山梨、杏花等动植物，并通过它们来表达自己深层次的生态思想。他观点深刻、思想敏锐、目光独特。这本诗集里许多优美诗篇都有丰富而深刻的内涵。这时，他开始成熟，从突破单纯欣赏享受自然的层面深入思考自然与人的关系层面。在《枇杷和山梨》一诗中，劳伦斯思考了“生与死、上界与下界、今生与来世”的命题。他认为秋天即将凋落的枇杷和山梨是如此的“美丽”，它们那些腐烂流出的褐色汁液是隐形在大自然中那个谁也无法逃脱的规律中的“纵饮品”，因而腐烂的汁液也是“芬芳、纯净、强大的”。这里，死亡变成了一种离别，这种离别既有对世界的依依不舍，也有人生旅程中的疲惫厌倦，更有着对来世的无限期望。

劳伦斯创作的后期处于20世纪的初期，此时煤炭业的烟雾、纺织业的机器声和伐木业的嘈杂声充斥了欧洲大陆，原有静谧的田园牧歌式生活已一去不返，伦敦也变成世界著名的“雾都”。此时的劳伦斯几乎不满书斋学者式的独思冥想和含蓄婉转，而是对现代社会“竭泽而渔”式的发展模式进行直接而强烈的抨击。在后期诗集《三色紫罗兰》中几乎随处都可以感受到这种愤怒。如在《蚊子知道》一诗中，他借用蚊子来批评资本家的贪婪：“蚊子深深地知道，自己虽然渺小 / 却是嗜血的野兽。/ 然而毕竟 / 他

只会填饱肚皮 / 不把我的血存入银行”；在《落叶》中，花园里的树“寂寞地站在一起，默默地站着，彼此陌生”，落叶是“天国之风”。最后，这位孤独的诗人发出了这样的感慨“哦，在这个世界上 / 没有任何地方可供灵魂为湮灭”，他要去“寻找完全寂静的黑暗”了，“因为人类杀害了地球上的宁静 / 掠了曾经常天使降落的 / 全部静谧的湮灭的地方”。就这样，“这个在自然中而生、为自然而活、因自然而死的天才，带着无人能理解的孤独，带着那个备受嘲讽的声名，带着瘦弱的身躯，过早地离开了世界”[①]。

第二节　劳伦斯自然诗歌中的生态思想

劳伦斯出生时，英国已经完成了第一次工业革命，科学技术的发展使得许多人对人类战胜大自然的野心急剧膨胀，但是工业革命也为人类带来了未曾预料的生态灾难，如自然资源的过度开采、生态环境的严重恶化等。劳伦斯是一位杰出的“自然思想预言家”，他坚信人类应该、也只有抛弃工业文明，并重返自然的怀抱，才能重获新生。因此他一生都在寻归自然原始的生态荒野，并一生都远离作为人类工业文明和机械文明中心代表的城市，而居于荒野中。

劳伦斯的自然生态思想主要体现在 1923 年出版的诗集《鸟、兽和花》、1929 年出版的诗集《紫罗兰》、1930 年出版的诗集《荨麻》（*Nettles*）和他死后出版的诗集《最后的诗篇》中。诚如劳伦斯诗歌全集的编辑大卫·埃雷斯

① 薛青:《劳伦斯和他的生态诗歌》,《牡丹江师范大学学报》2012 年第 12 期，第 27 页。

（David Ellis）所说：“《鸟、兽和花》里含有他的最成功、最著名的诗篇……《鸟、兽和花》中的自然对劳伦斯来说是一个‘新地球’，因为他更清楚地认识他自己和其他居民的差异（这种差异在某些情况下不是不可逾越的隔阂），无论它们是动物、植物和矿物”①。在劳伦斯看来，造成人类和地球上其他生命隔阂的是人类文明，劳伦斯以一个诗人的敏感深刻地感受到了这些“差异”，他喜欢“故意从一个非人类的视角来探索自然世界”②，在描写自然时，他仿佛成了和自然不可分割的整体。

《紫罗兰》这部自然诗集中凝聚着劳伦斯对人生的思考和对生命短暂的悲叹。大卫·埃雷斯指出：“《紫罗兰》为劳伦斯挞伐现代工业社会的罪恶、我们对于金钱的痴迷以及斥骂英国等级制度或我们生活的理智本性提供了舞台”。③ 诗集的总体调子给人一种压抑阴郁的氛围。创作这部诗集时劳伦斯已在生命的最后时刻，他表达了对工业社会、机械社会和城市化的失望，以及对死亡到来的无奈和悲伤，再加上英国政府部门对其小说绘画作品的审查和禁止，都让他不满。《荨麻》诗集的名字颇有寓意，荨麻本意是一种植物，有齿形的叶子，多毛刺，接触人的皮肤容易过敏或受伤，劳伦斯以其为诗集命名可见其对工业文明批判的犀利。《最后的诗集》里也充满对人类工业化和机械化的诅咒，人类仿佛成了行尸走肉的机械躯体，甚至

---

① David Ellis, “Introduction”, *The Complete Poems of D. H. Lawrence*, Wordsworth Editions Ltd., 2002, pp. Ⅸ－Ⅹ.

② Bridget Keegan & James C. McKusick (eds.). *Literature and Nature: Four Centuries of Nature Writing*. New Jersey: Prentice–Hall, Inc., 2001, p.839.

③ David Ellis, “Introduction”, *The Complete Poems of D. H. Lawrence*, Wordsworth Editions Ltd., 2002, p. XIII.

连精神也被机械化了，人类在工业文明的浪潮中失去了活力，城市就是地狱。当然诗集中也隐含着劳伦斯自觉已到生命的尽头，来日不多，无尽感伤。

劳伦斯的足迹遍布欧洲、亚洲、大洋洲、美洲，由于对人类工业文明的拒斥而游走于生态自然之间，遍观生态自然之山川大海，树林荒野。劳伦斯的自然诗歌涉猎广泛，不仅有对于山川河流、大海的描写，也有对于生态自然环境、自然天象的描写，如月光、夜、晨、夕阳、黎明、绿等，更有对于各种生态原野中花鸟虫鱼的描写。以《大海》《月光》(“*Moonrise*”)和《绿》(“*Green*”)为例，我们来分析一下劳伦斯诗歌中的自然生态思想。《大海》古往今来是文人墨客着墨赞美的对象，在劳伦斯的诗歌中同样表现了对大海之壮丽、孤独和神秘的赞美：

你，你全然无情、无爱的你
躁动不安又孤独无依，任由自己的性子咆哮
你独身而立，茕茕孑立，甚至蔑视伙伴
激动地波浪翻滚，宛如悍妇

你只为自己的梦而存在
孤独地绕世界玩着伟大的游戏
没有玩伴，没有帮伴，也无人珍爱
没有抚慰，更拒绝任何抚慰
不像陆地，整日忙于抚养她日渐增加、众多的幼婴
你是孤独的，你不求结果，发出粼粼波光，冷艳又无情
你没有崇拜、爱抑或装饰
蔑视劳作的万能

发誓要向更高、更灿烂的虚无进发
在生活的流逝中沉思、欢快
海啊，只有你是自由的、久经沧桑[①]

劳伦斯笔下的大海孤独无依且冷酷无情，然而也是自由的，不像陆地一样受抚养幼婴的拖累，只在生活的流逝中沉思快乐，其超然的情怀让人敬畏。面对茫茫大海，劳伦斯也由衷地表达自己的敬意，诗句当中满怀流连向往之情。在这首诗中，劳伦斯使用拟人比喻等多种修辞手法，大海“无情无爱”、“孤独无依”，“任由性子咆哮”，甚至“蔑视伙伴”，“宛如悍妇”……使得大海的形象亲切生动。在《月光》一诗中，劳伦斯同样使用了拟人的修辞手法：

是谁看到了月亮，谁又没看到
她从深阁中升起
满脸羞红，庄重，赤身裸体，仿佛刚从寝宫而来
至于满足的新郎，则看到她升起
并把欢乐的倾诉洒在波光上
闪烁的光波印刻着她的名字
她把她的美丽和福佑向我们洒落
散开，最后为我们感知
我们坚信那样的美丽是一种超越坟茔的事物
那样完美、亮丽的经历永不失落
于乌有
时间总会使月亮暗淡
我们来不及全然体味

---

① D.H. Lawrence, *The Complete Poems of D.H. Lawrence*, Wordsworth Editions Ltd., 2002, pp.146–147.

在此，在这样零碎的生活里将失去光泽或者死去①

可以想到，这是晴朗的一天，没有雾霾，月亮犹如娇美的新娘，从女孩的闺房中起身，诗人甚至为她起了名字，她的芳名、欢乐和福佑都随着月光洒落，而欣赏月亮的人犹如新郎，因为获得完美亮丽的经历而十分满足。纵然月有阴晴圆缺，生活也充满酸甜苦辣，但是美好的月光带给人的总是大自然的美好和融于自然赏月之人的满满的感动。在诗中，诗人将自然中的月光、人的情感以及生活融为一体，体现了人与自然共融的思想，也充满对生活感悟的哲思。月亮的意象还出现在短诗《绿》中："黎明是苹果绿的 / 天空是挂在太阳上的苹果绿美酒 / 月亮是位于中间的金色花瓣 / 她张开眼睛，就发出绿色的光芒 / 明亮如含苞待放的花朵 / 第一次，现在第一次被看到。"诗人充满瑰丽的想象和新奇的比喻，将自然刻画得美丽而神秘，而绿色又是大自然的颜色，充满了生机，让读者感觉到生命的涌动。

第三节　劳伦斯动物书写诗中的"众生平等观"

在 1920—1923 年之间，劳伦斯创作了大量的动物诗，堪称动物诗歌的巅峰之作。劳伦斯酷爱动物，不仅包括那些可爱的动物，也包括那些被普通人憎恨的动物，然而由于根深蒂固的人类中心主义思想使然，诗人对这些被常人厌恶的动物的接纳也需要一个转变的过程：在《人与蝙蝠》一诗中，诗人认识到人与蝙蝠一样有着无法逾越

① D.H. Lawrence, *The Complete Poems of D.H. Lawrence*, Wordsworth Editions Ltd., 2002, p.143.

的障碍，对蝙蝠的态度由最初的恶心和厌憎转向理解和同情；在《蚊子》一诗中，诗人并没有因为蚊子被打杀而产生某种快意，而是对蚊子“消逝进一坨暗黑色的污迹”表示遗憾和同情；在《蛇》诗中，诗人给我们描绘了一幅人兽相遇相知的图景，诗中洋溢着对蛇的敬畏、尊重甚至崇拜。劳伦斯对“低等”“有害”以及“邪恶”动物的肯定和认同是对物种歧视十分有力的反驳，这无疑对当代生态诗歌产生了深刻的影响。

劳伦斯的生态思想主要体现在 1923 年出版的诗歌集《鸟、兽和花》中，他擅长对生态原野中花鸟虫鱼的描写，如蚊子、鱼、乌龟、蛇、鲸鱼、海豚、蜂鸟、火鸡、鹰、狮子、大象、驴、马、蝙蝠、山羊等，这些动物无不跃然纸上，形容俱备。在劳伦斯看来，人类应该和其他动物之间寻求一种和谐的生态关系，因此他更多地关注工业革命和机械文明对人类、动物和生态自然的戕害，痛斥人类的“铜臭气”，诅咒作为人类文明代表的城市文明。劳伦斯喜欢“故意从一个非人类的视角来探索自然世界”①，在表达动物的感受和神圣时，他仿佛是其中一员。《鲸鱼莫哭》则是一例。在“冰冷的”大海深处，有“最温暖、最具野性、最迫切的热血”，那就是劳伦斯的鲸鱼们。这些古老的原始生命在大海中生存已久，而它们的“野性地呼吸的热流”和温热的体内“热血”与冰冷的大海极不相称，它们在大海里快乐地“翻滚啊，翻滚”，“徜徉如醉”，它们因“爱而颤栗”，它们并非为人类服务的、比人类低等的动物，它们甚至比人类还高级，是劳伦斯眼中的“上帝”。

---

① Bridget Keegan & James C. McKusick (eds.). *Literature and Nature: Four Centuries of Nature Writing*. New Jersey: Prentice–Hall, Inc., 2001, p.839.

在劳伦斯对鲸鱼的交配场景的描写中，鲸鱼如同人类自身一样拥有“爱”和“生命的激情”，只不过鲸鱼的原始生命力和性活力远远地超出了人类。鲸鱼“体内血液”是“红色海洋”，“强壮的阳具”是其生命活力和性活力的具体表征。一群群鱼儿像“大天使”和“小天使”一样，在正在交配的鲸鱼身边“游来游去”，“传递”它们的“祝福”，“看护着鲸鱼”，此时海洋便成了鲸鱼这“古老天使”的“伟大的天堂”；当“危险来临”时，鲸鱼们就会团结一致，共同应对，鲸鱼们的团结是“无比伟大的爱”。劳伦斯在诗中说：“阿芙罗狄蒂是鲸鱼的妻子”，阿芙罗狄蒂是古希腊神话体系中爱与美的女神，劳伦斯把她许配给鲸鱼，完全是出于对鲸鱼的崇拜，罗马神话中的女神维纳斯也乐于与鲸鱼为伍，乐于化作“海豚”、“小鲸鱼”、“金枪鱼”，欢快地“追逐爱情”、在“大海里游戏”，可见鲸鱼不再是被打入地狱的恶魔，而是爱神与之共舞的天堂，因而何须哭泣！

即使声名狼藉的老鼠也是诗人所爱，在《自我保护》一诗中，在说到老鼠时诗人这样写道：“就连阴影中嬉戏的老鼠也很美丽，/ 它们中的一些有着如此分明的色斑。”诗人将老鼠与夜莺和老虎相提并论，认为它们都是在同样的阶段和层次上绽放着生命之美。跃入劳伦斯笔下的还有“讨厌”的蚊子，他在《蚊子知道》中写道：“蚊子知道得很清楚，虽然它如此小 / 它是别人的美餐 / 但是，毕竟 / 它仅仅满足于填满肚皮 / 它不会把我的血液来储存”[①]。蚊子在一般人的意识中是一种害虫，但是在劳伦斯

① D. H. Lawrence. *The Complete Poems of D. H. Lawrence*, Wordsworth Editions Ltd., 2002, p.383.

笔下，蚊子也成了赞美的对象，虽然“它如此小”，但是它也是有意识的，它“清楚”地知道“是别人的美餐”，是其他动物的捕食对象，但是蚊子却一点不贪婪，因为它“满足于填满肚皮”，而不是把“血液”“储存”。劳伦斯的寓意是不言自明的：相对人类贪婪的本性，蚊子的知足常乐是个好品德。劳伦斯不仅对人类的贪欲进行了辛辣的批判和讽刺，对其他生命也很关怀和怜悯，他在《自我惋惜》中写道：“我从未看到一个野生的生命 / 对它自己抱憾 / 一只小鸟将从一个树枝上掉下，冻僵 / 从未对自己感觉抱憾”。短短数言中却包含着劳伦斯对生命的无尽感叹和怜悯。

综上所述，在劳伦斯的动物书写诗歌中，诗人或赋予动物以人的情感，或把自己视为动物的同类，与动物同呼吸、共命运，甚至对野生动物和通常为人类所厌恶的动物也充满敬畏和爱，由此可见劳伦斯诗歌中的“众生平等”观，即所有动物（包括人类）没有高低贵贱之分，这和“人类与自然生态系统中各种生物和谐共处”的生态整体观是一致的。劳伦斯的动物书写诗歌中的生态伦理观和他所处的英国工业革命时代的社会历史背景以及他一生大部分时间游走在远离城市的生态荒野中的生活经历不无关联，劳伦斯坚信人类应该、也只有抛弃工业文明，并重返自然的怀抱，才能重获新生，因此透过他的动物书写诗歌不难看出他对动物的敬畏与爱、怜惜与同情，以及对人类中心主义的批判和对人与动物和谐相处生态理想的向往。劳伦斯动物书写诗歌中的“众生平等观”给泰德·休斯等后继英国生态诗人以影响，同时也给当代的生态诗歌创作和文学生态学跨学科研究以启示。

第四节　劳伦斯诗歌中的社会和精神生态思想

劳伦斯的生态诗歌除了表达对动植物的热爱，还有对现代文明的批判。工业文明的特征是机器的使用，然而文明却摧毁了自然，乃至人们的身心。早期生态批评家威廉·卢埃克特（William Ruecket）在《文学与生态：生态批评的实验》中认为："我们身处环境危机之中，因为我们在利用生态圈创造财富，这破坏了生态系统本身。"[①] 这正是劳伦斯在诗歌《机器的胜利》中表达的主题：虽然机器创造了财富，却破坏了生态系统。在这首诗中，劳伦斯写道："他们谈论着机器的胜利 / 但是机器不会胜利 / 在人类世纪的千百年里 / 静生的蕨类植物，白色的带刺植物的舌须向太阳摇摆 / 一个世纪来 / 机器已获得胜利，把我们滚来滚去 / 把百灵鸟的巢穴晃动，直到蛋卵全破碎 / 抖动沼泽，直到天鹅飞走 / 白天鹅飞走了，唱着我们的天鹅之歌 / 残忍的，残忍的机器在地球上碾过 /……"[②] 这里诗人控诉机器破坏了动植物的家园，似乎机器胜利了，但是在机器毁灭一切生命的时候，却遭到这些生命的反抗："在某些心灵中，他们无法碾过 / 百灵鸟心中的巢穴 / 白天鹅在它心中的沼泽游弋 / 在它胸中宽阔的草原，年幼的公牛群聚在母牛身边 / 羊羔在它头脑中的菊花丛中嬉戏 / 最后 / 所有这些生命都不会死去 / 被赶入心灵最隐秘的角落 / 发出野性绝望的吼叫 / 激动疯狂的百灵在天空中呼喊 / 天鹅将

---

① Glotfelty, Cheryll & Fromm Harold, *The Ecocriticism Reader—Landmarks in Literary Ecology*. Athens and London: The University of Georgia Press, 1996, p.112.

② D. H. Lawrence. *The Complete Poems of D. H. Lawrence*, Wordsworth Editions Ltd., 2002, p.517.

愤怒地拍打水面，一只被激怒的天鹅绝望的愤怒 / 即使是羔羊也像毒蛇般伸直了脖颈 / 像愤怒的毒蛇，对抗机器中的人类 / 即使是白杨树也用摇动如镜的叶子反抗他 / 反抗这个灵魂的、本地生物的压迫 / 机械化的人类，以胜利的姿态坐在他的机器上 / 他将变得无力，因为没有机器能够抵达心灵的草原和深度 /……”在机器的压制之下，所有的动植物都开始了反抗，诗人采用了拟人的修辞手法，百灵鸟有梦想，白天鹅有胸怀，母牛舐犊情深，羔羊钟情嬉戏，然而在机器的压制下他们被迫发出野性的吼叫，就连白杨树也英勇地反抗压迫，最终使得操纵机器的人类变得无力，然而不仅如此，在这场机器和自然的战争中，操纵机器的人类终将一败涂地：“因此机器化的人类得意洋洋地端坐在他的机器上 / 将被逼疯、失明 / 那一天机器将转向相互毁灭 / 交通因碰撞变得一团糟 / 机器将冲向坚固的房屋 / 我们生活的大厦将在机器的疯狂中发抖，房屋将会倒塌 / 而后，废墟的远处，那遥远的地方 / 天鹅将会重新抬起他扁平、遭受重击的脑袋 / 向四周观望，站起来；他用巨大的羽翼 / 飞翔，飞翔去迎接太阳，太阳闪着新的一天丝般的光芒 / 百灵鸟将接踵而起，欢快地鸣叫 / 羔羊欢快地吃着菊花的嫩叶 /……”这里诗人充分发挥了想象，在自然的反抗之下，人类被逼疯，机器遭到毁灭，交通停滞，房屋倒塌，而受压迫的动物将展现出勃勃生机，与前文呼应，天鹅展翅飞翔，百灵鸟欢快鸣叫，羔羊无忧无虑，在这场机器和自然的大战中似乎获得了胜利，可是在诗的结尾诗人却笔锋一转：“但是，在地球的中心将是弥漫烟雾的钢铁的废墟 / 机器的胜利。”诗人仿佛一下子回到了现实，依旧是人类中心主义，依旧是钢铁的废墟，依旧是“机器的胜利”，依旧是诗歌最初对生态环境的破坏。

虽然这首诗绕了一圈，好像回到起点，紧扣题目“机器的胜利”，但读完却引发读者的深思，在这场机器和自然的大战中，人操控机器去征服自然，必将受到自然的惩罚，动植物受到压迫，失去自由，诗人用拟人的手法传递了他们的心声，在他们的反抗下，人类最终必然自食苦果，机器使得人类文明坍塌，机器胜利了，人类却失败了，地球将被废墟所占据。所以人类不应与自然对立，而应该寻求和自然的和谐共融，只有关爱动物，保护环境，注重可持续发展，才不会被机器和物质控制，人类才会成为机器的主人，最终将是人类和自然的共同胜利。

在机器化、工业化的现代社会中，城市化进程加快，人们告别了乡村、田园和荒野，过上了城里的生活。然而，现代人的城市生活状况如何？劳伦斯在《城市生活》（“*City-Life*”）中描述了一派在现代文明下城市人异化扭曲生活的图景，表达了对机器文明的批判。劳伦斯这样写道：“当我身处伟大的城市，我知道我很绝望 / 我知道这里没有我们的希望，死亡在等待，关心是无用的 / 哦，对于那些贫穷的人们来说，那些像我一样有血肉之躯的人们 / 我，有着和他们一样的肉体 / 当我看到钢铁如鱼钩一般钩住他们的脸 / 他们那枯槁、充满恐惧的脸 / 在我灵魂的深处，我哭喊，因为我知道我不能够 / 把铁钩从他们脸上拿开，那铁钩把他们弄得如此憔悴 / 也不能把那无形的、困住他们的铁丝斩断 / 来又去，工作 / 来又去，工作 / 像上了钩骇人的、僵尸一样的鱼，被某些邪恶的、站在隐形岸边的渔人戏弄 / 但仍不把他们放下钩，这群工厂世界的上钩的鱼。”[1] 城市生活并没有给人们带来希望，反倒是水深

① D. H. Lawrence: *The Complete Poems of D. H. Lawrence*, Wordsworth Editions Ltd., 1994, p.525.

火热的工厂劳作，然而他们依然贫穷，却没有关心，机器给他们带来的只是恐惧，如同上钩的鱼，无力反抗邪恶渔人的戏弄，诗人使用暗喻的手法，揭露了机器文明背后人剥削人的本质。

机器文明成了人类社会生态恶化的罪恶之源，劳伦斯对人类文明的批判也体现在《为什么》（“*Why*”）一诗中。在这首诗中，劳伦斯连连发问：

> 为什么要有钱？
>
> 为什么要有金融体系，它像章鱼一样用爪子把我们全部扼杀？
>
> 为什么要有工业？
>
> 为什么要有工业体系？
>
> 为什么要有机器，机器迫使我们成为奴隶？
>
> 为什么要有劳工会，劳工会只是强迫我们成为机器的零件？
>
> 为什么要有该死的劳动阶层，仿佛人类仅为工作而生？
>
> 为什么不让人成为真正的人呢，而工作仅作为生活乐趣的一部分？
>
> 事实上，我们全有这些东西：
>
> 工业和金融的体系，机器和劳工会，劳动阶层
>
> 但是，为什么继续要它们，如果它们使我们变得无足轻重？
>
> 为什么我们应该再被变得无足轻重？[①]

这是劳伦斯对城市化进程中文明社会的反思和追问，

---

① D. H. Lawrence: *The Complete Poems of D. H. Lawrence*, Wordsworth Editions Ltd., 1994, p.370.

机器使城市人沦为金钱的奴隶，成为劳工会任意宰割的对象，资本家对剩余价值的追逐使得人们高强度工作和麻木生活，这在哈代的诗歌中初露端倪，在劳伦斯的诗歌中被强烈抨击，更是后来城市诗人拉金的诗歌最重要的主题之一。工业文明和机器化使得生态环境遭到破坏，而城市化进程却打击了人们的精神，对工业化和城市化的抨击成为劳伦斯社会和精神生态思想的重要组成部分。机器不仅使得人与自然分离，也使得人类社会内部出现分层，矛盾重重。正如劳伦斯在《悲剧》(“*Tragedy*”）一诗中感叹道：“当我想到我们物质机械化的文明的巨大悲剧 / 压碎了自然人类的生活 / 然后我感到被打败了；然后明白了 / 我卑鄙的小小失败没有给我带来任何益处 / 也没有给任何其他人带来好处。”[①] 此处，劳伦斯抨击了工业文明给人类社会和精神带来的冲击，正如诗人所说，这一切只是“悲剧”，没有给人类生活带来一丝快乐。

在另一首诗《城市生活》中，劳伦斯描述了城市人不得不工作的无奈境况，和后来拉金《癞蛤蟆》一诗的主题有相似之处，然而由于所处历史时代不同，对工作态度的侧重点也有所不同。劳伦斯在这首诗中写道：“当我身处伟大的城市，我知道我很绝望 / 我知道这里没有我们的希望，死亡在等待，关心是无用的 / 哦，对于那些贫穷的人们来说，那些像我一样有血肉之躯的人们 / 我，有着和他们一样的肉体 / 当我看到钢铁如鱼钩一般钩住他们的脸 / 他们那枯槁、充满恐惧的脸 / 在我灵魂的深处，我哭喊，因为我知道我不能够 / 把铁钩从他们脸上拿开，那铁钩把

① D. H. Lawrence: *The Complete Poems of D. H. Lawrence*, Wordsworth Editions Ltd., 1994, p.422.

他们弄得如此憔悴 / 也不能把那无形的、困住他们的铁丝斩断 / 来又去，工作 / 来又去，工作 / 像上了钩骇人的、僵尸一样的鱼，被某些邪恶的、站在隐形岸边的渔人戏弄 / 但仍不把他们放下钩，这群工厂世界的上钩的鱼。”① 这里劳伦斯把在世界工厂里工作的人们比作上钩的鱼，任人剥削宰割，可见对社会分工的不满，以及对工厂工人麻木的精神状态的哀叹。城市生活没有了乡村的宁静和活力，反倒如地狱般死寂，充满着剥削利用，尔虞我诈，诗人对工业文明和机械文明的批判显而易见。

综上，劳伦斯一方面对自然生命充满了赞美和敬畏；另一方面，他对人类文明和生活在城市中的“文明人”进行抨击和批判，工厂机器只不过是高级阶层剥削底层劳动人民的工具，城市生活充满死寂和悲哀。这两种对立分明的态度集中在劳伦斯的身上并非偶然，一方面他出生的环境是没有完全城市化的乡村，这使他自然具有乡村的淳朴观念，他赞美野生动物，反抗物种歧视，流露出对大自然以及低等动物的喜爱。然而随着城市化进程的加快和英国煤矿业的发展，他的生活环境遭到严重破坏。作为一个矿工的儿子，他自出生就患上肺病，并一生受其困扰，虽然一生都在逃离城市，寻找荒野，既目睹过欧洲各地野生动物在大自然中的无拘无束，也看到遭到猎杀的美洲豹所受到的虐待和迫害，他把对动物的赞美和对人类文明的批判都表现在诗歌中，对充斥着工业化机器的城市文明更是不掩饰他的愤怒和悲伤，感慨城市人受机器操纵、受阶级奴役的悲惨境地，具有浓厚的生态意识。

---

① D. H. Lawrence: *The Complete Poems of D. H. Lawrence*, Wordsworth Editions Ltd., 1994, p.525.

第四章
菲利普·拉金诗歌中的生态思想

菲利普·拉金（Philip Larkin，1922—1985）是战后英国著名诗人，他的诗作包括四部诗集:《北方船》(*The North Ship*，1945)、《较少欺骗者》(*The Less Deceived*, 1955)、《降灵节婚礼》(*The Whitsun Weddings*, 1964)和《高窗》(*High Windows*, 1974)，他在诗学传承上没有延续叶芝和艾略特所代表的现代主义，而是重返哈代的经验主义传统，以英国风景和英国人的生活为诗歌题材，以客观的视角和冷静的笔调来叙述，在题材选择和创作风格上都体现出“英国性”，其“冷眼旁观”和“切中时弊”的创作风格使他成为“运动派”的领军人物。唐纳德·戴维（Donald Davie）认为拉金和哈代一样如实描写遭受污染和破坏的英格兰[①]，安德鲁·莫什（Andrew Motion）认为拉金受到哈代和叶芝的双重影响，从哈代式的反讽转向叶芝式的象征主义[②]。莫里森（Morrison）[③]和罗维（Rowe）[④]则

---

① Donald Davie. *Thomas Hardy and British Poetry*. Oxford: Oxford UP. 1972, p.73.

② Andrew Motion. *Philip Larkin*. London: Methuen. 1986, p.80.

③ Blake Morrison. *The Movement: English Poetry and Fiction of the 1950s*. London: Methuen. 1986, p.191.

④ M. W. Rowe. “The Transcendental Larkin”. *English* 161.38. 1989, p.143.

注意到拉金的浪漫主义倾向，他描写的风、水和太阳等自然之物具有明显的超验意味。随着20世纪90年代生态批评的兴起，学者们注意到生态思潮对战后诗歌的影响，爱德华·皮科特（Edward Picot）指出拉金对自然有“失乐园”情结，既继承了英国风景诗的传统，也体现出诗人对生态问题的忧虑[①]。国内对拉金研究的最早专著是傅浩的《英国运动派诗学》，认为拉金的动物“都与人有关……有象征的意味”[②]，国内有三篇博士论文致力于拉金研究：吕爱晶指出拉金所写的日常动物是小人物的象征[③]，陈晞认为拉金“从城市漫游诗人那种与自然疏离的传统中脱胎出来”[④]，追求城市与自然的融合；曹莉群从建构自然的视角认为拉金将自然和英格兰民族联系起来，担心英格兰的历史和文化将会随着乡村的消失而消亡[⑤]。除博士论文外，还有数篇自然主题的文章，如吕爱晶（2010）在文章中分析了拉金对昔日英国花园式生活的眷恋，肖云华（2014）认为拉金的自然观影响了他对英国社会和诗歌创作的看法。

拉金生活在20世纪中叶的英国，工业化和城市化给英国和英国人的生活带来了负面影响；“二战”也给英国带来沉重的打击，大英帝国不复存在，昔日英国的乡村风景正在逝去，取而代之的是一个衰败的工业化和城市化的英

---

① Picot, Edward. *Outcast from Eden: Ideas of Landscape in British Poetry since 1945*. Liverpool: Liverpool UP, 1997, pp.15–16.

② 傅浩:《英国运动派诗学》，译林出版社1998年版，第142页。

③ 吕爱晶:《菲利浦·拉金的“非英雄”思想》，博士学位论文，中山大学，2010年，第92页。

④ 陈晞:《城市漫游者的伦理演变：论菲利普·拉金的诗歌》，博士学位论文，华中师范大学，2011年，第187页。

⑤ 曹莉群:《建构自然：论菲利普·拉金、泰德·休斯和谢默斯·希尼的诗歌》，博士学位论文，北京外国语大学，2016年，第12页。

格兰，动物们失去了得以栖息的家园，英国人也多以普通人的身份自居，去教堂也成了例行公事，甚至信仰缺失，精神异化。根据鲁枢元的生态批评的空间理论，结合拉金的具体诗作考察他的生态思想，可见拉金风景诗中的自然生态观，动物诗歌中的生态伦理观，以及哲理诗中的社会和精神生态观。拉金用如实的笔调记录英国城市风景，怀念逝去的往昔，其笔下的动物多是被人驯化的马、牛和羊和遭到迫害的小动物，批评了人类对生态环境的破坏和对动物的虐待，表达了诗人“和谐平等”的生态伦理观，其更深层次的生态观表现在对人与动物以及自然和谐相处的生态理想的向往，以及以“普通人”、“非英雄”自居的社会生态思想和宠辱不惊、逆来顺受的精神生态思想。

第一节　拉金生态诗歌的创作背景

菲利普·拉金是英国战后诗坛运动派诗人的代表人物，“运动派”这一名词来自《观察家》的文学编辑 J.D. 斯科特 1954 年 10 月 1 日在该刊发表的匿名头条文章《在运动中》。文中首次将“运动”一词开头字母大写并加以定冠词，用来描述当时英国诗坛上的新动向和与之相关的一批新生代作家，包括康克威斯特、艾米斯、戴维、杰宁斯、霍洛威等[①]。他们出身于中产阶级家庭，有着类似的阶级和文化背景，虽未曾直接参加“二战”，但是同样经受了“二战”的摧残，并在心灵上烙下了疤痕。他们在文学上表现出对浪漫主义的疏离以及对现代主义的愤慨，推

① 阮炜、徐文博、曹亚军：《20 世纪英国文学史》，青岛出版社 1998 年版，第 302 页。

崇哈代诗歌的理性风格，冷眼观世界，语言质朴，描写逼真，将英国诗歌传统的“英国性”继往开来。

从20世纪的时间轴上看，拉金生活在20世纪中期，此时，随着科学和技术的发展，人类对自然的控制规模更大，人类征服自然的速度日益加速，工业化和城市化程度更加严重，人们不可能完全逃避它，更找不到一个远离尘嚣的世外桃源。因此拉金笔下的风景和动物世界被打上了“人化”的痕迹，风景是城市化的风景，动物多是被人驯化的马、羊和牛。拉金反对一切虐待动物、剥削动物的行为，坚持生态平等。他曾在《泰晤士报》发表文章，阐述应尊重动物，反对虐待生物，他还是英国皇家防止虐待动物协会会员。

拉金热爱动物，在生活中也给予它们许多关注和保护。在赫尔大学期间，他曾与德里克·沃特一家人同住，40年之后，拉金的第一个出版商之妻珍·哈里特回忆，德里克·沃特先生和太太有一个很吵闹的女儿，拉金当时怀疑，除了坟墓，他是否能找到自己期盼已久的安静，因为安静对他的写作至关重要。然而，拉金喜欢他们家的兔子，要搬家时，拉金答应德里克·沃特一家，他们休假出行时为其照看兔子，这充分证明了拉金对动物的感情。拉金研究专家詹姆斯·布斯在2006年第22期的《关于拉金》的《作为动物诗人的拉金》一文也指出，“拉金的许多动物诗篇是从生态的角度来描写日常生活中的动物，反映了人与动物和谐共处的思想”[①]。因而在拉金的许多作品里，经常出现动物的意象。

---

① James Booth. “Larkin as Animal Poet”. *About Larkin* 2006（22）:11–22.

虽然哈代和拉金在诗歌中同写人与动物、自然环境的对立，但与哈代多关注英格兰乡村的风景和鸟类不同，拉金多描写城市化的英格兰衰败的英国风景和常见的小动物的悲惨遭遇，它们多是现代工业化和城市化的牺牲品。拉金关注生态文明，抵制工业文明对生灵的荼毒和对生态的破坏，他的宗教信仰世界是幻灭虚无的，他尝试在诗歌中找到永恒的意义，因此，他的诗歌充满对人性的思考和永恒的关怀。

第二节　拉金诗中的自然生态思想

拉金的早期诗集《北方的船》中常以大自然的自然循环和生生不息为主题，如在《树木》一诗中，诗人写道：

> 像话儿正要说出口；
> 新芽从容地舒展，
> 那嫩绿是一种悲愁。
>
> 是不是它们再一次诞生
> 而我们衰老？不，它们也死亡，
> 它们年年焕然一新的把戏，
> 都刻写在一圈圈年轮上。
>
> 然而骚动不安的树丛
> 每个五月依然成熟茂盛。
> 去年已逝，它们似乎在说：
> 开始重生，重生，重生。[①]

① Philip Larkin, Ed. *The Oxford Book of Twentieth Century English Verse*, Oxford: OUP, 1973, p.124.

此处拉金将树木拟人化，树木虽然也会衰老，却充满生机，即使死去，刻上年轮之后在五月依然成熟繁茂，读后感到树木的生命力之旺盛，充满了生态意识。

和劳伦斯相似，拉金一方面赞颂了树木和自然；另一方面对人类破坏自然的行为进行了揭露和批判，有评论家认为拉金笔下的自然笼罩着死亡的阴影，这无不流露出拉金对生态的担忧。拉金笔下的乡村和城市有着不同的景象。在《拂晓》（"*Dawn*"）一诗中，拉金写的是充满人情味的农村拂晓，和所有的乡村生活一样，一切宁静而祥和，有公鸡的啼叫，也有白云的流动，然而城市的风景则完全变了样，这种比较表现在拉金的《冬天》（"*Winter*"）一诗中，如同样写风，野外的风是强劲骄傲的，而城市的风是静寂悲伤的，可见城市在拉金的笔下的悲伤基调。又如在《割草》（"*Cut Grass*"）一诗中，诗人这样开头："割草是脆弱的，/ 呼吸短促 / 草坪呼气 / 长久的死亡"[①]，自然是脆弱的，本应该得到人类的保护，结果反遭践踏，此处诗人流露出无限的感伤。

拉金笔下的自然既有朴素而纯真的自然景象，也有打上了城市化烙印的人化自然，彻底地脱离了土地和乡村传统。作为一个城市诗人，拉金通过对城市化自然的探索，考察英国人的生存状况，从而引发对现代英国城市文明的反思。拉金的英国风景诗歌批评了城市化和工业化对自然的掠夺、对生态的破坏以及对动植物的肆意破坏。工业的发展和城市的繁荣破坏了人赖以生存的环境和人们心灵的祥和，因此，拉金的诗歌从人与自然的关系的现实切入，

---

① Philip Larkin, *High Windows*, London: Faber and Faber, 1974, p.41.

探索实现人、自然和城市和谐的途径，呼吁人们肩负起生态伦理责任。

人与自然关系的对立在城市诗人拉金的诗歌中更加明显，工业化和战争使得美好的英格兰已经和正在逝去，取代的则是环境的极端恶化和一片不毛之地。《逝矣，逝矣》（“*Going, Going*”）一诗写于 1972 年，诗人在一开始描写了英格兰乡村的田野、农场、树木和村庄，然而这一切都即将逝去，被一幅幅衰败阴沉的画面所取代。随着工业化的进一步发展，人们生态意识的增强，拉金意识到人类需求对自然的大量掠夺，于是一切发生了翻天覆地的变化：“那就是逝去的英格兰，/ 树阴、草地和小路，/ 市政厅，雕刻的唱诗班。/ 剩下的只是书；徘徊在 / 美术馆；一切为我们留下的 / 仅是混凝土和轮胎”[①]，拉金慨叹美好的往昔已经逝去，留下的只是工业化的残迹，可见人的行为与自然的对立。

同样，在《降灵节婚礼》(“*The Whitsun Weddings*”)一诗中，拉金以平静的语调白描般记录了乘火车旅行中看到的城乡景色：

> 火车开开停停，缓慢的画下一条南下的弧线。
> 开过了大农场，影子小小的牛群，
> 浮着工业废品的运河，
> 罕见的暖房一闪而过，树篱随着地势
> 起伏；偶有草地的清香
> 代替了车厢椅套的气味，
> 直到下一个城市，没有风格的新城，

① Philip Larkin, “Going, Going”, May 12, 2008, http://www.igreens. org. uk/going_going.htm

用整片的废汽车来迎接我们。[①]

火车既象征着工业文明，又是自然美景的破坏者，铁路的延伸就是森林、田地和丘陵被取代的过程，火车的行驶是浓烟弥漫、河水污染和废品漂浮的蔓延。远离工业化的乡村是农场、牛群、篱笆和牧草，一派洁净欢快，香草芬芳，天水合一；而城市是一派工业化的肮脏：运河里的化学泡沫、废弃的汽车部件和车厢里的浓烈臭味。这些都是在工业化的城市中，人类过分索取自然所得到的惩罚。乡村和城市风景形成了鲜明的对比，给读者留下的是沉重的思考。

拉金对英国风景的批判描写流露出他对英国城市化现实的关心以及对人与自然和谐共生的前工业化风景的怀念，他的这种生态理想反映在他的《一九一四》（“*MCMXIV*”）中。在这首诗里，拉金描述了旧日英国的风景：“无忧无虑的乡村、繁花盛开的草丛、寂静的小麦地”，而生活在这样环境中的人们也是无忧无虑、自得其乐：“太阳照在 / 留着小胡子的咧嘴笑着的 / 古朴面孔上”“穿着深色衣服的孩子们在玩耍”，“男人们 / 留下整洁的花园”，“成千上万桩婚姻 / 比现在的延续时间更长”[②]，城市化可能会使得人们在物质上更富足，然而精神上却极度空虚，再也无法回到工业化之前的安静和谐的境界。物质上的追求使得人们对自然进行无穷尽地掠夺和破坏，极大地破坏了生态平衡，然而只有维持这一平衡，才会展现出人性美好的一面。拉金比较了自然风景和城市景观，以及过去乡村

---

① 飞白：《世界诗库》，花城出版社 1994 版，第 13—20 页。

② 陈晞：《生物、生态、环境——菲利普拉金的生态伦理》，《2008 文学与环境武汉国际学术研讨会论文集》2008 年第 11 期，第 447 页。

的干净静谧和如今城市的污染喧嚣，其用意在于唤起读者对生态环境的关注，对工业文明进行反思，表现出当代知识分子对环境日益恶化的关注和强烈的人文关怀。

第三节　拉金动物书写诗歌中的生态伦理观

除了对英国风景格外关注，拉金也是一个动物诗人。拉金把自己的创作比作母鸡下蛋，把自己的女朋友比作可爱的小动物，他养小动物，也擅长画小动物，在诗中也以小动物为写作题材。拉金诗歌中的动物虽是许多人眼中司空见惯的动物，却能让人读出一种别样的美丽。如在《初见》(“*First Sight*”)中，诗人刻画了一群在雪地里学习走路的小羊群[①]；在《铁丝网》(“*Wires*”)中，一群老牛老实地待在装有电篱笆的牛棚里，小牛却在追寻外面的精彩世界:“小牛犊总能闻到更纯净水的味道，/不在此处而在别处。在铁网外”[②]；又如《她边梳头发边等早餐》(“*Waiting for breakfast while she brushed her hair*”)一诗中快活的小鹿意象……拉金诗中的动物都有自己的故事，虽然普通但美丽可爱。

因为对小动物充满了同情与爱，他对虐待或屠杀动物的行为就感到格外痛恨。在《猩猩的实验室》(“*Ape Experiment Room*”)一诗中，诗人描述了猩猩解剖室的场景:“埋葬在白色的屋里/灯光如炬/如突然降临的痛苦”。这是一幕血淋淋的解剖场面，环顾实验室的四周，更是让

---

① Philip Larkin, *Collected Poems*. London: Faber and Faber, 1988, p.112.

② Philip Larkin, *The Less Deceived*, Hessle: Marvell Press, 1966, p.27.

人触目惊心："密密麻麻 /T 形面具 / 下面的，更小，有耳朵的 / 头盖骨像一枚暗淡的坚果 / 手臂环抱着"。根据进化论，猩猩和人本是同类，它们一样可以感受到痛苦，虽然无法用语言来表达它们的疼痛和恐惧，它们的肢体已经表明它们所承受之重。拉金对罹难动物的怜爱和同情还表现在《瘤》（"*Myxomatosis*"）中被掐住了咽喉的小兔子、《割草机》（"*The Mower*"）中偶然葬身割草机下的刺猬和《带一个回家给孩子们》（"*Take One Home for the Kiddies*"）中被人类当作玩偶的小动物身上。在拉金看来，动物也能够感受到痛苦，一切生命都是平等的，这和史怀哲的"敬畏生命"如出一辙，因此，人类应该尊重生命，保护动物。

拉金的生态伦理观是对传统的"人类中心主义"生态伦理观的反叛，他不认为人类就是万物的主宰，而主张地球上的一切生物都有平等的生存权利。收录在《较少受欺骗者》中的《在草地》就表达了作者"生态平等"的观点。这首诗是作者看了一部有关赛马的电影写的观后感。根据拉金的本意，这首诗讲述的是马的不公平的境遇，借以批评人类自私地虐待动物、剥夺马的天性。诗歌一开始就描写了马现在的状况——栖身于阴暗、寒冷的马厩，"很难从阴冷的马厩 / 一眼就找出它们"，马现在的处境和它当年为人类做出的贡献形成了鲜明的对比。当它们年轻力壮，被训练成赛马去参加障碍赛时，曾为人们赢得了无数奖杯和赌注，不仅给人们带来了金钱的刺激，还有感官的享受，可是人们什么也没有给马留下。当马老得不能再在赛场上驰骋的时候，人们对它的剥削远没有停止，它虽然不再被套上缰绳在赛场上奔跑，还是要被套上笼头在农场干重活。由此可见，赛马一生都在受人类的欺压和剥削。拉金在这首诗中批评了人类的自私和冷酷无情，表达了对马的同情。诗人想表达的是，马和人同样生活在这个地球上，都有生存的权利，没有谁高尚、谁低贱，人类没有权利像万物的主宰一样来决定其他生物的命运。

面对生态危机的现实，拉金并没有放弃生态共生、人与自然和谐相处的理想。在《鸽子》这首诗中，诗人这样写道：

群鸽在薄薄的石板瓦上群集
身后是西边洒来的一阵细雨
它扫过每一个缩着的脑袋，每一片收紧的羽毛，
鸽子们拥挤在最让它们舒服的，温暖的烟囱周围。[1]

这里，诗人用简单的写意笔触，描绘了一幅色彩清新、非常醒目的图画。在一个普通的院落一角，一群可爱的鸽子，在和风细雨的沐浴下，聚集在属于它们的舒服的、温暖的“小窝”里，过着属于自己的生活。此番景象，让人感受到生命的涌动，自然界万物的和谐，从生态角度看，整个画面构图生动，情趣隽永，俨然一幅生机勃勃的生态图。再举例《春天》：

绿荫下人们结伴坐着，或者转圈散步，
他们的孩子拨弄着苏醒的青草，
平静的孤云站立，平静的孤鸟歌唱，
然后，闪烁着仿佛一面摇摆的镜子，
太阳照亮了那些弹回的球，那狗儿汪汪叫，

① Philip Larkin, *Collected Poems*. London: Faber and Faber, 1988, p.109.

一攒攒聚集在枝条上雾霭般的树叶，还有我，
正走过我那噘着嘴的小路穿过那公园，
一片难以消化的不毛之地。

在这幅描写春天景色的美丽画卷中，读者可以看到有人类、小鸟、小狗等动物，和美丽的树叶等。它们在这幅美好的春意图中浑然一体，充满了诗情画意，令人遐想联翩，心驰神往，美不胜收。此情此景，恰恰体现了人与动物和自然和谐相处的生态理想，是拉金及生态学家们所憧憬和希冀的。

综上，拉金诗歌中的“罹难的城市化的动物”既与诗人所处时代的英国社会背景息息相关，又得益于诗人天生对动物的喜爱和关心，战后英国受到重创，城市化又使得生态危机加重，所以拉金选择那些被驯化的动物，他用一种实事求是的口吻平静地描述生态危机中受苦受难的动物，同时又没有放弃生态共生、人与动物和谐相处的生态理想，这和诸位 20 世纪代表动物诗人有共同之处。

第四节　拉金诗歌中的社会和精神生态思想

哈代对拉金的影响不仅停留在“英国性”和自然生态上，还延伸到社会和精神生态。社会生态表现在拉金对工作、生活甚至生命的态度上。拉金在《日子》(“*Days*”)、《继续活下去》(“*Continuing to Live*”)和《家是如此伤心》(“*Home is So Sad*”)中表明了对昔日美丽的英国花园的向往以及对战后英国生活的无奈和悲哀。“二战”使得英国人开始务实起来，他们多以普通人和“非英雄”自居，如拉金更愿意说自己是一名图书馆员而不以诗人自居，用普

通人的平常心来对抗生活中的烦忧。

拉金常年做图书馆工作，他在《癞蛤蟆》(“*The Toads*”) 一诗中把工作比喻成癞蛤蟆：“我为何听凭癞蛤蟆的差事 / 重重压我身？ / 难道我不能用我的聪明做耙子 / 赶走这畜牲？ // 一星期有六天我都让它用毒腺 / 玷污我的气质——/ 就为付几张账单！ / 得不偿失。// 靠小聪明过日子的人不少：/ 有的演东讲西，有的专耍嘴皮，/ 还有那伙流氓无赖、助理医师、庸俗臭东西 / 到头来也饿不着肚皮！”在这里拉金对自己的工作有诸多抱怨，而在《布利尼先生》(“*Mr. Bleaney*”) 一诗中则展现了一个普通园丁的形象：

> “这就是布利尼先生的房屋。
> 他和他的身体在那待了一生，直到
> 他们挪走他。”
> 印花窗帘，单薄而古旧。
> 耷拉到 5 英寸宽的窗台，
> 窗外有狭长的房屋空地，
> 杂草丛生，凌乱不堪。“布利尼先生，
> 好好照管我的小花园。”
> 床，直椅，60 瓦的灯泡，没有钩子。[1]

诗中是平静的描述，没有强烈感情的抒发，如果仔细品读，可见诗人对布里尼先生生活哲学的肯定。犹如犬儒学派一般，布里尼先生过的是极其简朴的生活，他一生都待在自己的房间里，窗帘没有换过，屋里家具简单，只有简单的必需品：床、椅子和灯泡。布里尼先生的处世

① 桑克译。

之道还和英国战后的社会历史背景有直接关系。经历了两次世界大战的英国开始从昔日“日不落帝国”的光环中走出，英国人深感渺小和无助，他们开始变得务实，不再关心国家大事，也不想当英雄，只想平平安安过日子，普普通通就好。这种人生理想也体现在拉金送给他的好友金斯利·艾米斯（Kingsley Armis）女儿的《昨日出生》[①]（“*Born Yesterday*”）中：

紧紧合拢花蕾
我给你的祝愿
是别人所不曾给：
不是像美丽之类
寻常的东西，
或流畅地抒写
纯真与爱的春天——
他们都会祝愿你那些，
如果证明它有可能实现
那么，你是个幸运的女孩。

但如果不能，就
祝你普普通通；
有着和其他女人一样的
庸常的资质：
不丑，也不好看，
没有什么不合常理
破坏你的平衡，
它，本身就不切实际，

① Larkin, Philip. *The Less Deceived*. Hessle: Marvell Press, 1966, p.24.

也将阻碍所有其他美德的运行。
实际上，是祝你愚钝——
如果我们这样称呼一种熟练的，
警觉的，柔韧的，
不突显的，入迷的
对幸福的把握。

拉金祝好友之女“普普通通”“有着和其他女人一样的庸常的资质”，并认为这是一种平衡，一种幸福，也体现出战后英国人普遍的“非英雄”思想。

精神生态主要表现在拉金对生命旅程的审视和拷问，以及对死亡的终极意义的哲学思考和对人生意义的求索。经历了“二战”的打击，人们对生死已经有了更高境界的理解：既有对时间流逝、死亡来临的恐惧与无奈，也有积极面对人生，不放弃追求美好生活的勇气。在诗歌《这是头一桩》中，拉金诠释了对时间的无奈和恐惧：“这是头一桩 / 我理解的事：/ 时间是斧子的回声 / 响在树林里。”[1] 在这里，诗人把时间比喻成斧子砍树林的回声，满是压迫感和无助感，正诠释了他在《多瑞克和儿子》一诗的结尾的著名诗句：“生活首先是烦闷，其次是恐惧。/ 不管我们是否用它，它都消逝。/ 而剩下我们看不见的什么东西所早已选择的，/ 还有年岁，然后仅仅是年岁的终结”[2]，时间流逝，犹如斧声一般伐落人的希望、憧憬和信仰。拉金对死亡的恐惧也达到极致：

我整日工作，夜里喝得半醉

---

① 舒丹丹译。

② John Haffenden, *Viewpoints: Poets in Conversation with John Haffenden*. London & Boston: Faber and Faber, 1981, p.165.

四点钟醒来，我凝望着无声的黑暗。
窗帘的边隙变亮为时尚早
是什么一直在那儿，那时才能看清：
不安的死亡，又更近了一天，
使所有的想法变成不可能，除了何时
何地怎样我将丧命。
无趣的问询：然而死亡的
恐惧，与死亡的情景，
再一次掠过，将我惊骇地抑止。①

然而拉金对时间和生命又不完全是一种绝对的悲观主义态度，如在《日子》一诗中："日子是干什么用的？/日子是我们活着的地方。/它们到临，它们一次又一次地/唤醒我们。/它们是要快乐度过的：除了日子我们还能活在哪里？/啊，为了解答这个问题/使得牧师和医生/穿着长长的外袍/在田野上奔跑。"② 时间流逝虽然让人无奈，工作也让人厌倦，但我们还是要快乐生活，有牧师帮我们洗涤罪行，祈祷未来，有医生帮我们祛除病痛，保障健康，我们就会在希望的田野上收获满满，呈现芬芳的生活。即使面对死亡，诗人的态度也十分明确，那就是"活下去"。然而《活下去》一诗并不是讲诗人对待生活的积极乐观态度，相反，却充满悲观无奈的基调。诗人告诉我们"活下去"仅仅是"重复/为获取必需品而造就的习俗"，而这种习俗"似乎始终难求，要么干脆不要"，生活充斥着"莫测的变异"。尽管无情的时间剥夺了一切，"兴趣、黑发和事业一并失去"，但我们也得坦然面对人生而

① 舒丹丹译。
② 陈黎译。

不能将其抛弃，因为人生是“一盘棋”而绝非“一场纸牌游戏”，这里“活下去”失去其积极的意义而变成了一种被动的服从。在第三节中，拉金描述了一种与哈代《对镜》中类似的境况——虽然人们已经老去，但记忆却“清新无比，历历在目”，可诗人又笔锋一转，“对于你，无须做别的，只思量 / 生存下去”，同样传达出一种无奈的悲观情愫。在最后一节中，人们终于不可避免地迎来了“死神悄然降临”，尽管这令人“难以满意”，但人的意愿在死神面前无能为力，“既然它每次仅瞅准一个人，那人就得消亡”[①]。

和哈代的不彻底的悲观主义不同，拉金对生活的看法似乎是绝对的悲观和虚无。在谈到“生活哲学”时，拉金说：“我对生活的看法不是我决定的，而是生活决定的，——或通过遗传或通过环境，即你生来所具有或你后天所遭遇。假如我生为不同的人，遭遇到不同的事情，我也许就会写作不同的诗”[②]，这颇有点宿命论的味道。在《活下去》中，拉金以一个普通人自居来看人生，在他眼里，时间是一种破坏性、消灭性的力量，人是它的牺牲品，死亡是它的终点。正如拉金自己所说，“我想，抒写不幸可能是我受欢迎的根源……失败之于我犹如水仙花之于渥兹渥斯”[③]。他笔下的世界充满了失败、失望、悲怆和夭折，人往往处于一种被动无奈的状态，受到排斥，不能掌握自己的命运和实现自己的愿望。因此，拉金的悲观是绝对和消极的。

---

① 王林：《菲利普·拉金诗四首》，《译林》1994 年第 1 期，第 189 页。

② Haffenden, John. *Viewpoints: Poets in Conversation with John Haffenden*. London & Boston: Faber and Faber, 1981, p.119.

③ 傅浩：《英国运动派诗学》，译林出版社 1998 年版，第 144 页。

正如拉金在自然诗歌中通过书写受迫害的动物和遭到破坏的英国风景表达了人与动物、自然和谐共处的生态理想，拉金客观书写英国人的社会生活和精神世界，虽然表达的是一种悲观情愫，却也存在一种积极的警示作用。英国人通过读拉金的诗歌，找到抒发情愫的出口，同时也会深思如何才能更好的生活？如何从讨厌的工作中获得乐趣？如何重拾信仰？如何让生命变得有意义？通过对这些问题的思考，在战后英国一个“非英雄”的时代，人们才会找到生活的真、善、美，才会找到城市风景中的人与动物、自然环境的和谐，才会发现在平淡的生活中普通宁静日子的珍贵和美好。

作为一个热爱动物、怀有生态理想的战后英国诗人，菲利普·拉金经历了工业化和城市化对英国环境的破坏，以及“二战”对英国以及英国人的沉重打击，他以哈代的经验主义为诗歌创作的榜样，在题材上选择写英国题材和真人真事，在诗歌形式和风格上回到现实主义传统，使用普通人的日常语言入诗，写出了“貌似低调”而又“切中时弊”的诗歌。在国内外文学的生态批评研究空前繁荣的背景下，通过借鉴国际生态文学和动物伦理的批评方法通读拉金的诗作，以中国学者鲁枢元的“生态批评的空间”理论探析拉金诗歌中的生态思想，可以看到拉金风景诗中对往昔的怀念，以及人与自然和谐相处的自然生态理想；动物书写诗歌中表现出的“生物平等”、反对“人类中心主义”的生态伦理观；以及在以战后英国人工作、生活和生命哲理为题材的诗歌中表达出的消极悲观的社会生态观和精神生态观。虽然拉金对英国风景、动物、生活和生命的总体态度语气冷静，笔调深沉，但也流露出对动物的喜爱，对人与自然和谐相处的向往，以及在生活的挫折中继续活下去的勇气和甘愿平凡的处世态度。因此，拉金各方面题材的诗歌中都充斥着和谐的生态观，这既对战后英国民族的创伤具有治愈的功能，也对后世以及不同文化的生态思想提供借鉴作用。

第五章
泰德·休斯诗歌中的生态思想

泰德·休斯（Ted Hughes，1930—1998）于 1957 年正式登上了英国诗坛，他的第一本诗集《雨中鹰》（*The Hawk in the Rain*）的出版是 1956 年纽约青年男女希伯来协会诗歌中心主办的处女作英语诗歌比赛的奖品，玛丽安妮·穆尔（Marianne Moore）对他的《雨中鹰》这样评价："休斯的天赋是不容置疑的。作品有中心，因情感和良知而发光。诗歌灵感被唤醒，用词恰如其分。"① 从 1957 年他的第一本诗集《雨中鹰》到 1998 年他去世的四十多年中，休斯创作颇丰，先后出版诗集 20 多部。休斯的诗歌被认为是对菲利普·拉金为代表的运动派诗风的反拨，他的诗继承了迪兰·托马斯（Dylon Thomas）的浪漫主义诗歌传统，吸收了浪漫主义传统中想象与充满激情的诗风，并运用了隐喻、夸张和象征等现代主义诗歌创作方法。他的诗歌题材较之运动派有很大拓展，显露出对生态问题和人性的思考。

休斯几乎获得了除诺贝尔文学奖以外一个英语诗人能获得的所有奖项，纵观泰德·休斯的诗歌创作，20 世纪 60 年代后，休斯凭借诗集《雨中鹰》一鸣惊人，开始了他

① Keith Sagar, *The Art of Ted Hughes*, London: Cambridge University Press, 1975, p.12.

在生态危机时代为重建人与自然的和谐关系而在诗学上的不懈追求与探索，每一首诗无不融入他对动物和自然的生态关怀。与拉金笔下被驯化的动物不同的是，休斯的动物书写诗歌中展现出的是一个“充满野性和力的世界”。休斯的动物诗以遒劲粗犷著称，其中少不了对动物细致入微的观察与生动准确的刻画，如在《鬼怪螃蟹》中，诗人描写了一个狂暴躁动的世界：“它们互相追逐，互相纠缠，/互相骑压，要把对方撕成碎片”。休斯在他的动物书写诗歌中似乎与动物融为一体，因此他诗中的每一个动物都是以自我而存在的生命，是一个独立的宇宙。又如在《栖息的鹰》中，诗人用鹰的口吻这样写道：“我高踞大树之巅，紧闭双眼。/……/是整个宇宙/创造了我的脚，我的每一根羽毛：/现在我却把整个宇宙用脚抓牢/或飞上天去，在空中徐徐地旋转——/我随心所遇地捕杀，因为万物属我”，动物的本能与冲动被书写得淋漓尽致。

在20世纪70年代中期以后的诗歌创作中，随着生态伦理观的发展和人们生态环保意识的增强，休斯吸取了大量道家思想的精髓，如在诗集《摩尔镇》中，通过主人公杰克对牛羊的悉心照顾，诗人表达了人类不再对动物专横跋扈，弥漫着的是人类对动物的关爱与尊重；在诗集《河流》中，休斯为我们展示了一幅“天人合一”的理想画卷：老渔夫心系鲑鱼的命运而放下渔网，并追逐其踪迹，在最后一首诗《鲑鱼产卵》中，老渔夫沉醉于自然美景，一片温暖祥和的景象跃然纸上。休斯从最初歌颂野生动物的力与美，到批判人类中心主义，再到人与自然的融合，其自然生态观、社会生态观和精神生态观可见一斑。

第一节 休斯生态诗歌的创作背景

泰德·休斯1930年出生于英国东北部西约克郡的一个名叫麦特莫伊德（Mytholmroyd）的小村庄，那里接近英国最荒野的地域，有着大片的长着石楠丛的荒原；那里有着古朴的民风，有着刺耳但却充满活力的方言；那里对休斯诗风的形成不无影响。一方面，那里的自然环境培养了他对乡村生活的热爱，尤其是对野生动物的痴迷；另一方面，那些随处可见的工业化遗迹让年幼的休斯不免有一种压抑感，感觉自己仿佛“与幸存者一起，生活在废墟之中”[①]。20世纪是科技高速发展的时代，科学技术是一把双刃剑，它给人类生活带来极大的便利，但也深藏着危机，人类对自然的过度征服导致了严重的生态危机，如资源短缺、生态系统和生物多样性遭到破坏，人的思想观念也发生变化，人们崇尚理性，人类中心主义盛行，这必然使自然界遭到更严重的破坏，使人类面临更严重的物质生存危机，并使人类遭遇精神生存危机，形成恶性循环。

在休斯八岁的时候，休斯全家搬到南约克郡的梅克斯伯勒小镇，这虽然是一个煤矿小镇，却有着河流、农场和树林，休斯的童年和青少年时期就是在这两处度过的，在他1948年离开家去服兵役前，家乡的自然风光是他诗歌灵感的主要来源。1963年，他为BBC的《作家和他们的背景》系列写了一篇自传性散文，着重刻画了他的家乡麦特莫伊德：

多数时候，它是远离尘嚣的，不张扬，风景优

① Ted Hughes. *Elmet*, London and Boston: Faber and Faber, 1994, p.11.

> 美。四处都可以看到树木和陡峭如墙的土地。高处一两个农场清晰可见。农场里的人生活得很幸福，牛群们在吃草，高处很平坦。但是有一天你走出房子，或者从别的地方坐公交车来这里，你会为这黑暗的、在头顶上直挺挺耸立的山地而惊讶。[1]

家乡的风土人情和动物都成了休斯创作的原型和源泉。休斯十一岁考进了梅克斯伯勒文法学校，学校老师的鼓励激发了休斯对于写作的热情。十三岁那年他因为在课堂上读到了《丛林故事》而对吉卜林（Rudyard Kipling）产生兴趣，随后去图书馆搜集了他的诗集。休斯的英文老师约翰·费希尔（John Fisher）对他影响最大，正是在老师的推荐下，他读了 T. S. 艾略特和杰拉尔德·曼利·霍普金斯（Gerard Manley Hopkins）等作家的作品，还接触到莎士比亚、叶芝和劳伦斯等人，他几乎通读了劳伦斯的所有作品，或许是经典作品的触动，休斯回忆说，"我在十六岁时就只想成为一个作家，而我想写的无疑是诗歌"。[2]

与此同时，休斯开始创作诗歌，最早是模仿他崇拜的诗人的作品，之后，他又写了捕鱼和打猎的诗歌，得到学校英文老师的赏识，他的诗歌开始在学校杂志上发表，他在诗歌方面的突出才华使他获得进入剑桥大学学习的资格。在剑桥英文系学习期间，休斯广泛阅读，他热爱布莱克、华兹华斯、柯勒律治、济慈、霍普金斯和奥地利诗人里尔克的诗歌，能大段背诵布莱克和霍普金斯的作品，对许多诗人如狄兰·托马斯都有独到的见解。然而休斯更热爱

---

① Geoffrey Summerfield, ed., *Ted Hughes*, London: Penguin Books Ltd., 1974, p.122.

② Ted Hughes, *Birthday Letters*, London: Faber and Faber, 1998, p.725.

民间故事，于是第三年他转学考古与人类学，专研神话在各民族文化中的地位，了解到原始社会中萨满教巫师、吟游诗人及说书人等所具有的愈合心灵的作用。休斯在大学毕业后一直没有放弃写诗，毕业一年多以后又和老同学一起策划创办了文学杂志《圣巴托夫评论》，并于1956年2月26日在为创刊举行的晚会上遇到了西尔维娅·普拉斯（Sylvia Plath）。

普拉斯1955年10月以富布莱特学者的身份进入剑桥大学学习，她在剑桥的一份学生杂志上发表的诗歌引起了休斯和他的诗人好友的注意，两人在《圣巴托夫评论》的创刊晚会上一见钟情，不到四个月就结了婚，普拉斯不断把休斯和自己的诗歌送出去发表，由她经手整理的四十首诗赢得了哈伯兄弟公司的出版大奖，1957年以《雨中鹰》为题结集出版，并获得惊人好评。休斯和普拉斯互相推荐各自欣赏的诗歌，分享彼此的梦想和创作灵感。1960年3月，休斯的第二部诗集《牧神集》出版，立即获得了当时的权威评论人阿尔维兹（Al Alvarez）的盛赞，之后休斯便开始不断接到为英国广播公司朗诵、录音和写作的邀请，家中也偶尔接待一些来自伦敦的朋友，1962年5月的一个周末，诗人戴维·韦维尔（David Wevill）和他的妻子爱莎（Assia Wevill）应邀来访，也就是在那次聚会上，休斯爱上了爱莎，两人不久就有了私情，次年2月普拉斯在她伦敦的寓所自杀身亡，这在英美文学界掀起的轩然大波让休斯难以招架，休斯写诗回忆普拉斯的往事已是10余年后，而将诗集出版则是在诗人去世的几个月。

在休斯与爱莎相处的几年中，家庭生活的不平静影响了休斯的创作，1969年3月的一天，在极度压抑与绝望中，爱莎带着年仅四岁的女儿一起命赴黄泉。1970年

8 月，休斯从家乡返回德文郡后娶了护士卡罗尔·奥查德（Carol Orchard）为妻，同年出版诗集《乌鸦》，这次婚姻让他在享受稳定的家庭生活的同时，也进入一个创作高峰期，他接连发表了四部题材和风格迥异的作品，分别为《沉醉》(1977)、《洞穴鸟》(1978)、《埃尔默废墟》(1979)和《摩尔镇》(1979)。

休斯是有强烈的社会责任感的诗人，这体现在他对生态环境的关注上，如《四季歌》把自然界生死兴衰的循环过程作为一个重要的生态意识传输给它的读者;《钢铁侠》和《钢铁女侠》则以神话系列故事的形式把机器时代中人与自然的关系问题提到核心地位。休斯曾说，“我的绿色思想开始于幼儿期，存在于我身边的一切事物”[①]，说明休斯年幼时已注意到被工业废水严重污染的河流，而休斯真正意识到生态问题的存在是他在美国读到了《国家》杂志上有关科德角一带海域受到来自核废料的放射性污染的报道。此外，蕾切尔·卡森《寂静的春天》一书揭露出一个被农药彻底毒害的美国。所有这些促使休斯参与到一系列的环保活动中，如 1983 年，他协助组建了一个名为“托里奇行动组”的民间环保组织，目的在于对德文郡托里奇区一带河流的污水排放系统形成有效的干预体制，最终促成一个国家级水资源保护组织的成立。休斯对水污染问题的关注充分反映在 1983 年出版的《河流》所收录的多首诗歌中。除了参与水资源保护外，休斯还投身到野生动物的保护中。他曾经创作诗歌《黑犀牛》来帮助筹集资金，以拯救濒临灭绝的非洲黑犀牛。像《黑犀牛》一样传达出

① Terry Gifford, *Green Voices: Understanding Contemporary Nature Poetry*, Manchester: Manchester University Press, 1995, p.132.

明确的动物保护意识的诗歌构成了1989年出版的《望狼》一书中的动物诗的主体。正如陈红指出，休斯始终不忘把他的文学创作和环保实践相结合，正是基于他对文学所具有的教育功能的认识[①]。

第二节　休斯动物书写诗歌中的“力”与“美”

可以说，休斯是一个“动物诗人”，他创作的动物诗歌不胜枚举，鲜活的动物意象有《神思狐狸》（“*The Thought Fox*”）中的狐狸，《栖息的鹰》（“*Hawk Roosting*”）中的老鹰，《美洲豹》（“*The Jaguar*”）和《第二眼看美洲豹》（“*Second Glance at a Jaguar*”）中的美洲豹，《猪之观察》（“*View of a Pig*”）中的猪，《狼嚎》（“*The Howling of Wolves*”）中的狼，《鼠之歌》（“*Songs of a Rat*”）中的老鼠、《云雀》（“*Skylarks*”）中的云雀以及诗集《乌鸦》（“*Crow*”）中的乌鸦等。学界公认他是继布莱克、劳伦斯之后最优秀的动物诗人。

休斯与动物“结缘”并非偶然。据休斯传记《特德·休斯——一个诗人的一生》（*Ted Hughes: The Life of a Poet*）中记载，休斯很小就对动物感兴趣，三岁时用橡皮泥制作动物模型，四岁时的生日礼物是一本厚厚的绿色封面的动物书，和拉金一样，休斯也喜欢临摹书上的图片、画各种各样的动物。他童年的生长环境有野生动物，并有随其兄长狩猎的经历，后来意识到要保护动物，放弃了这一爱好，转而收养动物。童年时代培养起来的对动物的喜

---

① 陈红:《特德·休斯诗歌研究》，华中师范大学出版社2014年版，第7页。

爱贯穿休斯的一生。大学期间，他转到人类学专业学习，毕业后，曾在伦敦动物园当过看守。他一生大部分时间都在德文郡的农庄里度过，饲养着一群牛羊，自然对动物有近距离的观察。他的儿子尼古拉斯是美国阿拉斯加费尔班克斯大学的鱼类和海洋学专家，1983 年，他在给朋友的一封信中提及了自己随儿子去非洲捕鱼的经历[①]。1986 年，休斯在自己的诗歌朗诵活动中，结识了加拿大不列颠哥伦比亚省虹鳟协会主席博亚诺斯基，随后一直与他保持联系。有人说，休斯写诗如同身体强烈震动的分娩，诗句如同胎盘，是他身体的延展，也许这可以解释其诗的动感和力量。

在十五岁的时候，休斯认识到狩猎是对动物生活的打扰，应该尊重动物的生活习性，他转而细心地观察动物，揣摩动物的内心世界。他开始写诗，逐渐将动物纳入诗歌的创作题材。休斯曾说："很多年后我才开始写一些可以称为动物的诗歌，更多年后写作诗歌才部分成为我早年捕捉动物的一种延续"[②]。休斯的第一首动物诗歌是《神思狐狸》，这首诗把诗人对动物的喜爱和诗歌创作结合起来，是休斯所谓的"早年捕捉动物的一种延续"，开启了梦幻般的超现实主义诗风，拉开了休斯诗歌一系列动物意象的序幕，形成了休斯诗歌感悟动物力与美、"捕捉动物"的创作观。在这首诗歌中，诗人通过想象与狐狸互动，完成了诗歌创作，仿佛"纸页上已打印了字迹"是狐狸的活动留下的痕迹。和其他写实诗歌不同的是，诗中的自然

① Ted Hughes, *Letters of Ted Hughes*, selected and edited by Chirstopher Reid, London & Boston: Faber and Faber, 2007, pp.464–470.

② Ted Hughes, *Poetry in the Making*, ed. with notes by Masaaki Yoshino, Tokyo: NAN'UN–DO, 1980, p.4.

意象和狐狸都是诗人的想象，皆有象征意味。正如姚智勇、吾文泉在《泰德·休斯及其“动物世界”》一文中指出：“森林、孤独、白纸、黑暗象征诗人创作的枯竭；而狐狸的鼻子、眼睛、脚印、影子等象征创作灵感。狐狸即缪斯”①。虽然休斯没有养过狐狸，他却观察过狐狸，并通过想象捕获了狐狸。休斯在《创作中的诗歌》(*Poetry in the Making*)一书中曾写道：

> 有一种动物我从未成功养活，那就是狐狸。我总是遭受挫败：有两次是被一名农夫——我还没有来得及阻止之前——杀害了我捕捉到的幼狐；有一次为一名家禽饲养者所破坏——他放走了我的幼狐，而他的猎犬却一直在一旁守着。②

也许对没有捕获到狐狸一直耿耿于怀，休斯以狐狸为意象创作了诗歌，在诗歌创作中满足了捕获狐狸的愿望。在《神思狐狸》中，狐狸的意象栩栩如生，十分传神，他不仅描绘了狐狸的鼻子、眼睛、爪印和躯体，而且写到了狐狸一只眼睛里“一点扩大着加深着的绿光”以及狐狸那股特有的“刺鼻热烘烘的狐臭味”。休斯曾说：“从某些方面说，我的狐狸比任何普通的狐狸更好。它会永远地活着，不会有挨饿和受猎犬追捕之虞。我让它跟我同行，是我创造了它”③。休斯通过诗歌的方式保护了狐狸，让狐狸得到永生，使诗歌达到不朽，和莎士比亚十四行诗的第十八首中艺术使生命不朽的主题有异曲同工之妙，又如休

---

① 姚智勇、吾文泉：《泰德·休斯及其“动物世界”》，《江苏教育学院学报》(社会科学版)1997年第1期，第60页。

② Ted Hughes, *Poetry in the Making*, ed. with notes by Masaaki Yoshino, Tokyo: NAN'UN–DO, 1980, p.7.

③ Ibid, 1980, p.10.

斯所言:“我想在我去世后，只要这首诗的任何一部分存在，当人们在阅读它时，这只狐狸将会自黑暗中出现，并且朝他们走去”[①]。正是出于对动物生命的尊重以及对于诗歌永恒性的体悟，使得诗人休斯将自己的兴趣从单纯性的捕猎动物变为动物诗歌创作。

继第一首动物诗《神思狐狸》之后，休斯还创作了许多著名的动物诗。诗集《雨中鹰》通过将人的软弱与动物极强的忍耐力与抗拒力进行对比以突出动物的原始力量，如《雨中的鹰》彰显了自然的威力，并瓦解了人类中心主义:“我淹没在咚咚作响的耕地，我从 / 大地的吞咽中拔出一个个脚印 / 泥土每一次陷绊住我的脚踝，/ 那习惯像固执的坟墓。但是鹰 // 毫不费力高悬着平静的眼睛。/ 双翼在轻松的恬静中包容宇宙造化，/ 沉稳得宛如幻景在流逝的风中”[②]。《栖息的鹰》一诗描述了一只栖息的鹰端坐树枝、居高临下给人留下精力旺盛、凶猛残暴的印象，通过鹰的特殊形象的描写，休斯旨在引发人们对动物、人与自然关系的深入思考。在谈到《栖息的鹰》的创作时，休斯曾经说过:“事实上我想的是，在这只鹰身上是大自然在思索，简单说就是大自然自己”[③]。笼中的美洲虎“目光炯炯有神，锐不可当”，沼泽地上的马纹丝不动，仿佛与自然融为一体。在休斯的第二部诗集《牧神》(1960)中，水獭狡猾又敏捷，一头刚被宰杀的猪被描绘得哀婉动人，而池塘中的狗鱼通过作者对自己童年的回忆被描述得令人毛骨悚然。

---

① 陈黎、张芬龄:《四个英语现代诗人：拉金·休斯·普拉斯·希尼》，花莲县文化局 2005 年版，第 57 页。

② 阮伟、徐文博:《20 世纪英国文学史》，青岛出版社 1998 年版，第 307—308 页。

③ 王佐良:《英国诗选》，上海译文出版社 1993 年版，第 889 页。

在1967年休斯出版的诗集《沃德沃怪物》(*Wodwo*)中，他的诗歌受到劳伦斯的影响，给人的印象是“力量”，他诗中的每一个动物都是一个小宇宙。休斯颇为注意动物内在的本能和冲动，他以深刻而独到的洞察力解剖动物体内的盲目的冲动、旺盛的生命力和专一的目标。如《鸫》：

> 草坪上这些全神贯注的壮健的鸫令人惊骇，
> 与其说是生物不如说是弹簧钢——
> 虎视眈眈的致命的黑眼，两条灵巧的腿，
> 难以理喻地一触即发——一冲，一跳，一戳，
> 抓住瞬间拽出一个扭动的活物。

这里没有懒散和犹豫迟缓，有的是狂放的野性和充沛的精力，像弹簧一样劲头十足，像子弹一样目标专一。休斯写动物诗时能把感情移入，深入动物体内与之融为一体，他似乎变成了动物，像它们一样奔跑嚎叫。因此他的诗写得清新遒劲，每只动物都刻画得栩栩如生，充满生气，他诗中的动物是一群充溢着旺盛精力和生命力的野性精灵。

20世纪70年代，由于西方现代文明下人性的扭曲异化，生态环保意识已经成为一种大势所趋，在这一背景下，休斯的动物诗致力于倡导内在自然与外在自然的融合，如诗集《乌鸦》就被打上了深深的生态主义烙印。诗集用叙事的手法向读者讲述了人类的代表乌鸦从孕育诞生、懵懂无知到与自然为敌、残害自然，屡受重创后幡然醒悟，最终向自然弃暴求和的故事。主人公乌鸦具有与生俱来的人类中心主义思想。在《子宫口的考试》中，这只刚出世的小乌鸦竟出口狂言，妄自尊大：“有谁比死神更强大/显然是我”。在理性主义喧嚣的文化氛围

中，人类中心主义渗入乌鸦的每一个毛孔，使其沦为十恶不赦的魔鬼;《乌鸦去狩猎》中乌鸦迈出了无力征服自然的脚步，开始随意射杀无辜生灵；在《乌鸦与上帝密谈》中，乌鸦不仅把自己视为万物之尊，而且觉得自己比上帝还要强大，竟要去征服太阳；在《乌鸦败下阵来》中，乌鸦近乎癫狂，直扑太阳，尽管一败涂地，却死不服输；在《乌鸦与石头》中，宇宙大力神“石头”将军顽强地抵抗乌鸦的猛攻，最终乌鸦被埋在碎石中。此时，幡然醒悟的乌鸦终于挣脱了理性的樊篱，意识到:“宇宙比我强大得多。”在《乌鸦与大海》中，面对浩瀚的大海，乌鸦深深感受到了自然的伟力和自身的渺小。乌鸦大彻大悟，决意不再与自然对抗，下定决心向自然示爱，在《情歌》中，双方共诉衷肠:“同眠共枕你搂着我我搂着你双腿也缠在了一起 / 做着同一个梦梦里彼此不分离 / 早晨醒时各自带上了对方的面容”，至此，乌鸦终于与自然相融为一，归于和谐。这也是休斯所追求的人与自然和谐相处的理想模式。

1979 年，休斯出版了《摩尔镇》，诗人描写的是自己的日常生活，颇具自传性和乡村情调。和先前凶猛残暴的野生动物世界相比，休斯笔下的动物也多是温驯的家畜，诗人从一个饲养员的视角来审视人与动物的伙伴关系，农场上常常发生的生育和死亡也常常引起诗人微妙的感情变化。诗集《河流》描绘了河一年四季的变化图景，语调平和温柔。在最后一首诗《鲑鱼产卵》中，诗人歌颂了生命的孕育，感情十分细腻。

如上，休斯的动物诗歌以得心应手的象征和反讽的手法，充分表达了动物的凶残和野蛮的本能，象征西方后工业社会人们疯狂掠夺、自私残暴的本性，而在后期又体现出保护动物意识，展现了人与动物和谐相处的美好局面，这也体现了休斯的生态理想。对动物以及自然的生态关怀呼唤人与自然建立起和谐的关系，正如莱奥纳多·M.斯齐盖济指出，“不尊重自然，不了解自己的局限，也不了解自然的局限，就会使悲剧重演，自己也成为悲剧性人物”[①]。可以说，休斯的动物诗歌是其自然生态观的重要组成部分。

第三节　休斯诗歌中的社会生态观

休斯早期的动物诗歌难免有战争的阴影，这可以从休斯所经历的社会历史背景找到原因。作为战后诗人，休斯曾在“二战”期间服役两年，他的父辈也曾参加第一次世界大战，两次世界大战在休斯心中留下深深的烙印，诗人难免会在战争中感受到生死的无常、理性和兽性的抗争以及理想的幻灭等。两次世界大战给英国带来破坏性的打击，大英帝国逐步衰落，政治、经济和文化各方面的变迁使得英国人对秩序和传统都产生了巨大的疑问，休斯对暴力主题的表现植根于诗人对战争的切身经历和感悟。《栖息的鹰》《鬼怪螃蟹》中所表现的动物的野性影射着人兽性的发泄，这些残酷的自然力和战争不无关联。除了动物诗歌，诗人也直接以战争为题材作诗描绘战争的残酷。如《六个青年人》(“*Six Young Men*”)一诗展现给读者一张六个年轻人的合影，真实再现了六个青年人相继丧命于战场的死亡过程，用最简练的诗歌语言将生命的脆弱和战争的

① Leonard M. Scigaj, *Ted Hughes*. Virginia Polytechnic Institute and State University, 1991.

残酷描绘出来;《摩托车》(“*Motorbike*”)较为直接地表述了战争与死亡的关联及战后英国年轻人的状态。从以上这些诗中我们不难看出，休斯诗中的战争残迹不是显而易见的弹壳硝烟，而是深深植根于人类心灵，是无法轻易抹去的精神创伤。他运用语言的力量使每一位读者感受到战争对人类精神的摧残，从而使人陷入深层的思考中。正如批评家马丁·多茨沃恩(Martin Dodsworth)指出，休斯“对人类命运有着深深的担忧”①。

从休斯创作的中后期开始，他开始探索自然和社会之间复杂而深厚的关系，这一时期的代表诗集有《埃尔默废墟》《望狼》和《河流》，休斯通过这些诗作探究了自然和社会复杂而深厚的关系。“社会生态”这一概念最初由美国学者默里·布克钦(Murray Bookchin)提出，其理论基础在于“自然与社会之间的深层联系”，另有学者把刘易斯·芒福德(Leuis Mumford)称为“美国社会生态学家的第一人”②。我国生态批评学者鲁枢元提出的“社会生态”的概念指的是人与人或人与社会的关系，实际是对“生态”做泛化理解的结果。著名生态批评学者特里·古福德(Terry Gifford)提出“社会生态观”，不同于鲁枢元的社会生态观，其主要是表现人与自然的平等关系和共享命运，人与自然相互依存的关系构成了社会生态存在的基础。休斯的地方意识构成其社会生态观的重要组成部分，让他认识到环境与人相互影响，互惠共生，也激发出他的生态意识和社会责任感。如《埃尔默废墟》的自然面貌因

① Martin Dodsworth, *The New Pelican Guide to English Literature: The Present*. Penguin Book Ltd, 1983.

② [美]芬伦斯·布伊尔:《环境批评的未来：环境危机与文学想象》，刘蓓译，北京大学出版社2010年版，第146页。

工业文明而改变，人与它的遗迹一起走进历史;《望狼》中人与动物一起经历苦难;《河流》中人与鱼、动物一起感受生命的律动，自然成了人化自然，人也接受自然的恩赐，人与自然合二为一，共存共亡。

一、《埃尔默废墟》：文明的印记，历史的启迪

《埃尔默废墟》出版于1979年，以休斯早年生活的凯尔德河谷一带一个叫埃尔默的地区为题材，写那里的景物、人物及其历史，表现出极强的地方依附感和地方意识。休斯专门在这本诗集中提供了有关这个地区的长达三页的注解。据他介绍，埃尔默是西约克郡的一部分，曾是英格兰最后一个独立的凯尔特王国，曾一度横跨整个约克河谷，后因历史原因退缩到凯尔德河上游的峡谷地带。从地理位置看，埃尔默的南面和北面均被高地荒原所切断，使得整个山谷宛如一座孤岛，但同时因为北海和爱尔兰海的潮汐都在此地达到高点，又形成了一个天然的高速通道[①]。这样的自然环境造就了这个地区既封闭呆滞又独立自由的氛围，也在某种程度上决定了其历史发展的方向。正是由于对于埃尔默地区有着如此深入的了解，诗人才能够理解并接受这块土地上所发生的一切并视之为一个有机的整体。此外，为了更好地表现那个地区的独特气质，休斯还邀请了摄影师费·高德温（Fay Godwin）与其合作。高德温那些极具沉思气质的黑白照片很好地把握了埃尔默地区特有的气候、景物、光线以及工农业生产给当地带来的种种变化，与休斯的诗歌相得益彰。

---

① Ted Hughes, *Elmet*, London and Boston: Faber and Faber, 1994, p.9.

《埃尔默废墟》里的许多诗歌都让我们看到了人类文明进程对自然的必然影响，因此这里的景物、植物和动物都被打上了人的印记。在诗歌《斯坦布里荒原》中，休斯写到荒原上的草、石头、水和风，都是一副孤独无依的样子，然而诗人却将它们和身披盔甲的战士联系起来："它们是 / 混杂而成的盔甲 / 吸引你的心灵的蛾卵 / 用尽所有的勇气去抓紧"[①]。诗人把荒原想象成战场，存在于其中的一切生物或非生物，都是勇敢的身披盔甲的战士。对于动物也是如此。如在诗歌《英格兰最放荡的羊》中，羊成了"武士"，只能依靠自己对付足以置它们于死地的寄生虫，它们就像荒原中最早的人类居民一样，顽强的生存斗争让它们获得了人类先祖们享有的尊重。此外，休斯还描写了自然现象，如诗歌《当群山的日子到来》描述了一个狂风暴雨的时刻，水成了世界的主宰，群山仿佛变成了即将出海的舰，而此时的羊们站立着，任由风雨鞭挞，它们"好似英雄般 / 每张闪光的面庞向西凝望"[②]，这里休斯把羊比作英雄，表现了诗人的崇高敬意。

废墟的文明中难免有生命的脆弱和死亡的残酷。在《羊们不断地死去》一诗中，大地成了一个有着"如此强烈引力的死亡的磁场"，诗人用简洁的语言描画了羊的尸体在腐烂的过程中形态的变化："绵羊的袋子如何 / 扁平起来，试图散开来，变得越来越平 / 深陷进那股力量 / 来自石质死神的拖拽力。"在荒原上，原本有顽强生命力的羊一旦死去，便成为无生命的物体，它们的身体在雨水的浸泡下变成不堪重负的"袋子"，将它们拉向大地坟墓。荒

① Ted Hughes, *Three Books*, London: Faber and Faber, 1993, p.7.

② Ibid, p.20.

原因承载了生命而显得厚重苍茫。如同时间的广袤无垠，可以将死亡的悲哀冲淡。诗歌结尾诗人表达了时间消融一切的力量："磨坊的搏动和羊羔的哭喊 / 如同弗兰德斯的叫嚣声[①]/ 渐渐隐去 /……/ 在远足者的脚下"[②]。然而，休斯更多地看到了生命之花的顽强绽放。诗歌《长长的隧道顶部》写到诗人过去常去钓鱼的运河上的一座桥，满载羊毛和棉花的大货车在桥上川流不息，突然一声巨响，诗人定睛一看，原来是一条巨大的鳟鱼："他躺在那里——懒懒的——一位自由的君主，/ 对我毫不理睬。亲抚着、遣散着 / 向东散去的漂移的交通，/ 佩奈隘口的主人"。此处鳟鱼没有注意周遭环境的改变，桥上繁忙的车流在水中的倒影也在鱼儿的游动中化解，它们的世界是孤立的；然而就在滚滚车流之中，"一个野神的种子在为我开放 / 这么一朵深色虎斑百合 / 在车轮间，在备受折磨的轮轴下呼吸着"[③]。让诗人意想不到的是貌似娇弱的百合花竟能在车轮辗转间幸存下来。

在埃尔默的诗歌里，人和自然在工业化的过程中有着休戚相关的命运，同时人类文明的痕迹也深深地刻在自然当中，成为自然的又一面貌。《谢科尔顿山》一诗的开头便是典型的例子："去的农场，死去的树叶 / 紧紧抓住长长的 / 世界的枝干"[④]。农场虽已不复存在，但痕迹尚在，拒绝着被遗忘的命运。《当人们来到山顶》一诗同样描写了一幅破败之景。诗人把房屋和街道做了拟人比喻，它们就

---

① 原文 Flanders，曾经是中世纪北欧的一个国家，是许多战役的战场。

② Ted Hughes, *Three Books*, London: Faber and Faber, 1993, p.31.

③ Ibid p.40.

④ Ibid, p.41.

像得了风湿和腰椎疾病的人，难以支撑起自身，更难以担负延续人类文明的重任。然而就在这栋貌似已被遗弃的房屋里，“在某些令人晕眩的时刻 / 一台电视机 / 在狼的瞭望处闪烁着”[①]。可以想象，在遥远的过去，电视机所在之处或许正是荒原狼的安身之所。可见文明与自然相伴而生、难以隔离的关系。

休斯也曾表达过他对荒原上的人造建筑所怀有的复杂情感：“我觉得这些建筑物是一个伟大时代的纪念碑，这种感觉伴随着我长大。”[②] 在休斯为埃尔默所做的注解中，他讲到该地区最早的繁荣得益于它的羊毛工业，而工业革命的到来很快便使原来的家庭工业让位于大规模生产，一个又一个的磨坊在河道上立起。到了 19 世纪末，凯尔德河已然成为“英国被开发得最为严重的河流”，这其中循道教牧师威廉・格里姆肖的影响也不容小觑[③]。他不仅大肆开山挖石修建教堂，还用石头垒成又大又高的、监狱般的磨坊。不过这一切到了 20 世纪 30 年代便随着工业和宗教在当地的衰退而发生了巨大的改变：磨坊相继关闭，教堂被清空，河道边的农场也慢慢荒废，留下的只是一处处废墟。休斯的介绍让我们了解到荒凉背后的故事，这样的故事还隐藏在很多诗里，比如《沙克尔顿山》《阿尔科姆敦的墙》以及《哈普滕斯托尔老教堂》等等。

人类文明对于自然的影响是深重且不可逆转的，因此我们有必要从历史中吸取教训，尽量减小对自然的人为干

---

① Ted Hughes, *Three Books*, London: Faber and Faber, 1993, p.29.

② Ted Hughes, *Letters of Ted Hughes,* Ed. Christopher Reid, London: Faber and Faber, 2007, p.379.

③ Ted Hughes, *Elmet,* London and Boston: Faber and Faber, 1994, p.10.

预或伤害。然而休斯所面对的是故乡，所写的是他与父老乡亲听闻过并一同见证过的历史变迁，因此他的诗歌也在扼腕叹息或愤怒声讨的同时，表现出更多的理解。或许正是诗人的地方意识赋予他责任感，使他选择以诗歌、图像和注解相结合的方式，记录并纪念这个被称作埃尔默的地区因工业革命而兴衰的过去和今天。诗人显然认为，尊重埃尔默的历史即意味着接受前人对这一地区的所有改变，也包括接受荒原上的工业化遗迹，将其视为荒原的一个有机组成部分。休斯在此表现出的自然观因为增添了人类的因素而更具包容性，也更符合社会历史现实，很好地印证了吉福德在评价布克钦的“社会生态”理论时所说的，“把人类排斥在自然观之外其实是在减弱‘自然’这一术语的作用”①。

二、《望狼》：战争的阴影，危机中的生命

《望狼》诗集中多是两类诗歌：家庭诗和动物诗。家庭诗主要叙述了战争给家庭带来的痛苦，意在努力摆脱战争的阴影；而动物诗和之前描写野生动物“力”与“美”的动物诗不同的是，《望狼》中出现了有关被囚禁动物以及濒危动物的内容，由此休斯开始由对动物的一般性关注转而具有明确的环保意识，具有鲜明的时代特征。

因为《望狼》中有超过一半的诗以埃尔默的历史和人物为题材和主题，因此和《埃尔默废墟》诗集有很强的连续性，如《献给赴死青年的赞美诗》是由一张老照片的几个年轻人所引发的以战争为主题的回忆。人物诗中写的

---

① Terry Gifford. “Hughes’s Social Ecology.” *The Cambridge Companion to Ted Hughes*. Cambridge: Cambridge UP, 2011. p.82.

最多的还是诗人自己的家庭成员，比如《牺牲》和《沃尔特》的主题人物是休斯的舅舅;《源头》的主角是母亲；《如尘土的我们》和《在此期间》则以父亲为倾谈对象。

在《源头》一诗中，诗人首先发问:“这些眼泪从何而来”？全篇满是诗人的疑问:“……你的眼泪 / 在寻找什么？你失去的某个东西？某个 / 依然让你痛苦的东西？或者 / 你已经形成了习惯，/ 可能在战争期间，把你自己 / 和生命之外的某物联系起来，一种哀悼 / 能够修复你 / 且为必需”[①]。对母亲来说，虽然她没有在战争中失去丈夫，但哀悼已经成为一种习惯，这种感觉已经超乎生死。诗人继而回忆起战争岁月里终日落泪的母亲:“……你的眼泪不在乎。/ 他们会来找寻你 / 在你独处的地方。……/ 他们会依偎着你。你会 / 停下针线一声不响地 / 开始静静地哭泣”[②]。诗人明白母亲的眼泪有安慰和修复作用，对母亲来说，不为任何理由哭泣是“一种奢侈”，她可以“休息”、“放松”并“化解”自己。而对于诗人而言，母亲那“奇怪的音乐”也是一种修复心灵创伤的力量，成为某种“源头”。

和《源头》一样,《在此期间》也是只有一个声音的心灵对话，不过对象换成了父亲。正如母亲的哭泣让诗人疑惑一样，父亲的沉默也一直困扰他。多少个夜晚，白天沉默不语的父亲被噩梦惊醒，发出令人恐怖的叫喊，诗人不知是怎样的恶魔在纠缠着父亲，只能凭借自己的想象:“我能从我的卧室听见你——/ 所有的无望仍在继续，/ 无人之地仍在哭喊和燃烧 / 在我们的房子里，你再次爬出 /

① Ted Hughes, *Wolfwatching*, London & Boston: Faber and Faber, 1989, p.17.

② Ibid, pp.17–18.

战壕，回到那片火光之中 // 仿佛你仍然不想接近我们 / 不想带我们回到安全之处。”[①] 诗中的父亲保守战争记忆的煎熬，战争继续以“战壕”以及“火光”的形式侵扰着他的梦境，而诗人也因为父亲的拒绝交流倍感痛苦和绝望。

在诗歌《如尘土的我们》中，诗人以第一人称的口吻回忆作为第三人称出现的父亲，有着更多旁观者的冷静思考。诗中说“我是他替补的疗养期”，诗人努力帮助父亲走出战争的阴影，但战争的恐怖画面却从未从父亲的记忆中消失。诗人想象着父亲头脑中那不停闪现的“惨白的蒙太奇镜头”：“水塘里的士兵陷入软泥的沼泽颤抖 / 那里的骨头和武器的碎片 / 随着每次爆炸如雨而下。/ 赤身的人们 / 滑动着，注视着母亲和姐妹们 / 永远无法与他们的目光相对的地方，无法看见 / 他们到底是如何爬行，如何被践踏。”[②] 可见战争的残酷不只在于那些尸横遍野的场面，还在于士兵们那种远离亲人、痛苦无助的感觉。诗人能理解父亲内心的痛苦，也一直小心翼翼地不去触痛父亲那永难愈合的伤口。沉默的父亲整日呆坐着，“被杀死却还活着”，正所谓生不如死。但这并不妨碍诗人以某种方式与父亲交流：“……我预知，/ 用一把梳子，/ 在他波浪形的金发下面，在我梳理的时候，/ 头颅的脆弱”。这里描写的是一个亲情的时刻，也是神秘的时刻，仿佛父亲头脑中所有的痛苦记忆都通过那把梳子传递给了儿子，成为儿子的“心灵食物”。

除了这些带有战争阴影的亲情诗，《望狼》诗集的另一主体便是动物诗，与早期动物诗歌不同的是，诗人有关

---

① Ted Hughes, *Wolfwatching*. London & Boston: Faber and Faber, 1989, p.23.

② Ibid, p.10.

动物和生态环境方面的思想意识在此阶段有了很大的改变和提高。标题诗《望狼》里写到两头狼，一头老狼和一头小狼。诗的前三分之一集中写老狼，它已被关在伦敦动物园里多年，或许根本就是一辈子。长期的圈养生活让它厌倦，“他像一个老头似的烦躁地打着哈欠”。它整日被参观者的目光注视着；在他们眼中，它仿佛一个“毛茸茸的玩具狼”。原本野性难驯的狼一旦失去自由，也就成了一堆“无用的力量”[①]，休斯是一个富有同情心的观察者，他似乎对狼所受的精神折磨有着一种感同身受的体会：“他无法安定下来。/……白天不会过去。/ 夜晚会更糟。他等着 / 麻醉剂发挥作用 / 它已经夺去了他的力量，他的美丽 / 和他的生活。”[②] 诗人写道老狼终日只得蜷曲着身子，努力找到一个舒适的姿势。他想象着老狼心中的不甘和无奈：“他退缩到 / 狼皮的震颤中，他已 / 不知如何才能不辜负这身狼皮。”[③]

这里老狼与被囚禁的美洲虎的形象形成了鲜明的反差，《望狼》诗的后三分之一描写了一头年轻的、“依然完整”的狼，它有着放松的姿态和心情，更有着生活的希望，但“可怕的事情正在发生”，它那“坚毅的遗产”正一日日地被蚕食着；像老狼一样，它也不得不靠昏睡来燃尽“新的无望”[④]。在诗的结尾处，小狼成了一个画在卡片上的图像。与休斯前期动物诗的创作风格不同，诗歌《望狼》从一个现实的角度去关注动物的生存问题，包含强烈

---

① Ted Hughes, *Wolfwatching*. London & Boston: Faber and Faber, 1989, p.12.

② Ibid, pp.12-13.

③ Ibid, p.13.

④ Ibid, p.14.

的动物保护意识。《黑犀牛》是另一首以动物保护为主题的诗歌，这首诗对滥杀野生动物的罪行进行了更大力度的讨伐。休斯在诗集的最后一页特别注释这首诗献给拯救黑犀牛的运动筹集资金。他在其中提到，英国作家马丁·布斯（Martin Booth）为拍摄影片来报道黑犀牛所处困境，曾于1986年和1987年两次前往赞比亚的一个国家森林公园，结果第二次去的时候发现那里原有的一个大犀牛群已经难觅踪影。这一事件被休斯写进了《黑犀牛》的开头部分：摄像机捕捉到一头黑犀牛，它有六千万年的历史，然而当今正被枪口瞄准，也许不久就会成为一只廉价的手表。摄影师观察镜头中黑犀牛的每一个细节，包括耳朵和尾巴的颤动，还有它的角——正是它被捕杀的原因。然而摄影师不能长久注视，仿佛有个声音在催促他："快点，快，不然在你注视的时候 / 他就会消失 / 在微光中，化为一堆令人作呕的恶臭。// 骨头会出现在胶片上"[①]。最后两行是诗人对黑犀牛陈尸非洲草原的想象，诗人的这种紧迫感正是所有投身环保运动的人士所必备的。在《望狼》一书中，《黑犀牛》一诗紧随着《献给赴死青年的赞美诗》出现，这种排列本身就颇有深意。吉福德认为《黑犀牛》是唱给死去的犀牛们的赞美诗，而两首赞美诗之间有诸多联系，比如猎杀和战争、人类与地球、家庭回忆与环境忧患等[②]。

吉福德认为《望狼》里有个贯穿始终的问题，那就是：如果我们现在不投身到"环境战争"中，去拯救我们

---

① Ted Hughes, *Wolfwatching*, London & Boston: Faber and Faber, 1989, p.27.

② Terry Gifford, *Ted Hughes*, London and New York: Routledge, 2009, p.63.

自己，我们的文化，以及其他的生灵，那么我们在一次世界大战之后所经受的家庭中漫长的个人痛苦又有何意义？正如陈红所说，写作“黑犀牛”是诗人为了支持动物保护运动所采取的干预行动，同时也表明我们可以通过此类创造性的活动来修复悲伤①。休斯在一次访谈中表示，诗歌应该担当起相关的社会职责。据当时的采访人维克·艾伦（Vic Allen）回忆道：“休斯明确提出，忽视环境的行为是危险的，而诗歌未能充分唤起人们对此问题的警觉，显然是失职的”②。身为桂冠诗人，休斯表现出的这份社会责任感是值得赞赏的。

三、《河流》——环保的责任，自然的律动

诗集《河流》发表于1983年，1993年，经过休斯的重新整理编辑，《河流》又出现在《三本书》中。这部诗集的河流以德文郡的为主，休斯1961年买下位于北陶顿的名为绿庭的房产，主要就是被附近那些满是鲑鱼和鳟鱼的河流吸引。之后他还去过苏格兰和爱尔兰的一些河流捕鱼，1979年和1980年休斯和儿子尼古拉斯还一起去更远的冰岛和阿拉斯加，《河流》中大部分诗正是在这一时期写成的。

休斯笔下的河流有着丰富的面貌，在不同的季节呈现出不同的状态。比如四月的迪河被雪山环绕着，像“一件特别精美的珠宝”③；而随着天气变暖，雨季来临，河流

① 陈红：《特德·休斯诗歌研究》，华中师范大学出版社2014年版，第147页。

② *Sunday Telegraph* 18.11.1990.

③ Ted Hughes, *Three Books*, London: Faber and Faber, 1993, p.125.

洋溢着生命的活力，汹涌着“眩晕的爱的高潮”[①]；接下来的时日里，各种动物和昆虫被河水吸引而来，各种水生生物也茁壮成长，此时的河流好像一个供万物朝拜的祭坛，威严如“它自己，不可改变”[②]；一旦进入八月，河水变得“可怕”，“有着死一般的沉寂”[③]；在诗人眼里，这样的河“似乎是邪恶的”。不论休斯如何描述河流，他对河流的生存状况的现实关注不容置疑。也正因此，他注意到水污染问题，并在《1984，走在“卡塔尔之路”上》和《如果》这两首诗集中表现化学制剂的使用给河水造成的危害。

诗歌《1984，走在“卡塔尔之路”上》里的“塔卡尔之路”是北德文郡的一条沿河旅游线路，因亨利·威廉姆森（Henry Williamson）的故事书《水獭卡塔》而闻名，休斯幼年时曾被这本书深深吸引[④]。然而到了 1984 年，这条河受到大量未经处理的化学制品的侵袭，犹如“一整桌宴席”倒入了“下水道”[⑤]，这里“一整桌宴席”指的是那些大量的、种类繁多的化学制品，而“下水道”则指河流，十分具有讽刺意味。诗人用“病人”比喻河流，而生活在周遭的人们好比站在“病床”前，可悲的是，“病人”无法离开“医院”，因为化学制剂等危害无处不在，可见科技发展负面效应危害之大，这在蕾切尔·卡森的《寂静的春天》也深刻体现出来。诗里也有人的行为，如玉米种植主彼特，在利益的驱动和政府的保驾护航下他把成吨的

---

① Ted Hughes, *Three Books*, London: Faber and Faber, 1993, p.140.

② Ibid, p.170.

③ Ibid, p.171.

④ 陈红：《特德·休斯诗歌研究》，华中师范大学出版社 2014 年版，第 151 页。

⑤ Ted Hughes, *Three Books*, London: Faber and Faber, 1993, p.118.

农药倾倒进河流，讽刺的是彼特声称爱护昆虫和鸟类，是一个“自然保护者”，在这里休斯已经认识到生态意识不仅仅包括对花鸟虫鱼的热爱和保护，还把环保的对象扩大到生存的环境，具有环境正义、生态整体主义和深层生态学的观念。然而生态环境的整体利益与个人的物质需求是存在矛盾的，当人类的物质生存诉求占了先机，河流就成了被动的一方。然而人类要自食其果，正如诗中所说："他也逃不掉，他那年轻的妻子也逃不掉，/ 如果你问他们为什么这么做，她会笑着说 /……/ ‘但是孩子们得受教育。’”[①] 在短诗《如果》中，休斯用类似散文体的语言对水污染的深切担忧和人类将受到自身的惩罚有着更简单和直接的表达："如今你在哪里能找到纯净的水？ / 雨滴已经回到了杯中 / 你已经成为了自己的臭水沟，在那里饮水。”[②] 的确，当空气、土壤和河流遭到污染，河流入海，海水回到大地，无论生物还是水源都遭到污染，从而形成恶性循环，由此可见人自身的物质需求和生态整体利益相一致的地方，环保和可持续发展将对人类本身受益。

这两首诗描写了河流遭受污染以及人类终将自食其果的悲剧性一面，从而表达出环保的重要性和迫切性，然而诗人并不绝望，只要人类付诸行动，可持续发展仍然可以实现，河流仍然可以呈现出生命的律动。在《河流》一诗中，诗歌的开篇则洋溢着积极的乐观主义精神："(河流) 从天而降，横躺在 / 母亲的膝上，被世界断掉。// 但是水会继续 / 从天降落 // 哑然地从它破碎的口中 / 吐露

① Ted Hughes, *Three Books*, London: Faber and Faber, 1993, p.120.

② Ibid, p.137.

出光亮的神灵。”[①] 诗人想象自然有着神奇的修复能力，它更有着抚慰众生的博大情怀，诗人对河流的神力深信不疑，并在诗的最后断言：“它是一个神，不容侵犯。/ 永生不死。并将所有死亡洗刷干净。”[②] 哈德利（Hadley）指出，休斯在河流中多以真实的河流为关注对象，表明了他对环境问题本身的现实主义态度，同时，“真实的河流在某种程度上是诗意想象或诗歌本身的体现。”[③] 陈红继而指出，“上引最后两行中的‘口’（mouth）一词既是江河汇入大海之‘口’，标志着修复过程的开始，又是诗人之‘口’，表达了诗人借诗歌之力，唤醒众生，共同修复河流的希望之声。”[④] 可见河流虽然因为人为原因而不再纯净，但却是生命之源，也是“能够帮助诗人治疗心灵创伤的神圣元素”[⑤]。莱奥纳多·M. 斯齐盖济认为《河流》传递出的责任感是它最有价值的部分，他曾预言：“终有一天《河流》会被纳入世界文学杰作的核心部分，成为地球人的必读，以帮助他们获得成年所必需的责任感。”[⑥]

休斯对水污染和环境问题的重视与上世纪六七十年代的时代背景密不可分。蕾切尔·卡森的《寂静的春天》、麦克斯·尼科尔森的《环境革命》以及彼得·辛格的《动物解放》都是六七十年代出现的具有划时代意义的环保著

---

① Ted Hughes, *Three Books*, London: Faber and Faber, 1993, p.141.

② Ibid, p.141.

③ Edward Hadley, *The Elegies of Ted Hughes*, Hampshire: Palgrave Macmillan, 2010, p.89.

④ 陈红：《特德·休斯诗歌研究》，华中师范大学出版社 2014 年版，第 152 页。

⑤ 同上书，第 152 页。

⑥ Leonard M. Scigaj, *The Poetry of Ted Hughes: Form and Imagination*, Iowa City: U of Iowa P, 1986, p.133.

作。这些书对休斯有很大的影响，如休斯在为《环境革命》写过的书评中一方面对尼科尔森作为英国自然资源保护委员会前任主席所揭露的现实表示震惊；另一方面又深深地感慨于尼科尔森满怀希望的努力。这本书也让休斯开始乐观地面对人与自然的未来。陈红指出，“正是诗人怀有的乐观主义精神，使得他一方面寄希望于自然的神力来拯救其自身以及人类；另一方面又把希望给予了社会，因为他深知，生态环境的保护需要全社会的参与”[①]。在这一思想和信念的指引下，休斯一方面持续不断地利用文学的力量对毒害河流的行径进行口诛笔伐，以此唤起公众的危机意识；另一方面他还积极地投身到一系列旨在拯救河流的实际行动当中，比如他在1983年协助组建了一个名为“托里奇行动组”的民间环保组织，目的在于对德文郡托里奇区一带河流的污水排放系统形成有效的公共干预体制。1985年，休斯代表该组织在听证会上做精彩陈述，而该组织通过对当地排污系统的成功干预行动，最终促成了一个国家级水资源保护组织的成立。此时的休斯除了是一个诗人，还是一个社会活动家，在休斯的社会生态观中，人与自然万物犹如一个大家庭，彼此休戚与共，因此他所感到的责任必定是对生态环境和社会的双重责任。

第四节　休斯诗歌中的凯尔特文化和对道家思想的接受

泰德·休斯为重建人与动物、自然的和谐关系而在诗学上不懈追求，从早期动物诗歌中对人性的沉思和自然

① 陈红：《论特德·休斯中后期诗歌的社会生态观》，《外国文学研究》2014年第6期，第55页。

伟力的塑造，中期叙事诗歌中对人类中心主义的批判和后现代西方人内在自然和外在自然融合的渴望，到后期作品中对自然的呵护与关爱，每一首诗歌中无不融入了他对自然的生态关怀。他的诗从人与自然异化的现实切入，讨伐征服自然的理性文明及其压抑下的人性，批判人类对自然的贪欲，呼吁人们肩负起生态伦理责任，用生态整体观的视角观照世间万物，倡导回归自然并建立与自然的和谐关系，可以说已包容了生态文学思想的全部内涵。这源于休斯对凯尔特文化的濡染和对道家思想的接受，休斯认为，诗人是能够医疗人类内心疾病的萨满，他在英国战后的背景下试图从凯尔特文化中寻找活力以激起英吉利民族的活力和自信心，还遵循“道法自然”，呼吁人类与自然的亲近和融合。

古凯尔特人是不列颠岛的土著居民，是与希腊罗马文明相对应的蛮族世界中一个引人注目又有着强大影响力的民族，在欧洲文明历史中起着举足轻重的作用。休斯的家乡位于英国北部西约克郡的上考尔德，那里曾是古老的爱默特王朝的一部分，也是盎格鲁入侵以前的最后一个古凯尔特王朝，那里具有浓郁的凯尔特文化传统。休斯的绝大部分诗歌都取材于他的家乡。凯尔特文化传统以其独有的乡土特色和想象力对休斯乃至英国诗歌产生了深远的影响，休斯认为凯尔特传统是“我们财富的一部分，我们的本能和古老记忆的一部分”[①]。

凯尔特文化源远流长，罗伯特·格雷夫斯（Robert Graves）认为“英国的诗歌始于《阿莫金之歌》（*The Song*

---

① Ann Skea, *Ted Hughes: The Poetic Quest*, New England: The University of New England Press,1994, p.160.

of Amergin），这是一本载有很多诗歌神话传说的古凯尔特日历”[①]，休斯关注诗歌的心理和社会治疗功能，他对自己祖先的神话传说十分迷恋，休斯的传记作家艾琳·芬斯坦（Elaine Fainstein）介绍说：“休斯为格雷夫斯的《白衣女神》和其中的神话所吸引，他尤其欣赏格雷夫斯为构建古代社会的母系结构所做出的努力”[②]。格雷夫斯在书中说：“诗歌的功能就是对缪斯的宗教意义的唤醒”[③]。休斯一生钟情缪斯女神，并希望通过回归凯尔特文化传统来唤醒缪斯。休斯 19 岁时所写的第一首诗《歌》就表明他受到格雷夫斯的《白衣女神》的巨大影响，诗中的“女士”即指“白衣女神”：“哦女士，想想当我要失去你时候 / 月亮丰满的手臂，散射的荒原……/ 我的头，由于爱而疲惫，安歇 / 在我的手里，而我的手满是灰尘，/ 哦我的女士”[④]。

古凯尔特人长期生活在原始社会阶段，由于缺乏文字，部落社会留下了许多口耳相传的神话传奇。部落里的吟游诗人负责每个部落的历史、神话、英雄事迹等的口头保留和传播工作，所以吟游诗人在凯尔特的文化传承中起着重要作用。古凯尔特部落吟游诗人的角色带有很浓厚的萨满色彩，部落里口头传唱的诗歌因此又具有一定的心理治疗功能。而部落的萨满（即巫师）又具有很大神通，他能够直接以动物的形式、以动物为向导或幻化作许多形体穿越时空，从另外的时空带回神奇力量，为部落里的人疗

① Robert Graves, *The White Goddess*, New York: Farrar, Straus and Girdoux, 1982, p.13.

② Elaine Fainstein, *Ted Hughes: The Life of a Poet*, London: Weiledfeld & Nickson, 2001, p.40.

③ Robert Graves, *The White Goddess*, New York: Farrar, Straus and Girdoux, 1982, p.14.

④ Ted Hughes, *Ted Hughes: Collected Poems*, Ed. Paul Keegan, London: Faber and Faber, 2003, p.24.

伤治病。休斯正是把自己当作原始凯尔特部落里戴着各种动物的面具，不停挥动着鼓锤，不断舞蹈着的萨满。他用诗歌作为一种“生物治疗过程”，为自己的时代寻找解除精神痛苦的良药。诗集《爱默特废墟》(*The Remains of Elmet*)中的《两个》这首诗就是休斯第一首暗示自己萨满身份的诗歌。诗歌谈及他孩提时代心目中的英雄——大哥杰拉德离开他而应征入伍，不能够再和他一起狩猎。这次别离使他暂时丧失了神奇的能力，以至于“他的(萨满的)羽毛头饰从头上落下了/(萨满的)鼓锤从手中脱落”[①]。幸运的是休斯并没有就此停止吟唱，没有放下鼓锤，也没有丧失萨满的神奇能力。在同一诗集的《春日黄昏》一诗中，休斯兼部落萨满及巫师于一身，在为地球疗伤医病：“……铁制的正在下沉的地球/在它伤口上冻结。//鹬/明白要快一些/上下急飞//在暮色中擂鼓——巫师//上天入地//从月亮上/牵下新的/线//轻柔地/穿入它的蛋”[②]。由于鹬能够发出像鼓声一样的鸣叫，还被称为“雨鸟”或“雷鸟”。在凯尔特神话中，由于雨能够带来生机和活力，鹬因此常常和“繁殖”与“丰饶”等联系在一起。在这首诗中，作为萨满的休斯试图把天堂和人间连接到一起：夜色中，鹬如同擂鼓般急促的鸣叫被萨满赋予超自然的力量，它们从月亮上飞向因受伤而濒临死亡的地球去催生新的生命。在这首极具凯尔特神话色彩的诗中，我们看到作为萨满的休斯借助于鹬为地球疗伤治病。

除了受凯尔特文化影响，休斯还探索自然法则。道家思想通过海外汉学的译介进入了休斯的知识体系中，他

---

① Ted Hughes, *Ted Hughes: Collected Poems*. Ed. Paul Keegan, London: Faber and Faber, 2003, p.480.

② Ibid, p.474.

的诗学思想和道家思想有很多契合之处。他酷爱自然，这是道家思想形成的前提和底色，他擅于反思，这是融入道家思想轨迹的历史必然。中国道家代表人物老子的“人法地，地法天，天法道，道法自然”的论述，是对自然法则以中国人智慧的精辟解读，是对人类文化的重大贡献，对休斯有深刻的影响。休斯一生都在用诗歌探索诠释自然的法则，探索宇宙之间的秩序和人类的命运。休斯的精神世界里，装满了山川河流、虎豹鹰狼和花鸟虫鱼，他以道家“天人合一”的思想指导人与自然的关系，使他的自然观和社会观得到升华。在凯尔特传统的影响下，休斯早期的诗歌遒劲有力，他以刻画野生动物的原始力为依托，以充满阳刚的语言和富于活力的诗行，试图回归凯尔特传统，努力恢复英国人失去的古老记忆，解放被压抑的本能，以此激发被“二战”打击之后的英国人的活力和自信心。然而到了 20 世纪 70 年代中期，在道家思想的影响下，他的视野更加开阔，在他的决心和斗志中增添了道家思想中隐忍的智慧，使他能够以一种超然的心态对待生活中的波折与遭遇。

中年时代的休斯经历了个人生活的种种不幸，他的前妻普拉斯因为休斯的婚外情于 1963 年自杀，几年后，与他同居的爱莎以同样的方式结束自己和其女儿苏拉（Shula）的生命，舆论界和女权主义者将二者之死归咎于休斯。1969 年，休斯母亲去世，这一系列的打击使休斯痛苦不堪，他这个时期的诗作如《狼嚎》也表达了悲哀和无奈：“狼那双眼睛从来就不明白，/ 怎么回事 / 它必须那么生活 / 它必须活着”[1]。70 年代中期，休斯开始阅读道家

① Ted Hughes, *Ted Hughes: Collected Poems*, Ed. Paul Keegan, London: Faber and Faber, 2003, p.180.

作品，接受道家思想，道家隐忍的智慧帮他抚平了伤口，使他能够以一种平和、超然的心态承受这一切不幸。在诗集《埃尔默废墟》中，休斯通过描写一个生态群落的衰败与再生，展现了道家学说中一个万物有灵的世界。他解构了文明与自然的二元对立，认为两者共同组成一个不可分割的有机整体，遵循自然规律的生死循环。如在《树》一诗中，休斯以一种平和的心态接受了发生在身上的一切："……最后，他选择顺从 / 保持沉默 // 就让该发生的在他身上发生吧"[①]。道家哲学认为事物发展的规律是向其对立面转化，"相反相成，相生相克，物极必反"，因此，老子主张"无为"，因为"夫唯不争，故天下莫能与之争"[②]，休斯因此参透人生的大智慧，懂得了接受和隐忍，选择坦然接受命运的安排。在《海普顿斯道墓地》一诗中，他想象逝去的亲人都化作黑天鹅身上"活着的羽毛"，拍击着"银色的波涛 / 飞向了大西洋"[③]。

老子在《道德经》中多次用"水"来讲道："上善若水，水善利万物而不争"，休斯同样对水情有独钟，他创作于80年代的诗集《河流》深受道家思想的影响，充满水的意象："从天而降 / 横跨母亲的膝头 / 被世界冲破 / 然而水将继续从天堂涌出 / 用裂开的嘴 / 在沉默中发出灵魂的光芒 /——因世界的诞生 / 所以河是神 /……它是神 / 不可侵犯的神 / 不朽的神……"，这里休斯赞美了水有奇迹般再生的力量，对河神表达了由衷的敬佩和赞美。《河流》

---

① Ted Hughes, *Ted Hughes: Collected Poems*, Ed. Paul Keegan, London: Faber and Faber, 2003, p.466.

② 老子:《道德经》，Arthur Waley 译，外语教学与研究出版社 1998 年版，第 46 页。

③ Ted Hughes, *Ted Hughes: Collected Poems*, Ed. Paul Keegan, London: Faber and Faber, 2003, p.492.

追踪了一位垂钓者从抗拒自然到与自然融为一体的心灵之旅，他摆脱了理性分析思维，皈依直觉感知，因此忘记了自我与外物的差异，人与自然合二为一。休斯用文学的力量，不仅唤醒了英国人，也唤醒了世界各国的人们。道家思想对正确处理人与自然的和谐关系、处理经济发展和维护生态平衡之间的关系，保护人类赖以生存的地球，无疑起到启迪、教化、影响和助推的作用。

老子说:“人法地，地法天，天法道，人法自然”[①]，自然之道是通过天和人显现出来，天和人共同效法自然之道，由此形成“天人合一”思想。道家的“天人合一”思想可以理解为人与自然要建立一种和谐的关系。作为生态运动的先驱之一，休斯从 80 年代起就开始关注环境和生态建设，他“提倡人类应该通过回归自然而解放饱受商业化、机械化和社会窒息的心灵，从而达到人与自然的融合，恢复心灵的生机和活力，最终实现‘天人合一’”[②]，因此他呼唤建立人与自然和谐平等的关系。著名爱尔兰诗人希默斯·希尼在休斯追悼会上所致的悼词中曾高度赞扬休斯说:“他把英国民族的历史呼唤和地球维护生态的呼喊藏在心底里”[③]。的确，休斯一生热爱自然，关注生态和环境。自然的神圣和壮美流淌在他的后期诗集《河流》的每一页诗行中，如诗歌《翠鸟》和《鸬鹚》都表达了对生命、对自然的赞美之情，而《鲑鱼产卵》中的老渔夫则陶醉于自然美景而达到物我两忘的境界，可见休斯的生态思想中渗

---

① 老子:《道德经》，Arthur Waley 译，外语教学与研究出版社 1998 年版，第 52 页。

② 区鉷、李子丹:《泰德·休斯诗歌中的道家思想倾向》，《外国文学研究》2006 年第 2 期，第 75 页。

③ [英] 泰德·休斯:《生日信札》，张子清译，译林出版社 2001 年版，第 268 页。

透着道家色彩，主张尊重自然的生命价值，珍视一切生命，致力于人类心灵回归自然的过程。

总之，在截然不同的历史文化语境中，休斯早期的诗歌受到凯尔特传统的影响，尽显遒劲的诗风，他笔下的动物充满原始的野性和自然力，也给战后英国文坛带来一股清新和活力。然而，人到中年，休斯的个人生活经历了打击，他的诗风也发生了变化，休斯开始受到道家思想的影响，懂得与生活妥协的隐忍之道，他的诗风也变得平和。而后期休斯开始有环保意识，将道家的“天人合一”思想践行到他的诗歌创作中，《河流》就是很好的例证。得益于休斯的再创造，其诗歌中的道家思想焕发出新的生机和活力。休斯将道家思想和生态批评以及他个人的社会政治理想相结合，道家“天人合一”的观念帮助休斯表达他对生态环境保护的关注，道家思想对和平和谐的提倡，有助于休斯表达他的社会政治理想，即建立一个和谐互助的新型社会。休斯对道家思想的汲取不仅出于他对西方现代文明的反思，更出于他对东西方文化自然的亲近和积极的融合。

第六章
城市化进程中的 20 世纪英国其他生态诗人的生态思想

除了以上四位代表诗人，20 世纪英国生态诗歌还包括其他诗人创作的诗歌，如奥登、希尼和朗利，他们的诗学成就斐然，也以城市化进程中的自然以及人与自然的关系为写作题材，虽然奥登后来移居美国并入美国籍，希尼和朗利为北爱尔兰诗人，其诗歌中也体现了城市化进程中英国诗歌创作过程中的生态意识，并将这种生态意识融于民族性和诗人的社会责任，因此他们的诗歌具有积极的文学和社会意义。

第一节　威斯坦·休·奥登城市诗歌中的和解精神

威斯坦·休·奥登（Wystan Hugh Auden，1907—1973）出生于英国约克镇的一个医生家庭，在伯明翰长大，还在牛津大学时，他的诗人地位就已确立，被认为是继叶芝和艾略特之后最重要的英语诗人。奥登从 20 世纪 20 年代后期起在英语诗歌界崭露头角，30 年代名盛一时，1948 年获得普利策奖，奠定了其在现代英美诗坛中举足轻重的地位。他的诗歌受盎格鲁—撒克逊和中世纪诗歌的影响，但也试图通过诗歌来保留自己“私人的领地”，具有自己的特色。他的第一部诗集《诗歌》（*Poems*）发表于1930年，是由著名诗人T. S. 艾略特帮忙出版的。诗集受到读者的欢迎，奥登因此也被认为是同时代中最有才华的人。接着出版的诗集是《雄辩家》（*The Orators*，1932）和《看陌生人！》（*Look Strangers*!，1936），奥登还写过剧本，其中有《死亡之舞》（*The Dance of Death*，1933）、《皮肤下的狗》（*The Dog Beneath the Skin*，1935），《F6的上升》（*The Ascent of F6*，1936）和《在边界》（*On the Frontier*，1938）等。奥登后来还到过冰岛、中国和西班牙等地，而且有与旅行相关的作品问世。1939年1月，奥登赴美国，并于1946年成为美国公民。奥登的主要作品还有《战争之旅》（*Journey to a War*，1939）、《另一次》（*Another Time*，1940）、《双重人》（*The Double Man*，1941）以及与人合著的《来自冰岛的来信》（*Letters from Iceland*，1937）等。

奥登的诗作，特别是后期作品，确立了他作为20世纪英国主要诗人的地位。1956年，他被选为牛津大学的诗歌教授。奥登的后期诗作主要有《没有人》（*Nones*，1951）、《阿喀琉斯之盾》（*The Shield of Achilles*，1955）和《向克莱奥致敬》（*Homage to Clio*，1960）等。作为诗人，奥登对后代诗歌的影响是很大的，这一点只有叶芝可以与之媲美，玛丽安·莫尔（Marianne Moore）等评论者更是对奥登大加赞赏，认为他足以获得诺贝尔文学奖[①]。奥登同样生活在20世纪城市化的进程中，其生态思想主要表现

---

① John Haffenden, *W.H. Auden: The Critical Heritage*, London: Routledge & Kegan Paul, 1983, p.38.

在如何在工业化和城市化的现代社会中找到平衡，让精神状态和物质生活达成和解，因此其生态思想主要涉及社会生态和精神生态方面，当然奥登的诗作中也不乏描写乡间和田园生活的诗歌，其对人和自然关系的阐释往往用来比照人类社会，同时也用人类社会比照自然，使得人类对自然的认识更为深刻，突出人类与自然的共通，强调彼此的关联胜于对抗。

工业化产生了城市，城市化给人类的精神带来了危机，诸如现代人的个性分裂、价值腐化和信仰缺失等。与其他生态诗人对这种工业化和城市化的抵抗相比，奥登表现出一种和解的精神，尽管城市对于人类来说是一个滋生堕落的场所，但是奥登还是接受了城市化的现实和城镇的现状，奥登这样写道:“我们仅仅能做的是 / 对我们似乎最适宜的事，看看 / 这个世界用幸福的目光 / 但要从一个冷静的视角”[①]。不仅如此，奥登警示人们要有正确的和解心态，消除抱怨态度，因为抱怨只能导致毁灭，导致幸福生活的消失。奥登认为和解精神体现在对道德和伦理的重视，坚守生活中的清规戒律，这和古希腊的犬儒主义的理念是相同的。

虽然城市弥漫着喧嚣和混乱，奥登还是希望每个人都能心怀平和，用和解的精神和静默对待现实，正如《海与镜》一诗中所说，“剩余的一切是静默 / 墙的另一侧，静默在成熟，完全地成熟”[②]，可见在喧嚣中只有静默才会获得一种和解，才会给灵魂找到安放之处，肉身找到合宜的

① W. H. Auden, *City Without Walls and Other Poems*, London: Faber and Faber, 1969, p.35.

② Wystan Hugh Auden, *Collected Poems*, Ed. Edward Mendelson, London: Faber and Faber, 1976, p.202.

居所，灵魂与肉体共适，人与自然合一；只有隐才会实现从众人之中抽身与疏离，从而可以更好地面对自我与内心的神。

在《城市纪念馆》中，奥登以描摹的形式展示了城市的变化。历史上世俗之城存在于希腊的自然秩序中，现代之城充满了战争，当下的世界深陷苦难，而上帝之城则全然不同，因为信仰常常赋予暂时的世界以永恒的意义。现代之城的人们处于一种彼此隔离的状态，带刺的铁丝网将人们隔离开，刺中的人们会跌倒在地，上帝之城的光芒隐藏在自私者的内心深处。奥登诗歌中的和解精神并不意味着他忽视弥漫于现代城市中的种种罪恶，相反，揭露现代城市的丑恶成为建立奥登和解精神的基础，从而进入心中的正义之城，也是生态之城。奥登认为，现代城市是铁丝网遍布的“废止的城市”，疏离和对抗成为现代城市中人们的主要状态。在《阿喀琉斯之盾》中，奥登这样描写现代城市：“一个衣裳褴褛的孩子，毫无目的，孤独一人，/消磨着空虚，一只鸟 / 逃离他精准的石子，飞到安全的地方 / 女孩儿遭到了强暴，两个男孩儿刀杀另一个男孩儿，/这就是他遵循的公理，没人听过 / 这个世界什么地方信守诺言，一个人为另一个人伤心而哭泣。”[①] 奥登在批判大都市生活的同时，谴责现代的科技，人在大都市就像商品一样。人甚至不知道自己是谁，现代世界吞噬了人的身份，尽管现代的科学发明给物质生活带来了便利，却造成文化的衰败和人类的沮丧。

奥登还谴责现代城市中的新闻机构和大众媒体，它们

---

① Wystan Hugh Auden, *Collected Poems*, Ed. Edward Mendelson, London: Faber and Faber, 1976, pp.623–624.

无孔不入，控制着人们的生活，剥夺了人们的快乐。奥登在《感谢你，雾》一诗中这样写道："没有夏日的阳光会/驱除每日报刊投射来的/世界的阴霾，/散漫的文体倾吐/我们震惊却无法阻止的/真实的肮脏与暴力。"[①] 奥登反复地描摹了现代人们的生活状态，痛苦、焦虑与无聊，尽显现代城市的病态。在《无墙的城市》中奥登写道："留下的自我从无形的世界里挖掘价值和品德，那里充斥着娱乐，性，消费……"，"电灯容许夜夜/聚在狭小的房间，亚文化群在这里闲聊……"[②]。在现代的城市里，人们逃避工作，在咖啡屋里慢慢消耗自己的生命，过着单调、乏味的生活。病态、内疚、无聊，在空气中普遍存在，成为现代城市中的常态。在现代城市中，科学技术造成人性的丧失，人变得自私，最终走向毁灭。奥登为人们指明舍弃现代城市的道路，奔向公正之城，寻找幸福生活。在公正之城里，如同辛格拉（Singla）所说，"人们遵守一定的行为规范，避免暴力和血腥革命，抛弃对金钱和权力的贪欲。"[③]

在《无墙的城市》一诗中，"无墙的城市"暗示现代都市社会的疏离和破碎，没有了墙，现代人的生活则失去了方向，《无墙的城市》中的世界是高科技的都市，由"钢筋和玻璃"构成，这里工厂林立，人们成为了隐居者，传统社会的价值观丧失。因此，在这样一个失去了传统价值观的世界里，"没有人关心邻里在做些什么"，人们最需要"新的印刷品和网络"满足精神上的需求、消除孤寂。

① Wystan Hugh Auden, *Collected Poems*, Ed. Edward Mendelson, London: Faber and Faber, 1976, p.563.

② Ibid, p.564.

③ OmParkash Singla, *W. H. Auden's Quest for Values*, Rohtak: Manthan Publications, 1989, p.187.

这些疏离的存在使人们深陷无聊与痛苦之中。然而，奥登并不绝望。他认为现代城市的疾病可以治愈，和解精神体现在他的对希望充满信心，奥登相信希望一直存在身边，人们可以努力去争取更加美好的生活。在《天狼星下》（“*Under Sirius*”）一诗中，奥登把罗马帝国颓废和战后西方世界的颓废作了对比，他谴责那些拒绝机会的人，奥登认为机会和希望是并存的，他写道，“自然地希望，虔诚地相信 / 最后的好结局。/ 不过，一定要记住，/ 神圣的书预示，/ 腐烂的果子将被摇晃。你的希望是否能感到 / 今天是静默的时刻”[①]。奥登相信有了希望，就有了通向幸福的道路，在追求幸福中，邪恶总会有一天会被毁灭。奥登谴责世界中的邪恶，希望人们能消除邪恶，战胜悲观，迎接正义之城、上帝之城和世外桃源，也只有这样才能达成在现代社会中真正的和解。

奥登的诗除了涉及城市的现代文明，还涉及鸟类、野兽和自然界，他不仅信仰上帝的恩典去寻找真正幸福的道路，还接受现实生活，回归自然。在他1955年发表的诗集《阿喀琉斯之盾》中，奥登以一组“田园组诗”来阐释人与自然的对应与交流。“田园组诗”包括七首全部用自然现象或是自然之物命名的诗歌，分别是《风》《林》《山》《湖》《岛》《原》和《溪》。何宁认为：“奥登笔下的这些自然风景……是人性不同侧面的展现。不过，奥登并未将自然简单地作为人性或不同人群的象征，而是通过对自然风景的描绘来揭示人类精神的发展，同时也通过对人类精神世界的描绘让读者进一步领略到不同风景的深

---

① Wystan Hugh Auden, *Collected Poems*, Ed. Edward Mendelson, London: Faber and Faber, 1976, p.418.

意”[①]。这样，人和自然实现了融合。如在《风》中，诗人这样写道:“风形成天气；天气/就是讨厌的人”;《林》则回顾了人与森林的关系:“森林即是人类文化”；在《湖》中，奥登将湖与基督教的胜利联系起来，强调自然与人类的交融性;《原》中，奥登表达了一望无际的平原会是很好的战场；在《溪》中，诗人表达了水是生命之源，和人类的关系不可分割。奥登通过人来刻画自然并表达与自然的关系，读者对自然的认识就格外深刻。正如李美华所说，“通过对七类自然风景的描绘，奥登突出了人类与自然的共通，强调彼此的关联胜于对抗”[②]，在城市化的进程中，在科学技术的冲击下，也能做到自然和人类的休戚与共、和谐共处。

第二节　谢默斯·希尼诗歌中的神圣自然和爱尔兰民族性

谢默斯·希尼（Seamus Heaney，1939—2013）是继叶芝、乔伊斯之后最伟大的爱尔兰诗人，他出生于北爱尔兰德里郡的一个信奉天主教、世代务农的家庭，在九个兄弟姐妹中排行老大。希尼自小接受正规的英国教育，1961 年以第一名的优异成绩毕业于贝尔法斯特女王大学英文系。毕业后当过一年中学教师，同时大量阅读爱尔兰和英国的现代诗歌，从中寻找将英国文学传统和德里郡乡间生活经历结合起来的途径。1966 年，以诗集《一位自然主义者之死》一举成名。1966 年到 1972 年，希尼在母

① 王守仁、何宁:《20 世纪英国文学史》，北京大学出版社 2006 年版，第 108—109 页。

② 李美华:《英国生态文学》，学林出版社 2008 年版，第 209 页。

校任现代文学讲师，亲历了北爱尔兰天主教徒为争取公民权举行示威而引起的暴乱，却也成为诗人创作的源泉，达到“艺术的平和”。1955 年他获得诺贝尔文学奖。希尼出版过的主要诗集有:《一个自然主义者的死亡》(*Death of a Naturalist*，1966)、《进入黑暗之门》(*Door into the Dark*，1969)、《在外过冬》(*Wintering Out*，1972)、《北方》(*North*，1975)、《田间劳作》(*Field Work*，1979)、《斯特森岛》(*Station Island*，1984)、《山楂灯笼》(*The Haw Lantern*，1987)、《幻视》(*Seeing Things*，1991)、《酒精水准仪》(*The Spirit Level*，1996)、《电灯》(*Electric Light*,2001)、《曲线与环线》(*District and Circle*，2004)、《人链》(*Human Chain*，2010)[①]等。此外，他还出版过4本评论集，两个剧本和11部翻译诗集，他的诺贝尔演讲《归功于诗》(*Crediting Poetry*，1996)也是一篇重要诗论。诺贝尔文学奖的获得对希尼无疑是个莫大的鼓励，但希尼并未因此减少创作，固步自封。相反，他关注当下时事，时刻关注最新科技潮流对人们文学生活和生活方式的影响，笔耕不辍，在新时代达到新高度。

希尼的诗歌淳朴自然，充满了乡土气息，虽然聚焦日常事务却不失哲理高度，深刻体现出海德格尔“诗意的栖居”的哲学思想和天人合一的深刻内涵。希尼对自然的关注和敬畏与生态批评不谋而合。希尼的创作充分体现出文学创作不仅是社会关系的产物，也源于人类与自然的关系。他在诗中写到成长中的自然、体现出爱尔兰民族性的自然和神圣而崇高如宗教般的自然，也对应了自然生态、

---

① 梁丽娟:《对话、平衡与超越——后现代语境中的希尼研究》，博士学位论文，中央民族大学，2013 年，第 1 页。

社会生态和精神生态三个部分。在这三个方面均体现了自然和人类的互动关系。用布伊尔“自然具有人赋予的建构性”[①] 观点来审视希尼的生态诗歌，我们可以发现希尼的自然中交织了人类的历史、政治和文化。

希尼的童年时光是在北爱兰的摩斯巴恩郡度过的，希尼曾经回忆道:“直到今日，那些潮湿的绿色的角落、水流纵横的荒地、长满柔软的灯芯草的低洼地，所有被水分润泽、被苔藓植被遮盖的土地，即便只是在汽车或火车匆匆的一瞥中，仍显示出瞬间的深沉安详的魅力。”[②] 在诗集《一个自然主义者的死亡》中，希尼写到自然中的马铃薯和黑莓，也写到青蛙和田鼠，早期爱尔兰的乡村生活给了诗人对这个世界的最初认识和记忆，那是一种与土地相连的生活方式，是人与自然和谐相处的美好境界，也难怪在诺贝尔授奖典礼上，诗人选择以童年的记忆作为开场白，把自己的感情和土地联系起来。

《挖掘》(“*Digging*”)一诗是希尼的成名作，写了三代人的挖掘，祖父挖掘泥炭，父亲挖马铃薯，而自己用手中的笔继续“挖掘”。土地养育了一代又一代的爱尔兰人，希尼描写了以土地为生的爱尔兰农民的生存状态:“马铃薯地里的冰凉气息，潮湿泥炭沼中的 / 吱吱声和啪叽声……”[③]。在这首诗中，乡村的生活不再是浪漫的风景画，而是凝聚着农民辛苦劳作的汗水，这样的乡村生活更加真实，同时这首诗也是诗人要通过创作来延续与自然的紧密

---

① Lawrence Buell, *The Environmental Imagination: Thoreau, Nature Writing, and the Formation of American Culture*, Cambridge, Mass.: Harvard UP, 1995, p.112.

② ［英］谢默斯·希尼:《希尼诗文集》，吴德安等译，作家出版社 2000 年版，第 203 页。

③ 同上书，第 8 页。

联系的宣言。在另一首诗《卜水者》（"*The Diviner*"）中，诗人描写了一位卜水者如何手握木杈寻找水源："魔杖猛然一沉，精确地震颤，/ 突然发布地下水的消息"①。这里比喻诗人寻找灵感就像是卜水者寻找水源，两者都需要直觉的指引，都需要"细致地观察自然，敏锐地感受自然，与自然形成一种深层次的联系"②。

希尼客观地描写自然，也包括自然的不可预知性和恐惧的一面，如在诗歌《岛上的暴风雨》（"*Storm on the Island*"）中，希尼将狂风称为"虚无"（nothing）；在《采黑莓》（"*Blackberry Picking*"）一诗中讲述了黑莓的腐烂等。在诗集同题诗《一个自然主义者的死亡》中，希尼在第一部分描写了青蛙如何在亚麻洞里产卵，还说到他孩提时代收集青蛙卵，观察它们如何变成小蝌蚪的事情。在第二部分，希尼记录了有一天他听到奇怪的声音，然后就去看发生了什么事情。结果，他发现很多青蛙占据了水坝坝顶，似乎要对他进行报复，因为他偷走了它们的卵。这是一群愤怒的青蛙，向他发出"可憎的威吓"③。在这首诗的结尾，希尼写道："我简直要作呕，转身而逃，这些十足的黏滑皇帝们 / 在那儿聚集为了报复。我很明白 / 一旦我把手伸入水中蛙卵们便会一把抓住"④。这里是说自然对人类的教化作用，诗人对之前拿走蛙卵的行为感到不安，这表现了自然的另一种启蒙，诗人不仅意识到自己个体的存

① ［英］谢默斯·希尼：《希尼诗文集》，吴德安等译，作家出版社2000年版，第17页。

② 曹莉群：《自然与人：解读谢默斯·希尼诗歌的新视角》，《当代外国文学》2010年第3期，第14页。

③ ［英］谢默斯·希尼：《希尼诗文集》，吴德安等译，作家出版社2000年版，第10页。

④ 同上。

在，而且意识到别的生物的存在，从这个意义上说，希尼的这首诗包含了“众生平等”的生态意识。

希尼笔下的自然是带有历史和政治烙印的，在描述故乡的景物时，他总是将这些景物与爱尔兰的民族特性联系起来。爱尔兰作家身上的民族肩负，既包括保存传统的爱尔兰文化，也包括对当代混乱的社会政治现实的介入和纠正。“沼泽湿地”是希尼诗歌中的一个典型意象，如在《进入黑暗之门》《在外过冬》和《北方》中，有多首以沼泽为主题的诗歌，这些诗歌还以《沼泽诗歌》(*Bog Poems*, 1975)为题结集出版。希尼曾经谈过他写沼泽地系列诗歌的原因——他曾年幼时找到一具麋鹿的骨架，因此他“开始把沼泽看作是对这片风景的记忆，或是牢记发生在其中和降临到它头上的一切风景”[①]。沼泽是爱尔兰的特殊地形，具有保存落入其中的物体长期不变质的功能，因此它储存了爱尔兰的长期记忆，希尼在创作诗歌的时候想要在“记忆与沼泽地，以及——由于缺少更恰当的词——我们的民族意识之间创造一种和谐”[②]。沼泽地虽然危险，但却藏着魅力，诗人将其作为爱尔兰民族精神的浓缩和象征。因此，沼泽融合了爱尔兰的自然历史和社会历史的变迁。由此可见，希尼的自然带有鲜明的民族性，比“纯自然”更有道德意义。

爱尔兰诗歌与自然一直保持密切的联系，对自然的崇拜和赞美世代相传，因此这种自然的神圣性也体现出爱尔兰的民族性。希尼在《树上的神：早期的爱尔兰自然诗》(“*The God in the Tree: Early Irish Nature Poetry*”)中提到

---

① ［英］谢默斯·希尼：《希尼诗文集》，吴德安等译，作家出版社2000年版，第265页。

② 同上。

爱尔兰历史上有两种神，一种是古德鲁伊教（Druid）的神；另一种是基督教的神。在这两种神之间，希尼更倾向于古德鲁伊教的丛林力量——“德鲁伊”的原义便与橡树林有关。他认为爱尔兰的早期诗歌“是由对丛林的古老、神秘、深沉的无意识关联所维系的”，这种传统在基督教统治之后仍然得到了延续①。希尼较后期的诗集《酒精水准仪》（*The Spirit Level*，1996）有多首诗歌表现了自然的神圣性。在《雨声仙人掌》中，希尼描绘了一种传统乐器，这种乐器由仙人掌制成，演奏的时候反复颠倒就会发出沙沙的声音，宛若“稀疏的小雨从焕然一新的树叶上落下来，/ 然后微雨洒向草地和雏菊；/ 接着是闪闪发亮的蒙蒙细雨，几乎是空气的呼吸。”② 雨声仙人掌所奏出的音乐来源于自然之物，模仿的是自然之声，世人聆听这种音乐，“就像一个有钱人听到一滴雨声 / 便进了天堂”③。这两句诗引用了《圣经》的典故。《圣经》中多次提到，富人想要进入天堂是十分困难的，比如《马太福音》19 章 24 节提到，耶稣对门徒说，“骆驼穿过针的眼，比财主进神的国还容易呢”。富人本来难进天堂，但是聆听“一滴雨声”之后便能够如愿，这无疑赞美了自然的神圣性，表现了自然对人的净化和升华。

诗集中的另一首诗《圣人凯文和乌鸫》（“*St. Kevin and the Blackbird*”）则讲述了圣人凯文如何从自然中悟出神圣之道，我们可以从中悟出人与自然交融统一的生态思想。这个故事源于爱尔兰天主教传说。圣人凯文住在修道

---

① ［英］谢默斯·希尼：《希尼诗文集》，吴德安等译，作家出版社 2000 年版，第 299 页。

② 同上书，第 187 页。

③ 同上书，第 188 页。

院的小屋子里，他将自己的手伸出窗子当作横梁，让一只乌鸫在上面筑巢下蛋。在与乌鸫的亲密接触中，“凯文感觉到鸟蛋的温暖、那小小的胸，缩进 / 翅膀的伶俐的头和爪，他发现自己被联进了永恒的生命之网，/ 他感动得满心怜悯……”[①]。“生命之网”是生态批评所强调的概念之一，意思是人类不过是自然中的一个物种，与其他物种休戚相关。希尼“生命之网”更胜一筹，不仅是指各个物种之间的联系，更是指自然中蕴含的神圣性，这种神圣性存在于万物之中，将万物连接起来。凯文之所以能够成为圣人，就是因为他在呵护乌鸫的时候体验并且融入了这种神圣性。诗歌的最后一节描述了圣人如何忘记痛苦、忘记生死、融入自然：“他以他的整个身体在祈祷 / 因为他已经忘掉了自己，忘掉了乌鸫 / 并且在河边忘掉了河的名字。”这种忘我的融合是深层生态学的一个中心观点，即批判人类中心主义，提倡生态整体主义，其代表人物阿兰·奈斯提出，人类应该摆脱“小自我”，走向“大自我”，也就是说，“小自我”不断拓宽和加深，从而与宇宙万物融为一体；而这种“大自我”从本质上说，是一种具有神圣性的“神我”（atman）[②]。以这种深层生态思想来阅读希尼的诗歌，不难发现两者的契合：圣人凯文正是通过对乌鸫的关爱和呵护，实现了“小自我”的消融，在“生命之网”上延展，达到了神圣的“大自我”的境界。

① ［英］谢默斯·希尼：《希尼诗文集》，吴德安等译，作家出版社 2000 年版，第 191 页。

② 黄炎平：《阿兰·奈斯论深层生态学》，《现代哲学》2002 年第 2 期，第 70—71 页。

第三节 麦克·朗利诗歌中的家园情结和生态意识

麦克·朗利（Michael Longley，1939— ）与希尼同岁，他与希尼相识于当代爱尔兰诗人的摇篮——贝尔法斯特派（The Group），和希尼是促膝之交。朗利 1939 年出生于爱尔兰贝尔法斯特，在战火的阴霾中长大，父亲是深受战争创伤的“一战”幸存士兵，北爱尔兰领土的归属问题使他的家乡充满冲突和杀戮。朗利曾在贝尔法斯特皇家学院受过教育，大学时期在柏林三一学院学习古典文学，读了大量的经典作品，是当今为数不多的深谙古典的作家之一。朗利在都柏林、伦敦和贝尔法斯特等地教过书，1969 年，他因出版《不延续的城市》（*No Continuing City*）蜚声英伦三岛，在这部诗集中，他大量书写城市题材，在诗歌中充分显示了他的天分和才华。1970 年，朗利加入北爱尔兰艺术委员会，成为综合艺术类的主任，肩负起写作和推动北爱尔兰艺术文化发展的双重任务。70 年代，朗利一共出版了三部诗集：《爆炸的景象》（*An Exploded View*，1973）、《躺在墙上的人》（*Man Lying on a Wall*，1976）和《回音门》（*The Echo Gate*，1979）。《爆炸的景象》涉及北爱尔兰民族纷争暴乱以及战争受害者的问题；《躺在墙上的人》展示了诗人与自然的关系，特别是野生动物和梅奥县的自然景观；《回音门》继续了这一主题。自此之后，朗利的创作中断了很长时间，直到 1991 年才出版了《金雀花火焰》（*Gorse Fires*）并获得惠特布莱德诗歌奖(Whitbread Poetry Award)；1994 年，他出版了一本个人小传；1995 年，诗作《幽灵之兰》（*The Ghost Orchid*）问世；2000 年又出版了《日本的天气》

(*The Weather in Japan*)，先后获得了贝尔法斯特文学艺术奖、霍桑登文学奖和 T. S. 艾略特文学奖，这部诗集可谓朗利扛鼎之作；2001 年，因其卓越的文学贡献，朗利被授予女王金质奖章；2004 年朗利出版了《雪水》(*Snow Water*)，也获得 T. S. 艾略特文学奖。

朗利是一个典型的从大自然中汲取养分的诗人，爱尔兰的林地和风光是他诗歌创作的主要源泉，他写爱尔兰大自然中的动植物和风景，如在诗歌《白蝴蝶》和《鸟类学部分》中，他用大自然中生动的形象来理清自己的写作思路。对朗利来说，大自然既是一个避难的港湾，又是一个能给他带来狂喜的复杂而神奇的所在，因此他痴迷其中。在《梅奥》一诗中，朗利描述了置身大自然且痴迷其中的情景，大自然的美感和深度让他的想象力再次复苏，他追踪动物的脚印以对自己的心灵和想象力进行探索，犹如人类学家的挖掘，把过去一些东西重新挖掘出来。

朗利注重将自然人性化，在诗歌《獾》中，诗人分别从在自然界生活的獾的三个不同侧面来进行描写，首先描述了獾的勤劳、多才多艺和隐秘性，獾被赋予了人性；其次，獾成了食用草和不同类型野花的动物；最后展示了观察的意义。朗利认为獾是一种值得敬佩和称道的动物，它"深挖矿道"，目的就是为了探寻一个安全的避难所，它似乎具有人类的特质，以不停地挖掘、探寻为己任。它就像一个农夫一样，关心自己土地的肥沃程度，用"它的爪子经营着自己的土地"，犹如爱尔兰的农民勤劳的本性。同样，诗人用獾"挖到小山深处"来隐喻自己的诗歌事业，自己也像獾一样挖掘心灵和思想的沃土，以理解诗歌创作和人类的生存问题。同时，这首诗也充满了生态意识，挖掘者无情地把獾从小方石上移开，“它们弄倒了树木”，由此改变了自然，此处诗人的“批判人类中心主义”的态度可见一斑。

朗利把过去、传奇、生活和死亡集中体现在《白蝴蝶》一诗中。这首诗是根据布莱凯斯特的故事写的，布莱凯斯特是爱尔兰西南部的丁格尔半岛附近的七个岛屿和珊瑚礁的总称，几个世纪以来，这里的岛民都是以半渔半农为生，朗利喜欢这里的民间文化和口头文学传统。在《白蝴蝶》一诗中，朗利根据传奇故事，讲述了白蝴蝶可以变成一个人的灵魂，睡在田野当中，白蝴蝶预示着生命会以另一种形式延续，这也是一种可持续发展的生态观。在《金雀花火焰》中，朗利继续用野花和动物来探索他的思想和对待创作历程的态度。在《睡莲》一诗中，他对睡莲在湖中尽情展示其“金色的花心”的美赞美有加。在诗集《日本的天气》中，朗利继续用动植物和鸟类的名字作为自己想象力和大自然联系的象征，如在《雪豹》一诗中，朗利描写了一个死于车祸的年轻女性菲奥娜。在这首诗中，雪豹可以被看作是已经死去的年轻女性的精神，雪的白色、洁净和柔软强调了年轻女性的天真和温柔，虽然她已死去，但是她的精神在延续。此处朗利继续表达“生命将以另一种形式继续存在”的生态观。

如前所述，在朗利的诗作中，自然是一个集中体现的主题，爱尔兰的大自然不仅养育了他，还激发了他的想象力和创作力，自然中的风景和动植物对他的思维和现实世界的认识产生了很大的影响，自然本身就是他的艺术创作的源泉。夏延华指出，“山水诗人”是朗利的别名之一，山水主题诗在朗利的每本诗集中都占着很大的权重，它们诉说着朗利对被战火、恐怖和宗教仇恨折腾得千疮百孔的北爱尔兰不离不弃的家园情结[①]。比如，在《卡瑞斯克瓦》（“*Carrigskeewaun*”）一诗中，诗人通过描写山川、小路、海滨、古墙、湖水和落日绘出了爱尔兰如诗如画、美轮美奂的秀美山川，宛如纯洁之美的化身。各种小动物在他的诗句中活蹦乱跳，故乡成了它们的伊甸园：“听见我的脚步声野鸭抽身入水 / 瞬间又从鸥的戏水处探头出来 / 受惊的鸥扑腾着翅膀飞向晨曦 / 田凫、麻鹬、滨鸟 / 眨眼间也都不见了踪影 / 圆形的波浪开始向四周扩散 / 只剩下那只孤独的天鹅 / 独自趋赶滑向远处的水圈 / 直到最后一道波痕消失于平静”[②]。隐喻是朗利惯用的创作手法，他的绝大多数作品描写的对象都是关于北爱尔兰的大自然中的花草树木、虫鱼鸟兽，因此他似乎更像个田园诗人。但是，他并不否认自己诗中的政治性：“人类面临的最紧迫政治问题就是生态：我们究竟应该怎样来处理人与动物和植物的共存问题。自然诗是我最具政治性的诗。我写大自然不是在逃避政治与暴力，而是要让卡瑞格斯克瓦的美景照亮整个北爱尔兰的黑暗。细腻地描绘自然是我对教条的神圣反抗。”[③]

在一系列自然诗歌中，朗利抒发的是他对享有绿宝石之称的爱尔兰岛的热爱。比如，虽然在伊尼什莫尔岛度假天堂只待上几天，他就在《作别伊尼什莫尔岛》一诗中写道：“船在阳光与细雨的怀抱中穿行，/ 四周山色交替变幻，/ 海浪与圣歌洗礼的岛啊！ / 我离你太匆匆。/ 在距

① 夏延华：《宗教杀戮与文学拯救——论迈克·朗利诗歌中的民族文化情愫》，《西华师范大学学报》（社会科学版）2011 年第 2 期，第 151—153 页。

② 参见夏延华：《莫道桑榆晚，为霞尚满天——麦克·朗利诗歌人生初探》，《湘潭师范学院学报》（社会科学版）2007 年 7 月，第 116 页。

③ Allen Randolph Jody, “Interview: Michael Longley and Jody Allen Randolph”, *Colby Quarterly*, 2003, Number 3, p.305.

离海港数英里的地方，/ 我又一遍听见了大西洋的声音，/ 那是一群海鸥飞来为我作别，/ 它们的歌唱曾是我过去数天百听不厌的新闻，/ 而这最后的诀别之音竟令我莫名伤心起来了。"[①] 在诗人的笔下，伊尼什莫尔岛让人流连忘返。但是，朗利并非寄情山水，而是关注自然生态，他也从不回避诗人的社会责任："一首诗的重要性和严肃与否不应该仅根据它所描写的对象去判断。一首关注战争的拙劣之诗能带给我们的思考肯定比一首写青鸟的好诗少得多。……诗人应用想象力关注身边最迫在眉睫的悲剧——地球日益不堪重负的现实，对此悲剧无动于衷的诗人是不人道的，对这些悲剧持麻木态度的诗人只能算可怜的艺术家，不是诗人。"[②]

除了书写自然，朗利的确还写了关于北爱尔兰民族性的诗歌，如将爱情和民族情结熔于一炉的《和平》（"*Peace*"），悼念在北爱尔兰冲突中牺牲的无辜市民的《花圈》（"*Wreath*"）组诗，以及取法古希腊文学并隐喻北爱尔兰的政治形势的《停火》（"*Cease Fire*"）等。北爱尔兰旷日持久的宗教纷争和战争冲突是朗利关注的焦点，他用这些诗表达了对战争的控诉和对遇难同胞的悲悼。《停火》与荷马史诗《伊利昂记》最后一卷中的普利阿莫王与杀死儿子的仇人阿喀琉斯实现和解的故事形成互文对照，又与北爱尔兰的形势密切相关，北爱尔兰宗教纷争和冲突的双方的是北爱尔兰亲英的联合派和希望北爱尔兰独立的民族派，因此诗人个人情感的表达和现实的观照形成了不

① Michael Longley, *Collected Poems*, London: Johnathan Cape, 2006, 夏延华译，第 35 页。

② Michael Longley, "How Poets Work", *A Tongue at Play*, Ed Curtis Tony. Bridgend: WBC Book Manufacturers, 1996, pp.111–121.

谋而合的互文关系。全诗的感染力在于诗人借用古典，以充满诗性的笔法阐述了宽容彼此、化解仇恨、重建家园的重要意义——“只有把异质文化当作有价值的主体并基于‘主体间’地位的确认和他者意识的价值认知，才能有效地解决文化调适问题。”[①] 联系北爱尔兰冲突的客观历史语境与和平在北爱尔兰的人心所向这一心理互文来读《停火》一诗，历史的厚重感便会油然而生。

1991年至2001年十年间，朗利连获惠特布莱德（Whitbread）诗歌奖等五项文学大奖，作为诗人的名望与日俱增。继2007年9月被推选为“爱尔兰诗人之椅”（The Ireland Chair of Poetry）[②] 的第四任继任者后，2010年朗利又被授予英王乔治五世所创立的大英帝国勋章（Order of the British Empire）中的司令勋章（Commander，简称“CBE”）。为捍卫北爱尔兰的美丽自由，促进北爱尔兰的民族和解，朗利耗费了毕生的精力，他以平易近人、生动流畅的文笔把理解、宽容和进步的思想普及到广大北爱尔兰读者中，同时又关注生态以及诗人的社会责任，批判“人类中心主义”，向无知与偏执不懈地挑战，他毕生对北爱尔兰的生态家园情结和坚守文学伦理的精神值得后世赞扬。

---

① 周忠华、向大军：《文化差异·文化冲突·文化调适》，《吉首大学学报》（社会科学版）2011年第2期，第151—153页。

② “爱尔兰诗人之椅”是由北爱尔兰女王大学、都柏林三一学院、都柏林大学、北爱尔兰艺术委员会、爱尔兰共和国艺术委员会共同设立的一项特殊诗人荣誉。从1998年起，每三年推选一位北爱尔兰或爱尔兰共和国的诗人在三所大学轮流居住和工作一年，期间可以举行各种正式与非正式的诗歌文学活动。此荣誉的入选者都是当代南北爱尔兰最具影响力的诗人。

第七章 城市化进程中的20世纪英国生态诗歌的发展脉络及共同特征

纵观20世纪英国生态诗歌，活跃在20世纪英国诗坛的托马斯·哈代、D. H. 劳伦斯、菲利普·拉金和泰德·休斯等代表诗人，或通过对人类残害动物等破坏自然活动的谴责，或通过对人与动物平等关系的讴歌，或通过对动物原始力与美的颂扬，以朴实的笔调描写了人类与动物的共生关系，生动地表现了对自然的热爱和强烈的生态思想，赋予人与动物的关系以真正的道德意义和价值，使20世纪英国动物诗歌在思想和艺术上形成了一个相对独立的单元。

虽然每位诗人所处的具体时代不同，诗歌的主题和风格也有所差异，但都从不同方面表现出生态伦理观的普遍内涵，研读代表诗人的代表诗作不难看出其蕴含生态伦理思想的发展态势和共同特征：既注重对自然界中的动物和植物等实际生存状况的描述，关注它们在自然界和人类关系中的命运，倡导“众生平等观”，也注重揭露人类对生态环境的破坏，关注动植物与人及其生存环境的关系，其生态诗歌蕴含着丰富的生态伦理思想，主要体现在对生命的敬畏和关爱，表现出批判人类中心主义的深刻思想内涵，以及崇尚和谐，倡导人与动物、自然和谐相处的生态理想。

第一节　20 世纪英国生态诗歌的发展脉络

以哈代、劳伦斯、拉金和休斯等代表诗人为例，从整体上对城市化进程中的 20 世纪英国生态诗歌进行梳理比较，可以分析得出生态诗歌的发展脉落。纵观城市化进程中的 20 世纪英国生态诗歌，哈代、劳伦斯、拉金和休斯等人的生态诗歌既注重对自然界中的动物和植物等实际生存状况的描述，关注它们在自然界和人类关系中的命运，倡导“众生平等观”，也注重揭露人类对生态环境的破坏，关注动植物与人及其生存环境的关系，可见城市化进程中的 20 世纪英国生态诗歌经历了从萌芽到发展、再到繁荣的过程，生态诗歌创作既源于浪漫的诗歌传统，又流露出真切的现实情怀，具有浓烈的时代特征和本土意识。对这一发展脉落的把握和归纳对研究 20 世纪英国生态诗歌的整体性和独立性具有重要作用。

一、托马斯·哈代诗歌中的生态伦理观萌芽

托马斯·哈代（1840—1928）晚年以其出色的诗歌开拓了英国 20 世纪的文学。达尔文的进化论推动哈代把人类的伦理扩大到所有的生物，把对人的关怀扩大到所有生命。在哈代看来，动物是作为生态共同体的一分子存在，人与动物、自然是和谐统一的。在《郊外白雪》中，哈代做了这样的书写：“台阶是变白的斜坡，/ 一只黑猫身材瘦弱，/ 他睁大眼睛，渺茫地向上攀登，/ 于是我们把它接入屋中。”在这里，人与黑猫同时出现，人与动物和谐统一。在《黑暗中的鸫鸟》一诗中，前两节诗人描写了一个荒凉、凄惨冷漠的树丛，然而在第三节出现了希望之

声，诗人这样评论道:“这是一只鸫鸟，瘦弱、老衰，/羽毛被陈风吹乱，却决心把它的心灵敞开，倾泻向浓浓的黑暗”[1]。在苍茫凄怆的世界上，有别于诗中“我”的悲凉心情，鸫鸟唱出了一曲无限欢欣的黄昏之歌，显示了它面对大自然苦难的坚强乐观精神。哈代认为，人类应该从鸫鸟身上学到一种刚毅而顽强的生存意志，同时也有义务和责任来拯救生态危机，并对人与动物的和谐统一充满信心。哈代所处的社会历史背景和他从乡村到城市的生活经历决定了其在诗歌作品中对动物和自然的关注，他的动物书写诗歌既有对动物的怜惜与同情，又有对人类中心主义的批判，同时也有人与动物和谐相处的生态理想。

二、D.H. 劳伦斯动物书写诗歌中的“众生平等”观

工业化的步伐扰乱了哈代笔下“牧歌式的田园”，煤炭的使用使得伦敦上空雾气笼罩，森林被砍伐，田野被铲除，隆隆的火车和机器的马达声破坏了乡村的宁静，英国变成了弥尔顿笔下的失乐园。劳伦斯正是生活在这样的背景下，他坚信人类只有抛弃工业文明并重返自然的怀抱，才能获得新生。在劳伦斯眼里，即使是诸如蛇、鲸鱼和大象等野生动物也神圣如上帝，一点儿也不比人类低等。这种“众生平等”观正是人类寻求与其他动物之间和谐生态关系的体现。

劳伦斯于1920—1923年创作的大量动物诗堪称动物诗歌的巅峰之作。诗人对他笔下的动物尤其是历来遭人鄙视或是厌憎的动物持一种肯定、理解、接受乃至褒扬的态

---

① 颜学军:《论哈代的自然诗》,《外国文学评论》2002年第1期，第38页。

度，这是对史怀泽提出的敬畏生命的生态伦理观的一种兆示：一切生命都是神圣的，生命之间不存在高级和低级、富有价值和缺少价值之分。如在《人与蝙蝠》一诗中，诗人认识到人与蝙蝠一样有着无法逾越的障碍，对蝙蝠的态度由最初的恶心和厌憎转向理解和同情；在《蚊子》一诗中，诗人并没有因为蚊子被打杀而产生某种快意，而是对蚊子“消逝进一坨暗黑色的污迹”表示遗憾和同情；在《蛇》诗中，诗人给我们描绘了一幅人兽相遇相知的图景。

劳伦斯对“低等”“有害”以及“邪恶”动物的肯定和认同是对物种歧视十分有力的反驳，这无疑对当代生态诗歌产生了深刻的影响，在迈耶斯主编的《劳伦斯遗产》一书中，当代生态诗人如罗斯克、布莱、金内尔、莱弗托夫、萨姆逊、邓肯、休斯和斯奈德等都承认他们有关动植物的诗歌深受劳伦斯的影响。

三、菲利普·拉金诗歌中“罹难的动物”和逝去的英国风景

到了菲利普·拉金所生活的20世纪中叶的英国，城市化和大工厂的建立，使得人们彻底脱离了自己的土地和传统，人和自然在肉体上和心理上都产生了距离。拉金笔下的动物多是被人驯化的马、牛和羊。如《在草地》一诗讲述了马的不公平境遇，当马老得不能再在赛场上驰骋的时候，还是要被套上笼头在农场干重活，借以批评人类自私地虐待动物、剥夺马的天性；又如《初见》《买一只回家给孩子们》都批评了人类对动物的虐待，表达了诗人“生态平等”的生态伦理观。拉金的生态伦理是对传统的“人类中心主义”生态伦理观的反叛，他反对一切虐待动

物、剥削动物的行为，坚持生态平等。

另外，拉金以如实的笔触描写了工业化的英国风景，昔日的伊甸园似的大英帝国已经不复存在，在《这里》（“*Here*”），拉金展现了一片贫瘠和荒凉的景象，带着战后英国的颓废和悲伤：“转向东面，从浓浓的工业化阴影里 / 从北面车辆喧嚣的夜晚：转向田野 / 它稀疏长着蓟草而不能称作草地”，拉金把工业化的英国城市风景展现在读者面前，正是告诉人们要正视现实，提醒人们保护自然，重新建立人与自然的亲密和谐关系。又如《逝矣，逝矣》一诗写于1972年，诗人在一开始描写了英格兰乡村的田野、农场、树木和村庄，然而这一切都即将逝去，被一幅幅衰败阴沉的画面所取代。随着工业化的进一步发展，人们的生态意识增强，拉金意识到人类需求对自然的大量掠夺，于是一切发生了翻天覆地的变化：“那就是逝去的英格兰，/ 树荫、草地和小路，/ 市政厅，雕刻的唱诗班。/ 剩下的只是书；徘徊在 / 美术馆；一切为我们留下的 / 仅是混凝土和轮胎”，拉金慨叹美好的往昔已经逝去，留下的只是工业化的残迹，可见人的行为与自然的对立。

作为一个城市诗人，拉金通过对城市化自然的探索，考察英国人的生存状况，从而引发对现代英国城市文明的反思。拉金的英国风景诗歌批评了城市化和工业化对自然的掠夺、对生态的破坏以及对动植物的肆意破坏。工业的发展和城市的繁荣破坏了人赖以生存的环境和人们心灵的祥和，因此，拉金的诗歌从人与自然的关系的现实切入，探索实现人、自然和城市和谐的途径，呼吁人们肩负起生态伦理责任。

四、泰德·休斯动物诗歌中的“力”与“美”以及“天人合一”的美好愿景

在20世纪60年代后，泰德·休斯凭借诗集《雨中鹰》一鸣惊人，开始了他在生态危机时代为重建人与自然的和谐关系而在诗学上的不懈追求与探索。在早期的三部作品《雨中鹰》《农神》和《木神》中，休斯描绘了一个以原始暴力为手段，以动物掠夺性本质为主体的野性世界，来揭示扭曲的人性，赞美自然的伟大力量；70年代，有感于西方现代文明下人性的扭曲和异化，休斯致力于倡导内在自然与外在自然的融合，如诗集《乌鸦》《穴鸟》和《沉醉》体现了休斯对人与自然重建亲和关系的美好憧憬和乐观的生态观。休斯的动物诗从对人性的沉思和自然伟力的塑造，到对人类中心主义的批判和对人与自然融合的渴望，每一首诗无不融入他对自然的生态关怀。

而在休斯的晚期诗集《摩尔镇》和《河流》中，诗人为我们呈现了一派温馨和平的景象。摩尔镇居民开始意识到，要与动物友善沟通并建立和谐的伙伴关系，主人公杰克悉心照料牛羊，做好助产和喂养工作，甚至当母牛生下的一对幼崽夭折，不忍离开时，他只拿走一只，以免母牛太伤心，在这里人类对动物充满关怀，这种关爱和奉献也使杰克在离开人世时得到白衣女神的祝福，在天堂中永生。诗集赞颂了生命至上的美德，呼唤建立生态和谐。在诗集《河流》中，一些诗如《那个早晨》呈现出充满纯真和祝福的世界，在最后一首《鲑鱼产卵》中，老渔夫心系鲑鱼的命运而放下渔网，只身寻找其踪迹。在寻找过程中，他深深领略到自然的瑰丽和生命的神圣，感悟到人与动物、自然的共存与共荣。可见虽然植根于凯尔特文化的

休斯创作风格与拉金迥异，但其笔下遒劲有力的动物原始力量也同样表达了诗人对动物的赞美和歌颂，而在晚期的诗集中，诗人呈现了一种温馨和平的景象，阐释了人与动物友善沟通并建立和谐伙伴关系的重要性，表达了生命至上、生态和谐的主题。

综上，从生态伦理批评的角度对20世纪英国生态诗歌进行整体主题研究，可见城市化进程中20世纪英国生态诗歌的发展脉络：首先从人与动物异化的现实切入，讨伐人类凌驾于动物之上的理性文明，其次批判人类对动物的虐待与剥削，呼吁人们肩负起生态伦理责任，最后倡导人与动物的平等并建立与自然的和谐关系。通过对20世纪英国代表动物书写诗人哈代、劳伦斯、拉金、休斯的代表诗作梳理20世纪英国动物书写诗歌中生态伦理观的发展脉络，可见20世纪英国动物诗歌“生态伦理观”发展的轨迹和共同特征：从工业革命初期对动物的同情和对人类中心主义的鞭笞和谴责，到“二战”后人与动物平等及和谐共处生态理想的表达。

第二节　城市化进程中的20世纪英国生态诗歌的共同特征

纵观20世纪的英国生态诗歌，虽然每位诗人所处的具体时代不同，诗歌的主题和风格也有所差异，但都从不同方面表现出生态伦理观的普遍内涵，研读代表诗人的代表诗作不难看出其蕴含生态伦理思想的发展态势和共同特征：从世纪之交的哈代对威塞克斯乡村景色的描写、对鸟类的刻画和对受人类迫害动物的怜悯，到二三十年代劳伦斯对鸟、兽和花的描写，尤其是对低等生物的敬畏和喜爱，到五六十年代拉金对战后英国风景的慨叹和被驯化的牛、马、羊以及小动物的细致刻画，再到休斯对野生动物原始力与美的赞扬以及对人与动物、自然和谐相处美好愿景的向往，可见哈代、劳伦斯、拉金和休斯等人的生态诗歌既注重对自然界中的动物和植物等实际生存状况的描述，关注它们在自然界和人类关系中的命运，倡导“众生平等观”，也注重揭露人类对生态环境的破坏，关注动植物与人及其生存环境的关系，其生态诗歌蕴含着丰富的生态伦理思想，主要体现在对生命的敬畏和关爱，表现出批判人类中心主义的深刻思想内涵，以及崇尚和谐，倡导人与动物、自然和谐相处的生态理想。

一、敬畏生命，批判人类中心主义

哈代是英国传统的乡土文化的最后代言人，长期的乡村生活使他与大自然亲密接触，他热爱大自然，不论是动物、植物还是鸟类，都是他的诗歌题材，他擅长从自然万物中攫取诗歌意象，并生动地描述出来。哈代在其世纪之交所创作的诗歌中对动物的遭遇给予充分关注，如《被刺瞎双眼的鸟》和《一包包的肉》等都表达对受人类迫害的动物的怜悯之情，从而表达了保护动物的生态意识。哈代不仅对动物充满了悲悯意识，还对人类对动物的残害行为进行了尖锐的批判，往往通过赋予动物以乐观的生存精神表达出来。如《被刺瞎双眼的鸟》中的盲鸟在不会飞行的时候，就被人用“热红的针”刺瞎了双眼，它只有在“永恒的黑暗”中忍受煎熬，然而虽然生存痛苦，鸟却没有放弃生存意志，诗人高度赞扬了鸟的品质，认为它像天使一样不为邪恶环境烦恼，默默忍受一切，不屈不挠地高唱生活的欢歌，如此形成鲜明对比，谴责人类对动物的摧残，呼吁人们以仁慈之心来对待动物。哈代敬畏生命，批判人类中心主义的思想还体现在人类对自然资源的破坏上，如在《伐木》一诗中，树木被比喻成被判了刑的罪人等待诛伐，可见人类的残酷无情，哈代以此控诉了人类破坏树木和自然的残忍行为。与早期哈代笔下的田园风光相比，哈代显示出诗人在城市化进程中对自然的忧虑和对人类中心主义的控诉。

阿尔贝特·史怀泽“敬畏生命”的生态伦理观念认为:“成为思考型动物的人感到，敬畏每个想生存下去的生命，如同敬畏他自己的生命一样。他如体验他自己的生命一样体验其他生命”[①]。D. H. 劳伦斯（1885—1930）的动物书写诗歌就体现了这种生态伦理观，既对动物充满敬畏与爱，又与动物合为一体，似乎与笔下的那些生命进行着精神和心灵的交流。劳伦斯的生态思想主要体现在1923年出版的诗歌集《鸟、兽和花》中，在这部诗集中，劳伦斯对生态原野中的花鸟虫鱼以及各种小动物等都做了细致的描写和刻画，他笔下的动物不分高低贵贱，充满温暖明朗的色调，从水里畅游的小鱼，到蜂鸟，到甚至被称为“四害”的蚊子，无不如此。在《鱼》一诗中，劳伦斯这样写道:“鱼，哦，鱼 / 如此小的生命！ / 不管水面上涨并覆盖大地 / 还是水面退到幽深空洞之处 / 对你来说都是一个整体 / 在水中 / 潜入水底 / 在波涛里激动兴奋”[②]。大海中的小鱼虽然微不足道，但却向往自由，既然拥有生命，就有

---

① ［法］阿尔贝特·史怀泽:《敬畏生命》，陈泽环译，上海社会科学院出版社2003年版，第103页。

② D.H.Lawrence,“Fish”. https://www.best-poems.net/poem/fish-by-d-h-lawrence.html.

快乐的资本。在诗中劳伦斯赋予小鱼以情感，我们通过小鱼体会到在大海中畅游的快乐，不由感叹微小生命的奇妙和无拘无束的逍遥；在《蜂鸟》一诗中，诗人这样写道："我能想见，在太古般沉寂的另一个天地，/ 远远地 / 在最可怕的静谧里，只有喘息和营营的 / 蜂鸟们竞奔于林荫道间。/ 在万物有灵之前，/ 当生命还是一团物质之时 / 这小东西就在光辉中扑棱而起 / 飕飕穿过迟缓的广袤的肉质的茎叶。/……我们透过时光长长的望远镜去看他 / 我们多走运"[①]，蜂鸟虽小，但在劳伦斯的想象中却早于其他生命存在于远古时代，透过诗人时光的望远镜，我们仿佛看到远古时代，诗人赞叹在漫长的进化过程中，时间是如何孕育出这样神奇的物种，这充分体现了他的"众生平等"和"敬畏生命"的生态伦理思想；此外，跃入劳伦斯笔下的还有"讨厌"的蚊子，他在《蚊子知道》中写道："蚊子知道得很清楚，虽然它如此小 / 它是别人的美餐 / 但是，毕竟 / 它仅仅满足于填满肚皮 / 它不会把我的血液来储存"[②]。在劳伦斯的笔下，虽然蚊子吸血，却不储存，这里诗人重点突出后者，其寓意不言自明：蚊子吸血只为填饱肚子，满足正常需求，而现代社会中的人们对自然大肆掠夺，其贪婪的举动远不及蚊子，必将自食其果，受到大自然的惩罚。事实上，劳伦斯正是通过理解赞美蚊子"取之有度"的品德来鞭挞现代人在自然和物质方面的贪得无厌。

菲利普·拉金（1922—1985）是20世纪50年代

---

① D.H.Lawrence, "Hummingbird". https://www.poetsgraves.co.uk/Classic%20Poems/Lawrence/humming_bird.htm.

② D. H. Lawrence, *The Complete Poems of D. H. Lawrence*, Wordsworth Editions Ltd., 2002, p.102.

“运动派”诗人的领军人物，“二战”沉重打击了当代英国人，随着工业化对环境的负面影响的加深，拉金的诗歌充满着苦闷和消极的情愫，多表现战后英国人日常行为中的悲观和无奈。拉金终身未婚，喜欢小动物，他养猫狗等小动物，和小动物有深厚的感情，他的手稿页边空白常画一些小动物的肖像，也在诗歌中描写小动物，他的悲观无奈的基调也自然体现在他的动物诗歌中，如在《瘤》中，拉金写了一只小兔子身陷陷阱，无法逃脱；而在《割草机》一诗中，诗人写到自己用割草机割草时，意外把一只小刺猬杀死的经历，诗人对小刺猬的意外伤害无比自责和悲伤：“我曾见过这刺猬，甚至喂过，一次。/ 现在我扼杀了它小心翼翼的世界 / 无法弥补 / 埋葬也很无助”[①]，然而工业化才是迫害小动物的元凶，小刺猬成了现代文明的牺牲品，人类能够做的只有小心翼翼和保持仁慈之心。同样，在《带一只回家给孩子们》中，小动物被当作了玩偶，它们虽然没有被工业文明剥夺生命，却失去了自由，只能任孩子们任意地玩弄，这里同样表达了诗人对人类中心主义的批判思想。

出生于 20 世纪 30 年代的泰德・休斯（1930—1998）的童年是在英国西约克郡的一个小村庄度过的，那里虽难免有工业文明的痕迹，但工业化没有完全侵蚀乡村，自然环境培养了他对乡村的热爱和对野生动物的痴迷，受劳伦斯的影响，休斯在长达半个世纪的创作中将敬畏生命的思想在诗歌中发挥到极致，他早期的动物诗歌关注野生动物世界，充满了野性和力量，如在《鸫》一诗中，诗人写

---

① Anthony Thwaite, Ed. *Philip Larkin: Collected Poems*, London: Faber and Faber, 2003, p.214.

道:“草坪上这些全神贯注的壮健的鸫令人惊骇,/与其说是生物不如说是弹簧钢——/虎视眈眈的致命的黑眼,两条灵巧的腿/难以理喻地一触即发——一冲,一跳,一戳,/抓住瞬间拽出一个扭动的活物”[①],没有对鸫鸟的爱和敬畏,就没有如此细致生动的刻画,诗的字里行间充满对野生动物的灵性与力量的赞美。在著名的《美洲豹》一诗中,休斯设身处地感受笼中美洲豹的境遇,表达了对美洲豹的敬畏:“疾步走过囚笼的黑暗。并不厌倦——/眼睛满足在火中变盲,/大脑中澎湃的血震聋耳朵——/他绕着栅栏旋转/但笼子对于他并不存在”[②],同写被囚禁的动物,和哈代被囚禁在笼子中的金丝雀的悲惨命运相反,休斯赞扬了身在笼中的美洲豹,他昂首阔步,热血澎湃,毫无囚笼之感,其放荡不羁的野性充满魅力,更加凸显休斯对动物的敬畏之情。

二、崇尚和谐,倡导人与动物、自然和平相处

哈代一生的大部分岁月生活在英格兰多切斯特的乡间,他不仅写动物,还写花草树木和乡间的美景,呈现出人与动物、自然和谐共处的画面。在《郊外白雪》的最后一节中,哈代书写了雪中的自然:“大雪使树枝变粗,大雪把树枝压弯,/把一个个树叉织成雪白的网,大街小巷,一片静悄悄”。接着他细致刻画了雪中树丛的一只麻雀:“一只麻雀飞进树丛,惊落比它的身体/大三倍的一团银絮,/朝它的小脑袋砸去”,最后写到人的活动:“台阶

① 林玉鹏:《野性与力亦有情》,《当代外国文学》1999年第1期,第140页。

② 转引自李子丹:《泰德·休斯与凯尔特文化传统》,《外语与外语教学》2007年第1期,第36—37页。

是变白的斜坡，/ 一只黑猫身材瘦弱，/ 它睁大眼睛，渺茫地向上攀登，/ 于是我们把它接入屋中”[①]。在这里，人与雪景、麻雀和黑猫同时出现在画面中，建立了风景、动物和人的联系，也表达了诗人对动物的仁慈和对动物的关爱。又如在《黑暗中的鸫鸟》一诗中，前两节诗人描写了一个荒凉、凄惨冷漠的树丛，然而在第三节出现了希望之声:“突然间，头顶上有个声音 / 在细枝萧瑟间升起，/ 一曲黄昏之歌满腔热情 / 唱出了无限欣喜，——/ 这是一只鸫鸟，瘦弱、老衰，/ 羽毛被阵风吹乱，/ 却决心把它的心灵敞开,/ 倾泻向浓浓的黑暗”[②]。哈代表达了鸫鸟带来的希望之声和乐观精神，同时也对人与动物的和谐统一充满信心。此外,《在林中》一诗表现了城市和乡村生活的矛盾以及脱离城市、回归自然的美好愿望:“残缺的心，跛足的灵魂，/ 在城市沉闷压抑，/ 我走进一片森林，/ 幻想林间的寂静，/……/ 大自然是温和的慰藉”[③]。可见，城市生活让诗人感到残缺和压抑，而只有在森林中投身自然的怀抱，才能找到人与自然合二为一的感觉，这也成为哈代向往和追求的生态理想和人生境界。

劳伦斯也崇尚“生态和谐”，在劳伦斯眼里，即使是蛇、老鼠等野生动物，也一点不比人类低等，这彻底颠覆了“人类中心主义”，表达了人与动物和谐相处的生态理想。蛇本是被西方传统文化打入地狱的动物，在著名的《蛇》诗中，诗人仍旧描绘了一幅人兽相遇相知的图景。在诗中，诗人叙述了他与蛇邂逅的经历：当他到水槽来汲

① [英]托马斯·哈代:《梦幻时刻——哈代抒情诗选》，飞白、吴笛译，中国文联出版社1992年版，第193页。

② 同上书，第196页。

③ 聂珍钊:《悲戚而刚毅的艺术家》，华中师范大学出版社1992年版，第114页。

水的时候，意外地看到一条金色的蛇在那里啜饮，诗人刻画了蛇饮水的样子——很从容，很坦然，“就像一头牛那样”，诗人一方面对蛇的到来感到“很荣幸，很高兴”，但同时也感到害怕，因为他的客人来自“神秘大地的黑暗之门”，有着“天神一般的王者仪态”，可当蛇饮完水离去，钻进“可怕的黑色洞穴”的时候，诗人感到一阵“莫名的恐惧和反感”，于是他捡起一条椽子砸向金蛇，可椽子刚一扔出去，虽然没有砸中，诗人就后悔不迭：“我立刻感到懊悔，/ 我在想，我的行为是多么无聊、粗俗、低劣啊！/ 我鄙视我自己，憎恶那可恨的人类教育的声音”[①]。诗人下手砸蛇的原因是出于根深蒂固的“人类中心主义”文化，诗人为此感到后悔自责，而在诗的结尾，诗人写道：“因为它又一次让我感到它像是一位王者，/ 一位被流放的国王，被废黜到了地狱，/ 而今该是他重新加冕的时候”[②]，此处诗人将蛇描写成一位被流放但王者风度依旧的君王，并通过人的卑劣来反衬蛇的高贵，从而表现出“众生平等、崇尚和谐”的思想。

同样表达“生态和谐”的生态愿景，拉金只是进行客观和冷静的描述，如在《鸽子》一诗中，诗人刻画了一群沐浴着和风细雨的鸽子：“一群鸽子在薄薄的石板上挪动着，/ 迎着西风细雨 / 风掠过它们缩着的脑袋和收紧的羽毛 / 蜷缩成温暖惬意的一团”[③]，只有将个人感情融入鸽子的世界才会描绘得如此情趣盎然；在《拂晓》中，诗人描写了充满无限美好的乡村拂晓，人的行为充分参与其中，

① M. J. Lockwood, *A Study of the Poems of D. H. Lawrence--Thinking in Poetry*, Palgrave Macmillan UK, 1987, p.124.

② Ibid, p.125.

③ Philip Larkin, *Collected Poems,* Ed. By Anthony Thwaite, London: The Marvell Press and Faber& Faber, 1988, p.109.

"听到公鸡在远处打鸣 / 拉开窗帘看到天上的云"，这是一幅人、动物和自然景观融为一体，充满了人情味儿的乡村拂晓美景；在《降灵节婚礼》中，诗人描绘了远离工业化的乡村景色：农场、牛群和牧草，满是一幅辽阔和美好的景象；而在《春天》一诗中，诗人用白描的手法描写了春日里公园里的人与动物互动的情景："绿荫下人们结伴坐着，或者转圈散步 / 他们的孩子拨弄着苏醒的青草，/ 平静的孤云站立，平静的孤鸟歌唱，/ 然后，闪烁着仿佛一面摇摆的镜子 / 太阳照亮了那些弹回的球，那狗儿汪汪叫"①，诗中对鸟、狗等小动物的特写更衬托出公园春光中的宁静祥和，人、动物和自然都画面感极强，表达了城市诗人拉金对人、动物和自然和谐相处的美好愿景。

随着环境伦理思想逐渐发展成熟，20世纪60年代末，休斯读到了美国作家蕾切尔·卡森《寂静的春天》，开始有意识地写生态诗歌，另休斯在创作后期也受到中国传统文化中"天人合一"思想的影响，其诗歌创作一改早期野性张扬的诗风，开始变得温和平静，在诗中更多地呈现出人与动物、自然界和谐共融的温暖画面。休斯的后期诗集《摩尔镇》提倡人与动物形成了良好的伙伴关系，赞颂生命至上的美德，呼唤建立生态和谐。例如，诗集的主人公杰克悉心照顾牛羊，甚至为其助产喂奶，特别是在母牛的一对幼崽夭折时，他唯恐母牛太伤心，只拿走一只，表达出人类尊重动物，对动物进行友善沟通，并给予无微不至的关怀。而诗集《河流》则呈现了一派温馨和平的景象，诗人借此呼唤人类承担起生态责任，充满纯真和祝

---

①［英］菲利普·拉金:《菲利普·拉金诗选》，桑克译，河北教育出版社2003年版，第32页。

福，如在最后一首《鲑鱼产卵》中，老渔夫已经有了生态可持续发展的意识，决心不再捕鱼，并关心鲑鱼的命运，甚至独自乘舟逆流而上去寻找鲑鱼的踪迹，并在寻找过程中深深领略到自然的瑰丽美景，感到生命的神圣，体会到到人与动物、自然的共存与共荣。这个十分浪漫的境界就是休斯所追求的生态理想，正如陈红所说：“人只有学会与其他动物和平相处，才能成为一个完整的人，人类只有与地球上其他生物和平相处，才能继续存在和兴旺下去”[1]，这与中国道家的“天人合一”思想如出一辙。

① 陈红：《特德·休斯诗歌研究》，华中师范大学出版社 2014 年版，第 216 页。

第八章
城市化进程中的20世纪
英国生态诗歌中生态伦理观的流变趋势

作为20世纪初期英国生态诗歌最具代表性的人物，哈代和劳伦斯的创作时期属于相近时代，他们所创作的生态诗歌分别处于20世纪初和20世纪二三十年代，当时工业化和城市化进程刚刚起步，生态危机初见端倪，乡村生活和原野风光仍是哈代和劳伦斯诗歌的主旋律，因此哈代和劳伦斯笔下的生态诗歌语调相对轻快明朗，充满乐观情绪；而拉金和休斯的生态诗歌是在“二战”后创作的，历经20世纪50—80年代，科技的发展使工业化和城市化的进程加快，往日美好的英国风景正在逝去，环境空前恶化，人与自然的关系遭到严重破坏，生态危机加重，人们的环保意识逐渐增强，因此拉金和休斯的诗风深沉而严肃，充满着悲观的情愫；再加上“二战”使英国遭到重创，沉重打击了英国人的心理，英国人亟须调整心态，重振英国往日的雄风，而休斯擅长书写动物的原始力量，其遒劲诗风正符合这一诉求。因此，四位诗人的诗作除蕴含上述一些共同伦理思想外，通过进一步分析，我们还可以发现哈代对拉金、劳伦斯对休斯的影响以及其诗歌创作的不同之处，呈现出人与动物、自然关系思考维度拓展、伦理理念递进的流变趋势，主要表现在人与动物和自然的关系由对立走向统一，显现出人与动物、自然的和谐共生倾向；在表达生态美好愿景上，也由怜悯动物遭遇、控诉人类中心主义转向积极参与环境保护并维持生态的平衡和可持续发展。

第一节　人与动物和自然的关系由对立转向统一

人与动物和自然的对立关系主要体现在哈代和拉金的诗作中。工业化和战争不仅打击了英国人，而且破坏了生态环境，动物的处境也危在旦夕。哈代和拉金在诗歌创作中都表达了对罹难动物的同情。然而，由于哈代早年见证了英国多塞特郡的乡村生活，那里的自然环境和鸟类为哈代提供了创作的源泉，因此哈代擅长描写鸟类；而拉金是一个城市诗人，他笔下的动物多是城市日常生活中常见的小动物和被驯化的牛马羊等。哈代写了不少关于鸟的诗歌，在这些诗中满是对鸟类失去自由甚至遭受人类迫害的同情，如在《关在鸟笼的金翅雀》一诗中，诗人表达了对金翅雀的深切同情：鸟笼里的金翅雀不仅失去了自由，而且遭主人遗弃，也许是为了祭奠，这注定了它的悲剧命运，诗人感慨道，自然才是它的归所，而非樊笼，诗人通过鸟的遭遇呈现出一个人与鸟对立的残酷而悲惨的自然界。人与动物的对立在《一包包的肉》中表达得更加露骨："一个个被驱赶进来的'畜生'/以惊异和责备的目光/向周围的买主张望。/它们也曾双目圆睁/怒视曾被它们当作亲人的骗子，/这些人如此怪异、冷酷、贪婪、卑鄙，/把它们带入险恶之地/它们要么死在屠夫刀下，/要么被农夫套上犁铧。/若被屠夫买走，它们会被赶离交易场，/

可以想象，它们准会流泪满面、心中哀伤”[①]。在这里动物和人的关系完全对立，动物要么做繁重的劳动，要么惨遭屠戮，这是对人类中心主义的控诉，结尾的“泪流满面、心中哀伤”充满诗人对动物的怜悯和同情。人与自然关系的对立在城市诗人拉金的诗歌中更加明显，他在《逝矣，逝矣》一诗中慨叹美好的往昔已经逝去，留下的只是工业化的残迹，批判了人的行为与自然的对立。哈代和拉金在诗歌中同写人与动物、自然环境的对立，但与哈代多关注英格兰乡村的风景和鸟类不同，拉金多描写城市化的英格兰常见的小动物的悲惨遭遇和衰败的英国风景，它们多是现代工业化和城市化的牺牲品。

劳伦斯和休斯擅长描写人与自然的和谐共生，虽创作时期处于不同的时代，他们却都选择描写生态原野中的花鸟虫鱼，这与两位诗人各自的生活经历不无关联。由于出生在矿区，劳伦斯一出生就受肺病牵连，并长期受肺病困扰，他一生都在逃离城市，在荒野中游走，因此有机会观察到很多野生动物；休斯自幼居住在乡村并有狩猎经历，自然与野生动物有近距离接触，后来有了保护动物的生态意识，放弃捕猎，开始在诗歌里写野生动物。在劳伦斯看来，人类应该和其他动物之间寻求一种和谐的生态关系，所以他更多地关注动物的美，愿意和动物融为一体，喜欢“故意从一个非人类的视角来探索自然世界”[②]，如在《小鱼儿》一诗中，劳伦斯这样写道：“小鱼儿高高兴兴 / 在大海中 / 小小的、敏捷的生命微物 / 她们的小生命对自己来说

---

① 颜学军：《哈代诗歌研究》，人民文学出版社 2006 年版，第 67 页。

② Keegan Bridget & James C. McKusick (eds.). *Literature and Nature: Four Centuries of Nature Writing*. New Jersey: Prentice–Hall, Inc., 2001, p.839.

就是欢乐 / 在大海中”[①]。诗人只有与小鱼融为一体，才会体会到小鱼在大海中畅游的快乐；又如在《傍晚的牡鹿》一诗中，劳伦斯以拟兽的写法与牡鹿相融：“她伶俐的身影疾驰如飞，/ 沿着天空线；她 / 掉过光洁美丽的脸庞。/ 于是我认出了她。”在诗的结尾，劳伦斯表达了与牡鹿和谐共处的神圣感：“哦，是的，作为男性，我的脑袋既不光洁，也没有鹿角？ / 我的臀部也不轻盈？ / 她奔跑时与我用的不是同一股风？我的恐惧没有覆盖她的恐惧？”可见诗人在不知不觉中变成一只雄鹿，“从外形到环境到感觉完全融入牡鹿的世界”[②]。

受劳伦斯动物诗歌的影响，休斯也着力刻画野生动物，表达人与动物的和谐关系，但不同于劳伦斯所描绘的温暖明朗的动物世界，休斯展现的是动物的原始力和遒劲之美。在诗集《雨中鹰》和《牧神集》中，休斯描写的是一个野性和力的动物世界：从陆地上的美洲虎、狐狸、狼群、到空中盘旋的雄鹰、鸫鸟，再到海里的鲨鱼和螃蟹……无不透露着机警、凶猛甚至血腥，充溢着旺盛的精力和野性。在休斯《栖息的鹰》一诗中，休斯以第一人称拟人的手法书写了鹰的自由：“我坐在树的顶端，把眼睛闭上。/ 一动也不动，在我弯弯的脑袋 / 和弯弯的脚爪间没有弄虚作假的梦：/ 也不在睡眠中排演完美的捕杀或吃什么。/……我的双脚钉在粗粝的树皮上。/ 真得用整个造化之力 / 才能生我这只脚、我的每根羽毛：如今我的脚控制着天地。/ 或者飞上去，慢悠悠地旋转它——/ 我高兴时就

---

① D. H. Lawrence, *The Complete Poems of D. H. Lawrence*, Wordsworth Editions Ltd., 2002, p.382.

② 闫建华：《劳伦斯诗歌中的黑色生态意识》，上海外国语大学 2015 届博士论文，第 88 页。

捕杀，因为一切都属于我。/ 我躯体里并无奥秘：/ 我的举止就是把别个的脑袋撕下来——”[1] 鹰高傲盘踞，充满王者气概，第一人称拟人化的写作手法使人与鹰融为一体，用词大胆，简洁有力，这不仅表达了对鹰的敬畏，也与“二战”后英国人和英国社会的萎靡形成鲜明反差，让人读起来为之一振。同样，在《鬼怪螃蟹》一诗中，休斯为我们揭示的也是一个充满原始本能的世界：“它们互相追逐，互相纠缠，/ 互相骑压，要把对方撕成碎片；/ 它们是这个世界的强权，/ 我们是它们的细菌”[2]。没有对螃蟹深入细致的观察，自然就不会有如此生动准确的刻画，在这里没有脉脉温情，有的是螃蟹旺盛的生命力。休斯的动物诗歌既歌颂了野生动物的原始力与美，也体现了诗人珍爱动物、与动物和谐共处的生态伦理观。因此，在休斯的笔下，动物并非人类的附庸，而是和人类平等的生物，它们不再温存柔弱，需要人类的呵护和怜悯，而是被还原为大自然中的狠角色，其冷酷血腥的一面足以成为自然界中的强权，极具威慑力。

综上，哈代诗歌中常出现人和动物的对立，擅长写对罹难的动物同情，这既反映了工业化背景下人与动物关系的异化，也受达尔文进化论的影响，更有“一战”之后的反思。二三十年代的劳伦斯似乎逐渐摆脱战争阴影，但工业化和进化论的影响逐渐加深，作为煤矿工人的儿子，劳伦斯一出生即身患肺病，一生受其困扰，游走在欧洲各地荒野之中，对野生动物充满感情，因此在诗作中写出动物

---

① 王佐良:《英国诗史》，译林出版社2008年版，第495—496页。

② 林玉鹏:《野性与力亦有情——评泰德·休斯的诗》,《当代外国文学》1999年第2期，第139页。

世界美好明朗的一面，表达了人与动物和谐相处的生态伦理观。拉金是50年代“运动派”诗人的领军人物，“二战”给英国带来前所未有的沉重打击，加上工业化影响日益加剧，于是被工业化迫害的小动物、被驯化的牛马羊和逝去的英国风景成了他生态诗歌中的题材，亦如战后英国人“非英雄”的心态，他以写实的手法反映人与动物和自然的对立一面，不加评论，笔调沉重，风格冷静。到了60年代，休斯打破了“运动派”诗人的写实风格，他受到劳伦斯动物诗歌中生态伦理观的影响，擅长写野生动物的力与美，在战后诗坛刮起一股遒劲的风；随着20世纪末期生态伦理思想的发展，人们的环保意识逐渐增强，在《寂静的春天》等生态文学作品的影响下，晚年的休斯开始反思人类对环境的破坏所受到的惩罚，并接受了中国道家“天人合一”的思想，表现出注意物种延续和生态平衡的环保意识，并体现在其晚期的诗歌创作中。由此可见20世纪英国生态诗歌所呈现出的从人与自然的对立到人与动物、环境的融合共生的流变趋势。

第二节　人由被动地怜悯控诉转向积极参与环保

休斯晚期的生态诗歌创作开始体现出强烈的环保意识和人类参与自主性，和前辈生态诗人哈代、劳伦斯和拉金的生态诗歌创作风格截然不同，他们或慨叹个体动物的悲惨遭遇，或控诉人类中心主义行径，或对逝去的英国风景表示惋惜……总之还停留在人与动物和生态环境相对立的阶段，更多地关注人与动物和自然的生存斗争，虽然也表达出对罹难动物的同情之情，以及崇尚人与动物、自然和谐相处的美好图景，但人类参与环保行为的主动性并没有表现出来；相反，休斯的早期诗歌常被理解为将动物拟人，表达出对野生动物昂扬斗志的赞美，而其晚期诗作因接受了中国道家的思想，并受到西方生态伦理学的发展和生态文学作品繁荣的影响，更明确地在诗歌中表达了“天人合一、物我两忘”的生态理想，如《摩尔镇》《河流》等诗集歌颂了人类参与环境保护的行为，有着积极的维护生态平衡的思想和强烈的环保意识，这是相比其他三位诗人在生态伦理观方面的进步之处，也是20世纪英国生态诗歌中生态伦理思想进一步发展的有力表现。

人与动物以及自然的对立关系在三位前辈诗人的诗作中都所有体现。在哈代的《捕鸟人之子》一诗中，通过一段父与子对捕鸟态度的对话，哈代表达了人类对动物持有的两种截然相反的态度。小弗雷德象征着人性中的善良和天真：“爸爸，我害怕你的行为，/这种交易很不正当！/把小小的云雀捕捉起来，/变成一个个终生的囚徒，/云雀伤痕累累，在狱中流血，/它们试图远走高飞；/每只关在笼里的夜莺/很快会死亡或憔悴。”而他的父亲则象征着残忍和世故：“好一个傻瓜，我的孩子！/鸟雀就是任逮任捕，/干这种行当是我的命运，/而你要接受教育。”[1]犹如“天真之歌”和“经验之歌”的对话，孩子天真的话道出了人类对云雀的残忍迫害，可是弗雷德不但没有说服父亲，反而要“接受教育”，这说明哈代时代人类中心主义的普遍盛行，人类要与动物保持和谐共融的关系阻力重重，这一理想的实现任重而道远。

---

① ［英］托马斯·哈代：《哈代文集》，刘新民译，人民文学出版社2004年版，第825页。

到了劳伦斯时代，其“众生平等”的生态思想表现出对所有动物的崇敬和关爱，他除了大多诗作写野生动物自由自在、温暖明朗的一面外，也有少数诗作揭露了人类对野生动物的残忍迫害，给人以无限的哀思。如在《美洲狮》一诗中，当看到美洲狮被射杀而死时，劳伦斯将对人类中心主义的批判发挥到极致：“就这样，她将永远不会一跃而起 / 伴着射杀美洲狮的黄色闪光 !/ 她的明亮的带着条纹的脸永远不会出现在 / 雪橙色的洞口 / 黑色山谷口的树上”[①]，诗人最后的结论令人感慨：曾经人和美洲狮都有生活的空间，而今美洲狮早已没有了生存的空间，强烈谴责了人类迫害野生动物的行径，同时也凸显出对野生动物被杀害的深沉的惋惜和对生态危机的忧患。然而应该如何避免这些美洲狮受捕杀的命运，诗人似乎并没有给出行之有效的做法。

拉金也对人类中心主义进行了无情的揭露和批判，采用了一种客观描写的现实主义手法，即用一种冷静的态度叙述动物的悲惨遭遇，《铁丝网》就是一例：“宽阔的大草原围着电网，/ 连老牛都知道它们一定不会迷路 / 小牛犊总能闻到纯净的水的味道 / 不是在这里而是在别处。在铁丝网外 / 老牛带着它们四处乱闯铁丝网 / 不到一刻钟就把它们的肌肉猛烈地撕成碎片”[②]。小牛为纯净的水源付出了巨大的代价，因为人类为了限制牛的自由，在草原上架起了带电的铁丝网，为了重获自由，获得纯净的水源，老牛带着小牛犊奋力冲击来自人类的束缚，结果惨剧发生了，

---

① D.H. Lawrence, “Mountain Lion”. http://scenechanges.org/lawrence.php.

② Philip Larkin, *Collected Poems*. Ed. By Anthony Thwaite. London: The Marvell Press and Faber& Faber, 1988, p.293.

"它们的肌肉猛烈地撕成了碎片"。没有强烈的感情抒发，仅这视觉冲击的客观描述就表现了人类对待动物手段的残忍，接着拉金评论道："小牛犊变成了老牛就在那个日子，/那时它们最狂野地感觉带电的边线"[①]，惨剧的罪魁祸首在于人类搭建的带电的铁丝网，为了给人类提供纯净的水源，动物只能是牺牲品，这里拉金对人类凌驾于动物之上的"人类中心主义"的强烈控诉和批判达到高潮。然而如何撤掉铁丝网，保护牛的自由，让牛羊在大草原中尽情地驰骋并喝到新鲜的水源，这种和谐的景象在当时的英国只能是一种生态理想，注重客观写实的拉金无法在诗歌中表现出来，但却引发读者无尽的反思。

休斯和前辈诗人有所不同的是他在诗中表现出的对野生动物的欣赏与赞美、对人类积极参与环境保护行为的歌颂和对维护生态系统平衡的生态意识的倡导。休斯和劳伦斯虽相隔半个世纪，但两人在个人生活经历、诗歌创作和生态伦理观上都有诸多相似之处，休斯本人也意识到这一点，他在写给尼克·甘米奇（Nick Gammage）的信中，高度评价了劳伦斯以及其作品带给他的巨大影响："像劳伦斯这样一位使得整个民族的思想因其改变的作家，势必已融入到我们呼吸的文化空气中，以至于很难区分哪些是直接产生于我们头脑里的东西，哪些是通过他而来的"[②]。劳伦斯和休斯的思想都结合了生物中心主义和浪漫主义两大特征，两位诗人动物诗歌中的生态伦理观都源自所处时代英国的社会历史背景以及个人的生活经历，工业革命和

① ［英］菲利普·拉金：《菲利普·拉金诗选》，桑克译，河北教育出版社2003年版，第42页。

② Nick Gammage, ed. *The Epic Poise: A Celebration of Ted Hughes*. London: Faber and Faber, 1999, p.149.

战争对自然生态的破坏使得诗人更加怀念过去美好的往日，而达尔文的进化论以及与动物的亲密接触使得诗人对动物更加珍爱和敬畏，诗人不仅在诗歌里书写动物，而且抨击人类对动物的迫害，憧憬人与动物和谐相处的美好愿景。然而休斯在提倡敬畏自然和尊重动物的同时，对“适者生存”的理解使他更强调动物的原始野性，不自觉地着重刻画动物冷酷残忍的一面，而劳伦斯的动物极少是暴力的。因此，劳伦斯和休斯所处时代的不同以及个人经历的差异使得两人在描绘动物、表达生态伦理观时表现手法各异：虽同表达对野生动物和低等动物的敬畏和爱，劳伦斯的温暖明朗不同于休斯的冷酷血腥。另外，休斯在其后期创作的诗集《摩尔镇》和《河流》中，表现出明显的保护环境、维持生态平衡和可持续发展生态意识，如流露出对河流遭到污染的忧虑，描绘了人与自然和谐相处的美好画卷，表达了人与自然共生的美好希望。和其他三位诗人不同的是，他不停留在慨叹动物被摧残的悲惨命运或者对人类中心主义的鞭挞之上，或是对野生动物世界的生动刻画上，而是难能可贵地表现出人类对生物和环境的保护意识，如他后期诗集中的主人公都是环保主义者，为保护环境、维护生态系统的平衡都做出自己实际的努力。可见在共建生态和谐方面，休斯的环境保护意识和“天人合一”思想有别于其他诗人的“批判人类中心主义”，更体现出积极的行动力。

休斯和其他诗人如此差异的根源在于如下几个方面：其一是工业革命和科技发展的影响对生态系统的持久破坏；其二是战争对英国人的打击；其三是对达尔文进化论的不同理解；其四是晚年休斯对中国道家思想的接受。工业革命对生态系统的破坏力是长期而持续加重的，哈代和劳伦斯所处的时代虽然经历过“一战”，但战争对他们诗歌中的动物和自然界影响不大，与休斯相比，他们眼中的动物世界有着更加明朗温暖的面目；休斯所处的英国历经两次世界大战，蒙受了政治和经济的双重打击，导致英国人民族自豪感和自信心的缺失，而当时领军英国诗坛的“运动派”不能担当重振民族自信心的重任，在这一背景下，休斯以其充满活力的诗风颂扬了野生动物的力与美，解放人类被压抑的本能，重拾了英国人的活力和自信心。此外，虽然几位诗人都在不同程度上接受了达尔文的进化论，哈代和拉金表现出对罹难动物的深切同情，劳伦斯强调“众生平等”，但休斯将“适者生存”的思想全面而深刻地体现在他的创作中，因此，休斯笔下的动物都卷入了一场激烈的生死搏斗之中，这种机械性与劳伦斯笔下充满灵性的动物不同，好在休斯最终让自己那“出自于拒绝机械、功利和理性的浪漫主义传统”的想象力拐过了由战争阴影和进化论造成的“死角”①，逐步调整自己对外部自然的观念和态度。晚年的休斯随着生态伦理思想的发展接受了生态整体观，并深受中国道家思想的影响，抵达了一个全新的世界，即一个人与自然同生同存的世界。从这一点说，休斯承继了英国浪漫主义诗歌的传统，成为“延自布莱克和劳伦斯的英国反理性的浪漫主义思想传统的真正继承者”②。

由此可见，从20世纪初哈代对经历不幸遭遇的动物的同情和对正在逝去的英格兰乡村生活环境的留恋，到劳

---

① Hugh Underhill, *The Problem of Consciousness in Modern Poetry*. Cambridge: Cambridge University Press, 1992, p.282.

② 陈红：《特德·休斯诗歌研究》，华中师范大学出版社 2014 年版，第 217 页。

伦斯动物诗歌中的“众生平等观”和对人类中心主义的批判和控诉，到拉金对逝去的英国风景的慨叹和对工业文明和城市化对英国风景和英国人生存环境负面影响的批判，再到休斯对野生动物野性和力量的赞美，以及后期生态诗歌创作中倡导人与自然和谐共生的环保意识，可见 20 世纪英国生态诗歌呈现出流变的另一个特征：由怜悯动植物遭遇、控诉人类中心主义转向积极参与环境保护，维护生态平衡。联系当时英国的政治、经济、社会和文化背景，探究其深层次的原因，可见科技发展和工业革命对生态系统的破坏已达到空前程度，“二战”对英国和英国人的心态造成前所未有的负面冲击，再加上达尔文的进化论的影响深远，以及中国传统生态哲学尤其是道家思想的传播……诸多因素使得 20 世纪英国生态诗歌中的生态伦理观呈现纵深发展和流变趋势，越来越强调人与生态环境的和谐共生以及人类在保护生态环境方面的能动作用。

第九章
20世纪英国生态诗歌在中国的译介和研究及中英生态诗学之比较

第一节 城市化进程中的20世纪英国生态诗歌在中国的译介和研究

一、哈代的生态诗歌在中国的译介和研究

城市化进程中的20世纪的英国生态诗歌始于世纪之交的著名作家托马斯·哈代，相对比他的小说，哈代诗歌的研究相对薄弱，关于哈代诗歌的生态批评也起步较晚。然而早在20世纪二三十年代，哈代的诗歌就被徐志摩译介到中国，徐志摩对哈代十分崇敬和景仰，他曾对学生说过读哈代一册书比受大学教育四年都要好。徐志摩不仅是把哈代的诗歌翻译成中文的第一人，还是中国文坛唯一和哈代本人交流过的诗人，他于20世纪二三十年代首次在国内掀起了哈代研究之风，为后来学者研究“哈代在中国”奠定了基础，同时其本人和哈代的文学姻缘也成了学者们考察研究的对象。徐志摩在译介哈代的过程中，不仅汲取了哈代诗歌中的文学素养，还不自觉地受其哲学思

想的影响，当然也包括其自然生态诗歌中的对大自然的热爱以及社会和精神生态诗歌中人生哲学的影响，因此可以说哈代影响了徐志摩的诗歌创作。美国加州大学东方语教授、著名中国文学专家希利尔·伯奇（Cyril Birch）1977年在《唐看》杂志上发表了《徐志摩从哈代继承的文学精华》（"*Hsu Chih-mo's Debt to Thomas Hardy*"）[①]一文，文章认为，徐志摩作品中充满忧郁、哀怨的一类诗的出现是徐志摩出于对哈代的崇敬而模仿的结果。加拿大著名学者梁锡华在专著《徐志摩新传》中认为徐志摩与哈代的诗歌中，常常出现一些相同的意象，如坟墓、坟地、火车站等[②]，而且，和哈代一样，徐志摩也用对话来写诗。中国学者梁实秋最早提出："哈代的小诗常常是一个小小的细节，平平淡淡，在结尾处缀上一个悲观的讽刺，志摩颇能得其神韵"[③]；上世纪90年代初，四川大学文学与新闻学院教授毛迅在其所撰写的《徐志摩论稿》一书的"徐志摩诗风与英国文学"一章中，从具体诗歌个案入手，指出徐志摩的诗歌在结构和背景上模仿哈代的某些诗作[④]，此外，徐志摩在诗歌的意境和内涵方面对哈代也有一定的借鉴，即都表现大自然阴暗的一面。

具体说来，徐志摩译过的哈代的诗歌有《她的名字》（"*Her Initials*"）、《窥镜》（"*I Looked into My Glass*"）（载1923年11月10日的《小说月报》第14卷第11号），

---

① Cyril Birch. "Hsu Chih-mo's Debt to Thomas Hardy". *Tamkang Review*. Vol. 8, No. 1, 1977, pp.2–6.

② 梁锡华:《徐志摩新传》，台湾联经事业出版公司1991年版，第129—130页。

③ 同上。

④ 毛训:《徐志摩论稿》，四川大学出版社1991年版，第202—207页。

《别离》（"*The Division*"）和《伤痕》（"*The Wound*"）（载1923年12月10日的《小说月报》第14卷第12号）；其他译歌还包括:《我打死的他》（"*The Man He Killed*"）、《公园的座椅》（"*The Garden Seat*"）、《两位太太》（"*The Two Wives*"）、《一同等着》（"*Waiting Both*"）、《疲倦了的行路人》（"*The Weary Walker*"）、《一个悲观人坟上刻的字》（"*Epitaph on a Pessimist*"）和《一个厌食人的墓志铭》（"*Cynic's Epitaph*"）等，其中不乏表达哈代精神生态的诗歌。徐志摩最看重的是哈代诗歌中体现的思想性。哈代在其诗歌中隐含了深刻的人生哲学和精神生态观，徐志摩曾总结过:"在他的诗里，细心的读者可以看到他对人生的不满足，发现他暴露灵魂的隐秘和短处……发现他尽力描绘人类意志的脆薄和无形势力的残酷，发现他对生命本体的嘲讽与厌恶"[①]。哈代的诗歌中蕴涵着深刻的意义，徐志摩曾发出如下感慨:

> 六十年继续的生涯！六十年继续的心灵活动，继续的观察、描写、考虑、分析、解释、问难，天地间最伟大的两个观象，'自然'与'人生'；六十年继续的，一贯的寻求，寻求人生的一个问题的解答！他是一个真的思想家；他不是在一个空虚的整套的名词砌成的暗弄中摸索，不是在暗房里捉黑猫；他是用他最敏锐的心力来解剖人类的意志与情感，写实的不是幻想的，发现平常看不见的锁链，自然界看不见的势力，看不见的威权，无形地支配着人生的究竟，无形地编排着这出最奥妙的戏剧，

---

① 徐志摩:《汤麦士哈代的诗》，载《徐志摩全集卷四》，广西民族出版社1991年版，第208页。

悲与趣互揉的人生。[1]

哈代不仅关心自然和社会，也在不断进行精神上的求索：人生究竟是什么？我们为什么而活？这些人生的终极意义也时常萦绕着徐志摩，同样激发他向更深沉的方向探索人生哲学。哈代“坚持他的把现实认一个彻底的、分明的态度”[2]也是徐志摩共同坚持的对待社会、对待人生的哲学原则。徐志摩把哈代等一类诗人、艺术家视为给人类创造幸福的英雄，这在徐志摩生活的年代里是非常需要的，作为一个对国家、对社会富有责任心的有志者，徐志摩看到军阀统治下的国民处于困顿、彷徨和茫然的状态感到心痛和不安，他为读者介绍的哈代是一个有着“丈夫的精神”和“壮健的人生观”的西欧文坛老将的形象，并将这种积极健壮的形象与“一个弯腰曲背残喘苟延的中国老翁”做对比，指出了当时的民族症候，他渴望通过介绍哈代重新唤起中国解放了的青年那“黄河之水天上来，奔流到海不复回”的气象，可见徐志摩这位中西合璧的文化英雄，也有责任意识与爱国兴国的火热激情。除了徐志摩对哈代的翻译，还有其他哈代诗歌的译本，到目前为止，以刘新民对哈代的翻译为最全。

自20世纪二三十年代哈代的诗歌被译介引入中国，对哈代进行综合研究的专著主要有：李天意的《哈代评传》(1938)、张中载的《托马斯·哈代——思想和创作》(1987)、吴笛的《哈代研究》(1994)和《哈代新论》(2009)，其中后一部对之前著作进行进一步深化补充，结

① 徐志摩:《汤麦士哈代的诗》，载《徐志摩全集卷四》，广西民族出版社1991年版，第207页。

② 同上书，第594页。

合生态批评和跨文化研究、影响研究等方法，拓展了原有的哈代研究视域；此外还有张玲的《哈代》(2002)、何宁的《哈代研究史》(2011)和聂珍钊的《哈代学术史研究》(2014)，都对哈代作品的研究史进行了梳理，介绍和评论；只专注哈代诗歌研究的专著有两部，分别为颜学军的《哈代诗歌研究》(2006)和王秋生的《忧伤之花：托马斯·哈代的艾玛组诗研究》(2009)，前者分析了哈代诗歌中既矛盾又统一的观点；后者从心理学理论和精神分析角度入手，对哈代献给亡妻的一百多首悼亡诗进行解读。

据中国知网统计数据，关于哈代诗歌有记录可查的最早论文是1980年徐宗英发表的《诗人哈代初识》。从1980年至今，国内正式发表的涉及哈代诗歌的研究论文有132篇。20世纪90年代之前国内对哈代及其诗歌多是概括性介绍；90年代以来，论文数量呈逐年上升趋势。进入21世纪，数量大量增加，仅2011年一年就达到14篇，2009年有11篇。2001年至2018年，发表在CSSCI来源期刊上的有关哈代诗歌研究的论文有19篇。这些论文反映出国内哈代研究从对诗歌文本的微观解读到对其哲学观念的整体把握，从概括性评论到具体的创作特点阐述，批评角度呈现出多元化的态势。

而近十年来从生态批评的视角研究哈代的诗歌的论文则有十余篇，哈代的近百首自然诗是其作品的一个重要组成部分，较早的从生态批评的视角研究哈代自然诗的论文包括颜学军的《论哈代的自然诗》(2002)，该文总结了哈代的自然观，指出哈代探索自然是为了“考察人类的生存状况，揭示人类生存的悲剧性”，哈代的自然诗是“对浪漫主义的超越和与现代主义的契合”[①]。诸国忠、李珠的《哈代诗歌中人与自然合二为一的艺术表现形式》(2002)指出人与自然融为一体是哈代“诗歌的精神支柱和情感升华的象征”[②]。张炳飞的《论哈代的自然观——由哈代诗歌的鸟意象谈起》(2005)对几首有关鸟的诗歌进行文本分析，从鸟与人的关系，揭示哈代对自然与社会的悲观主义认识。其他关于哈代生态诗歌的研究论文有：陶久胜的《体验自然的伤残，呼吁整体的和谐——哈代自然诗歌生态思想揭示》(2005)、徐勤良、邓静的《哈代战争诗歌的生态解读——以〈鼓手霍吉〉为例》(2009)、莫海的《论哈代“威塞克斯诗歌”的生态审美》(2011)、蒋萍的《论哈代诗歌中的生态观》(2011)、符蓉的《哈代诗歌中的“人与自然”》(2012)、夏古华的《生态整体主义之哈代诗歌生态思想解读》(2013)、刘俊杰的《对托马斯·哈代诗歌〈黑暗中的鸫鸟〉的解读》(2015)、笔者的《托马斯·哈代动物书写诗歌中的生态伦理观解析》(2015)和《同写罹难的动物：哈代与拉金动物书写诗歌生态伦理观之比较》(2016)、魏平玲的《论托马斯·哈代诗歌的社会生态意识》(2016)和瞿姗的《哈代诗歌的生态批评解读》(2018)等，可见哈代生态诗歌的研究已经逐渐成为一种趋势。

二、D.H. 劳伦斯的生态诗歌在中国的译介和研究

D. H. 劳伦斯生态诗歌的研究相对匮乏，无论是诗人

① 颜学军：《论哈代的自然诗》，《外国文学评论》2003 年 5 月。

② 诸国忠、李珠：《哈代诗歌中人与自然合二为一的艺术表现形式》，《枣庄师范专科学校学报》2002 年 6 月。

介绍、诗歌译本、学术专著还是单篇论文都非常有限，关于劳伦斯的生平介绍有对美国学者哈里·T. 穆尔的《血肉之躯——劳伦斯传》（1993）的译介；另吴笛翻译了劳伦斯的诗歌，为劳伦斯的诗歌译介做出了贡献，其中《劳伦斯诗选》于1994年由漓江出版社出版；《灵船——劳伦斯诗选》于2012年由上海人民出版社出版。刘宪之主编的文集《劳伦斯研究》（1991）中选编了斯科特·桑德斯（Scott Sanders）的文章《劳伦斯与自然崇拜》，而关于劳伦斯的诗歌和评论大多收录在英美诗歌教材中，如何功杰编著的《英美诗歌》（2003）、张理龙编著的《20世纪英美诗歌选读》（2007）、孙逊编《英美诗歌名篇研读》（2011）等。值得一提的是，苗福光的《生态批评视角下的劳伦斯》（2007）系统论述了劳伦斯的生态思想；闫建华的《绿到深处的黑色：劳伦斯诗歌中的生态视野》（2013）是目前国内关于劳伦斯生态诗歌的最新学术专著。

在中国知网上能够找到的第一篇从生态批评的视角研究劳伦斯诗歌的论文是刘玉敏和周方珠2001年发表在《山东外语教学》上的《生命的赞歌　自然的啸声——D. H. 劳伦斯诗歌解读》[①]，该文就劳伦斯不同时期诗歌作品的主题思想、表现形式和艺术成就作了简要的评述；廖素云的《追寻诗中的自我与心灵的轨迹——评D. H. 劳伦斯的诗歌创作》[②]（2003）指出劳伦斯所有的诗歌创作都是其心路历程的记录，按照诗人心灵发展的脉络，劳伦斯诗作大体可划分为：早期（1904—1919）、中期（1920—

---

① 刘玉敏、周方珠：《生命的赞歌　自然的啸声——D.H. 劳伦斯诗歌解读》，《山东外语教学》2001年第2期。

② 廖素云：《追寻诗中的自我与心灵的轨迹——评D.H. 劳伦斯的诗歌创作》，《济南大学学报》2003年第2期。

1927）和晚期（1928—1930），在这三个阶段中，诗人劳伦斯经历了“分裂—寻求联系—超越（对死亡的渴慕）”三个实现自我的蜕变过程；宋礼慧的《D. H. 劳伦斯诗歌〈蛇〉中的生态观》[①]（2010）通过对诗歌《蛇》的解读，深入分析劳伦斯眼中自然与人的关系的发展变化，突显诗人对人们要爱护自然的警示；韩利敏的《生态批评视角下的劳伦斯诗歌解读》[②]（2011）从生态批评理论入手，对劳伦斯诗歌中表现出的生态意识进行阐释，挖掘诗歌中的生态思想；龙其林的《为溃退的自然见证——D. H. 劳伦斯诗歌的生态叙事》[③]（2012）指出劳伦斯诗歌既彰显自然中所包含的神秘力量与生命之间的平等关系，也对工业化进程下的自然生态怀有深深忧虑，其诗歌的奇崛意象和对比结构属于生态审丑，传达出劳伦斯对生态问题的文学思考；郝红玲、王欢的《生态批评视角下的 D. H. 劳伦斯诗歌解读》[④]（2015）从自然生态、社会生态和精神生态三个维度论述了劳伦斯在其诗歌中盛赞原始自然生态美景，对自然生态中的动物也充满了深深的爱和敬畏；同时指出工业文明破坏了自然生态环境，并由此引发了社会生态和人类精神生态问题，从生态批评视角解读劳伦斯的诗歌，可以开拓劳伦斯研究的崭新领域，将劳伦斯诗歌研究推向一个

① 宋礼慧：《D.H. 劳伦斯诗歌〈蛇〉中的生态观》，《时代文学》2010 年第 4 期。

② 韩利敏：《生态批评视角下的劳伦斯诗歌解读》，《吉林省教育学院学报（学科版）》2011 年第 9 期。

③ 龙其林：《为溃退的自然见证——D.H. 劳伦斯诗歌的生态叙事》，《北方论丛》2012 年第 7 期。

④ 郝红玲、王欢：《生态批评视角下的 D.H. 劳伦斯诗歌解读》，《湖南工程学院学报》（社会科学版）2015 年第 12 期。

新的阶段。余娟的《论 D. H. 劳伦斯诗歌中的动物书写》[①]（2016）指出劳伦斯的动物诗实际上是对人与动物二元对立思想的有力反驳，具有超越时代的前瞻性，给生活在当下的现代人以重要的生态启示；笔者的《D. H. 劳伦斯动物书写诗歌中的"众生平等观"》[②]（2016）认为劳伦斯的动物书写诗歌倡导人类与各种生物和谐共处，在其诗歌创作的英国社会时代背景和个人生活经历的影响下，他的动物书写诗歌表达了对所有动物的敬畏与爱、对人类中心主义的批判和对人与动物和谐相处生态理想的向往，其动物书写诗歌中的"众生平等观"给后继诗人以及文学生态学跨学科研究以启示；潘丽萍、薄婷和侯松的《从拟人论视角看 D. H. 劳伦斯诗歌中的生态文化思想》[③]（2018）依托深层生态学理论，从拟人论视角分析劳伦斯诗歌中蕴含的生态美学文化、生态伦理文化及生态科技文化思想。

综上，国内对劳伦斯的诗歌的译介起步较晚，从20世纪90年代开始，劳伦斯的传记被译介，之后吴笛开始译介劳伦斯的诗歌，并在英美文学的教材中得以传播；而从生态批评的视角对劳伦斯生态诗歌的研究则始于21世纪，尤其是在近年来呈现出研究的高潮，苗福光、闫建华等学者专门做了劳伦斯生态批评的博士论文并出版专著，和劳伦斯生态诗歌相关的期刊论文达十余篇，主要表达了对工业化和城市化的批判，对生态整体观的推崇，尤其是对其动物书写诗歌中表达的生态平等思想的赞扬；并且

---

① 余娟：《论 D.H. 劳伦斯诗歌中的动物书写》，《湖南科技学院学报》2016年第4期。

② 姜慧玲：《D.H. 劳伦斯动物书写诗歌中的"众生平等观"》，《大众文艺》2016年第11期。

③ 潘丽萍等：《从拟人论视角看 D.H. 劳伦斯诗歌中的生态文化思想》，《重庆电子工程职业学院学报》2018年第4期。

研究也超越了自然生态的空间，拓展到社会生态和精神生态，这开拓了劳伦斯研究的崭新领域，把对劳伦斯生态诗歌的研究推到一个新高度。

三、菲利普·拉金的生态诗歌在中国的译介和研究

国内对拉金诗歌的译介始于20世纪80年代初。改革开放以来，拉金的译介研究得以开始。回顾始于20世纪80年代初的拉金诗歌翻译，依据拉金诗歌翻译的系统程度，大致可以分为两个时期。第一时期为1980年到2000年，这一时期国内对拉金诗歌的翻译属于起步阶段，翻译零散，缺乏系统性，甚至还存在常识性的错误。这些翻译有高厚堃1980年1月发表在《外国文学》的菲利普·拉金的《诗三首》，其中包括《癞蛤蟆》《来到》和《降灵节的婚礼》；周钰良1985年1月发表于《外国文学》上的《诗十首》，包括拉金的《癞蛤蟆》并对拉金做了比较准确的介绍，即拉金近乎隐逸的生活与反叶芝、艾略特和庞德而宗哈代的诗学观念；黄新渠1985年3月发表在《外国文学》上的《小说与读者》一诗；王佐良1987年1月发表在《外国文学》上的《菲利普·拉金诗八首》，其中包括《上教堂》《背离之诗》《家》《水》《降灵节婚礼》《日子》《读书习惯》《在消失中》和一篇介绍拉金诗歌的文章。

王佐良的翻译在这一时期的拉金翻译中质量最高，很好地把握了拉金的特点，逻辑清晰，较准确地译出了原作闲谈式的语调。另外，王佐良对拉金的评价相对于该时期其他译者也更详细准确，比如指出了拉金的成功之处，即“在浪漫派的情感泛滥之后，在现代派的技巧与理论

泛滥之后，在奥登一代的政治热情膨胀之后，特别是在狄兰·托马斯的符咒式的狂歌之后，他能头脑冷静地以哈代为师，从写实入手，用一种硬朗的机智建立了一代新的英国诗风”[①]。王佐良认为，这种诗风颇具时代感，拉金以世态记录者的身份，用务求准确具体的态度描写福利国家时期英国人特有的感受。如在《上教堂》一诗中，王佐良精准地把握住了宗教在不被重视的同时，人还是有一种精神上的严肃需求，而这种或类似的矛盾普遍存在于拉金的诗歌中。王佐良还指明了拉金诗歌中“准确”的价值：“准确是一种当代品质，科学技术需要准确，设计需要准确，施工需要准确，都是美的。”[②]这种对当代美学观念变迁的把握，无疑对理解拉金，甚至理解某些当代诗都具有重大启示。

王希苏和徐青根1989年4月发表在《当代外国文学》上的《战后英国诗歌集锦》，其中包括拉金的一首《走》；王恩衷和樊心民在1991年安徽文艺出版社出版的《当代英美流派诗选》中收译了拉金的五首诗，其中包括《愿望》《礼拜》《来临》《那青涩的日子里你戴着你的容颜》和《降灵节婚礼》；傅浩1992年12月发表在《世界文学》上的《诗十首》，收录翻译了拉金的《闺名》《铁丝网》等十首诗；沈阳和丁祖馨1993年8月在《英语知识》上发表了《降灵节婚礼所见》；王林1994年2月在《译林》上发表了《菲利普·拉金诗四首》(《癞蛤蟆》《来临》《鸽子》和《活下去》)；1994年出版的飞白主编的《世界诗库·英国爱尔兰卷》收录了黄杲炘、李力、汪剑钊和王

---

① 参见刘巨文:《中国的菲利普·拉金诗歌翻译》,《文艺报》2015年第7期。

② 同上。

佐良翻译的《写在一位年轻女士照相簿上的诗行》《上教堂》《家》《水》和《降灵节婚礼》。

第二时期是 2000 年至今，这一时期拉金的诗歌翻译数量更多且较为系统，其随笔式的文学批评和爵士乐批评也得到了翻译。和上一时期相比较，翻译的质量和数量都有了很大提高。当然，也出现了部分质量较差的译作。2002 年，在席亚兵的组织下，冷霜、席亚兵、杨铁军、周伟驰和雷武铃五位诗人同译了拉金的三首诗，发表在当年第 8 期《星星诗刊》上。这几首诗的翻译非常好，难得的是几位诗人的翻译各有不同。2003 年，桑克翻译了《菲利普·拉金诗选》（河北教育出版社），这是中国第一本比较系统的拉金诗选。该书以安东尼·史威特编辑出版的《诗集》为底本，选译了 151 首，包含了拉金早中晚期不少重要作品。该诗选的翻译争议较大，如肖云华于 2005 年 9 月在《文教资料》发表的《评〈菲利普·拉金诗选〉的翻译》中对桑克进行了批评，肖云华的批评主要集中在：一、诗歌选择不科学，许多拉金的重要作品未译；二、翻译错误太多，比如“self's the man”被译成“自我是这个男人”（正确的理解应为人都是自私的）[①]等。肖云华指出的错误确实存在，这对于诗歌译者是一个很好的鞭策。舒丹丹也是拉金诗歌的一位重要译者，她分别在《译林》（2005.11）、《诗选刊》（2006.5）、《诗歌月刊》（2006.10）、《星星诗刊》（2008.1）和《长江文艺》（2012.10）上发表了拉金诗歌的翻译，其翻译最大的优点是清晰准确地译出了诗歌本身逻辑的发展。舒丹丹所译的

① 肖云华:《评〈菲利普·拉金诗选〉的翻译》,《文教资料》2005 年第 27 期。

《高窗：菲利普·拉金诗集》于2016年结集出版[①]。

除了诗歌翻译，中国拉金翻译的另一个成就是他随笔式的文学批评和爵士乐评论。文学批评令人得以探究拉金的文学观念，而爵士乐评也能令人间接触及拉金的心灵。随笔式的文学批评有黄灿然和周伟驰2001年12月发表在《书城》上的《拉金随笔六篇》，包括《快乐原则》《声明》《个人背景》《我如何或为何写诗》《作家与他的时代》和《哈代的诗》，以及胡桑2013年发表在《上海文艺》上的《奥登的转变》。拉金的爵士乐评《爵士笔记》2009年7月由凤凰出版集团和江苏人民出版社联合出版，译者为张学治、周晓东和孙小玲。该书的爵士乐评对理解拉金有非常重要的参考价值，书内的序言和导言对饱受女权主义者和后殖民主义者攻击的拉金提出辩护，对理解拉金也非常重要。

目前国内的拉金诗歌研究专著是肖云华所著《菲利普·拉金文化策略研究》(2017)，该书对菲利普·拉金诗歌作品的英国性成因及变化过程进行了讨论，分析焦虑如何影响了诗人国家民族身份的塑造[②]。关于拉金诗歌研究的博士论文有两篇，分别为吕爱晶的《菲利浦·拉金的"非英雄"思想》(中山大学，2010年)和陈晞的《城市漫游者的伦理衍变：论菲利普·拉金的诗歌》(华中师范大学，2011年)。另外，曹莉群的博士论文《建构自然：论菲利普·拉金、泰德·休斯和谢默斯·希尼的诗歌》(北京外国语大学，2016年)则从建构自然的视角综合论

① [英]菲利普·拉金:《高窗：菲利普·拉金诗集》，舒丹丹译，上海人民出版社2016年版。

② 肖云华:《菲利普·拉金文化策略研究》，华南理工大学出版社2017年版。

述了三位诗人的诗歌。

国内第一篇从生态批评视角分析拉金诗歌的是陈晞的《生物、生态、环境——菲利普·拉金的生态伦理》[①]（2008），首先分析了拉金自然诗歌题材的共同特点：诗中吟诵的自然都是远处的自然和人文的自然，并从生态批评的角度分析了拉金的诗歌中表现的反对传统浪漫主义的自然观和人类中心主义，主张生态平等的伦理观，探讨了诗人在其诗歌中对现代工业化带来的生态危机的深切关注。此外，王育烽、陈智淦的论文《菲利普·拉金诗歌中的生态思想初探》[②]（2011）以生态批评角度解读拉金的若干首诗歌，透过人与自然的关系挖掘拉金诗歌中所体现的生态思想，指出拉金是一位拥有生态意识的诗人；陈晞的论文《空间·叙事·伦理——菲利普·拉金的城市诗歌》[③]（2014）指出拉金的诗歌不仅表达了城市人的空间感受和体验，还深入到对空间本质的探索，该文从两个方面探讨了拉金的城市诗歌：一方面，通过对其诗歌物理空间符号的解读，分析了拉金对城市的物性空间、社会空间、精神空间极具思辨性的观察和思考，他的诗歌符号式地诠释了城市发展对人们生活方式和伦理的影响；另一方面，从空间叙述策略和伦理叙述相结合的角度分析拉金诗歌中叙述者、叙述物的空间位置及动态转换，总结出拉金借助这些叙事技巧展现了现代城市人矛盾的生存境况、变化了的伦

① 陈晞:《生物、生态、环境——菲利普·拉金的生态伦理》,《2008文学与环境武汉国际学术研讨会论文集》2008年第11期。

② 王育烽、陈智淦:《菲利普·拉金诗歌中的生态思想初探》,《安徽理工大学学报》(社会科学版)2011年第6期。

③ 陈晞:《空间·叙事·伦理——菲利普·拉金的城市诗歌》,《国外文学》2014年第8期。

理规范以及由此而产生的伦理焦虑。曹莉群的论文《自然的信仰——论菲利普·拉金的诗歌》[①]（2016）从拉金的诗歌文本入手，分析他如何表现自然带来的愉悦感受和超越式信仰。文章指出，拉金一方面用自然填补了传统宗教的空位；另一方面也认识到自然概念的建构性，因此他对自然的信仰仍有一定的保留。刘爱玲的《菲利普·拉金诗歌中的生态伦理思想》[②]（2017）关注了拉金诗歌中的生态伦理思想，将拉金的诗歌放置于理性生态哲学和生态批评的视角下，探讨了拉金对动物的关心和对生态平等的支持。李莹的《人文关怀充溢生活时空——菲利普·拉金诗歌主题解读》[③]（2017）在总览拉金主要诗歌作品的基础上，集中研判其主题的内涵与走向，发现用三个层面可以精准概括：对时间意识所代表的生存与死亡的哲学思考；对英国人战后最真实的生活图景的描绘；灵魂深处信仰幻灭后对永恒的追求，这一切都可归结为拉金对人性的反思和人文主义关怀。肖云华的《人类纪视野下的菲利普·拉金诗歌——以〈去海边〉为例》[④]（2018）指出拉金后期代表作《去海边》创作于温室效应日渐明显的背景之下，它表达了作者对变异的气候环境的感知，以及基于这种感知的对传统与存在的忧虑，以该作品为代表的拉金诗歌描绘了20世纪60年代英格兰雾霭弥漫、气温异常和植物疯长的自然环境，环境的异常使拉金感觉到其陌生与敌意，引发

① 曹莉群:《自然的信仰——论菲利普·拉金的诗歌》,《首都外语论坛》2016年第6期。

② 刘爱玲:《菲利普·拉金诗歌中的生态伦理思想》,《文教资料》2017年第1期。

③ 李莹:《人文关怀充溢生活时空——菲利普·拉金诗歌主题解读》,《辽宁大学学报》(哲学社会科学版)2017年第6期。

④ 肖云华:《人类纪视野下的菲利普·拉金诗歌——以〈去海边〉为例》,《外国文学研究》2018年第4期。

了他对环境问题以及人类未来生活的忧虑，从而深刻影响了他的诗歌思想。气象资料证明，拉金在诗作中敏锐地观察到了人类纪的主要问题，是建立在客观实际之上的艺术审美。

综上可见，近十年来关于拉金生态诗歌的研究在数量和质量上都呈现飞跃，不仅涵盖了自然生态、社会生态和精神生态，还涉及诗人的信仰和人文关怀，以及将环境科学和文学和伦理学相结合进行跨学科研究的新趋势。

四、泰德·休斯的生态诗歌在中国的译介和研究

休斯是英国20世纪后半叶英国著名桂冠诗人，国内也有译成“特德·休斯”或“塔特·休斯”。1957年，休斯凭《雨中的鹰》享誉英美诗坛，而中国的休斯研究起步较晚，始于改革开放的20世纪80年代，历时30余年。国内休斯的研究大体可以分为2000年以前和2000年以后，前者为起步阶段，后者为繁荣阶段。最早系统地向中国学界介绍休斯及其诗歌的学者是张中载教授，他在《塔特·休斯：英国桂冠诗人》一文中评价了这位以写清新、独特而野性的动物题材诗歌见长的优秀诗人。张中载还介绍并解读了休斯一些经典动物诗，诸如《神思狐狸》《栖鹰》以及诗集《乌鸦》中的部分诗篇，他认为休斯的诗艺不拘于传统，节律极具弹性，语言铿锵有力[①]。王佐良先生主编的《英国诗选》[②]中介绍并收录了休斯的8首具有代表性的诗歌，这是国内学者首次在诗选著作中收录

① 张中载：《塔特·休斯：英国桂冠诗人》，《外国文学》1985年10月。

② 王佐良：《英国诗选》，上海译文出版社1988年版。

休斯的诗，也为下一步的休斯研究做好了铺垫。林玉鹏在1999年选译了休斯的7首著名动植物诗:《狗鱼》《栖息的鹰》《蓟》《美洲虎》《狼的嚎叫》《鬼怪螃蟹》以及《水獭》[①]等，2000年以后国内对休斯诗歌的译介有张子清译《生日信札》(2001)，收录了《机器》《胜利品》《你的巴黎》《月下散步》《作画》《忠实》《水仙花》《结局》等88首诗，大部分都是关于作者与普拉斯的关系。这是迄今为止国内学者翻译出版休斯的第一本译著，它的出版对国内休斯研究起到了促进作用。其他关于休斯诗歌的翻译和介绍散见于诗歌选集和英美文学教材中，如胡家峦编著《英国名诗详注》(2003)和李正栓主编《英国文学简史与选读》(2016)等，其中译介较多的诗歌有《雨中鹰》《神思狐狸》等。值得一提的是，张子清还翻译了爱尔兰著名诗人、诺贝尔文学奖获得者谢默斯·希尼写给休斯的悼念文章《伟大的人，伟大的诗人：特德·休斯追悼会上的悼词》[②]。作为休斯的密友与文学受益者，希尼在悼词中高度评价休斯的伟大人格以及在诗坛上的重要地位。

纵观国内休斯诗歌研究可以发现2000年以前的研究者多为知名学者，研究文章仅以零星、散落且比较宽泛的译介性文章为主；进入到21世纪以后，对休斯诗歌的研究态势呈明显上升势头，休斯研究学者数量有较大增加，研究成果数量也大幅攀升，而且具有一定的深度、广度和较高学术价值。林玉鹏于1999年撰写了《野性与力亦有

---

① 林玉鹏:《泰德·休斯诗七首》,《当代外国文学》1999年1月。

② [英]谢默斯·希尼:《伟大的诗人：特德·休斯追悼会上的悼词》,紫芹译,《当代外国文学》2000年1月。

情：评泰德·休斯的诗》[①]一文，认为休斯的动物诗揭示了动物或人内在的、原始的本能和冲动。休斯粗犷、雄劲的诗风一反当时运动派诗人的优雅和平淡，为读者展现了一个充满野性和动荡的世界。林玉鹏还特别指出休斯的诗歌虽然以狂野著称，但其中也不乏精巧、细腻的作品，诸如《神思狐狸》与《满月与小弗丽达》等，这让中国学界与读者了解到了休斯诗歌鲜为人知的另一面。林玉鹏也评价休斯是一个大胆创新的诗人。在诗歌技艺方面，休斯偏好使用元音、经常打破语法规则，重视感官的效果。除此之外，林玉鹏认为休斯诗歌承继了浪漫主义的诗歌传统，这表现在休斯对自然题材的倾心关注，以及对历史、神话题材的兴趣上。李成坚于2000年接连发表了3篇比较有价值的休斯研究论文：《论塔特·休斯〈乌鸦〉中的意象特质》《论塔特·休斯的〈雨中鹰〉与〈牧神集〉》和《在多元化中寻找自己的声音：论当代英国诗人塔特·休斯的成功之路》，着力剖析了休斯早期代表作《乌鸦》《雨中的鹰》与《牧神集》的意象运用、技法以及浪漫主义走向等。学者刘国清也对《乌鸦》的创作技法做过研究，认为休斯对诗篇的删与补是与诗人对空白的追求和把握紧密关联的。刘国清是比较系统、深入研究休斯生态思想的中国学者，他在论文中分别从休斯的自然观、社会历史语境等各方面分析了当今西方社会所面临的双重危机：生态危机与精神危机。刘国清认为休斯在诗歌创作中抨击人类中心主义的同时，构建了自己的生态思想。他指出，现代人正面临自然生态、精神生态以及社会生态的全方位异化，而

---

① 林玉鹏：《野性与力亦有情：评泰德·休斯的诗》，《当代外国文学》1999年1月。

休斯认为这一切罪恶的根源来自人类中心主义，休斯大力揭示异化的种种恶果并力求从文化层面探寻深层次根源，最终确立人与自然的和谐关系，实现超越异化的审美乌托邦。他在《论诗集〈乌鸦〉主人公的角色变迁》[①]一文中揭示休斯对理性主义的批判以及人与自然的关系从对立到和谐的转变的期冀。刘国清认为休斯对人类最终解决生态危机持乐观态度。陈红则从另外的角度深入探讨了休斯的社会生态观。她认为，休斯的中早期诗歌着重表现了人与自然的对立与隔膜，而其中晚期诗歌更多表现的是人类与自然的亲密融合。以休斯中晚期三部诗集《埃尔默废墟》《望狼》与《河流》为例证，陈红认为休斯的中晚期诗歌彰显了诗人对生态环境与社会的双重责任和关怀，这也表现了休斯更加广阔的人类与自然休戚与共的生态情怀。李子丹通过细致的文本分析得出结论，一向以狂放野性的诗风著称的休斯在其中晚期的诗歌创作中呈现出十分明显的道家思想倾向，这主要体现在他的人生态度、生态观以及诗歌创作方面。她认为休斯一生创作植根于其故乡西约克郡，他的故土情结影响了其一生的文学创作；她还专文探讨了休斯在诗歌创作中对于其家乡西约克凯尔特文化传统的继承与弘扬[②]。吴笛、凌喆等则从诗人身份的先知意识、创作过程的迷狂状态、诗歌文本的音乐特质以及诗歌作品的治疗功能四个方面入手，进一步阐释了休斯诗歌与诗学中所体现的萨满特性[③]。与刘国清对诗集《乌鸦》的分析不

① 刘国清:《论诗集〈乌鸦〉主人公的角色变迁》,《山东外语教学》2004年5月。

② 李子丹:《泰德·休斯与凯尔特文化传统》,《外语与外语教学》2007年第1期。

③ 吴笛、凌喆:《论特德·休斯诗歌与诗学中的萨满性》,《外国文学研究》2013年3月。

同，李子丹在《历史语境下的民族精神重振：泰德·休斯〈乌鸦〉主人公形象新探》[1]一文中，结合当时的历史语境分析了诗人创作《乌鸦》诗集的初衷和目的。而休斯所塑造的乌鸦形象意在激活英吉利民族的心理活力、自信心与自豪感。陈红还就英国诗坛上两个以动物诗著称的诗人劳伦斯与休斯在价值观、自然观作了比较性研究，探讨了二者在自然观中所体现出来的浪漫主义思想以及浪漫主义在两代诗人身上承传和发展[2]，这是中国学者第一次从历时的角度对休斯与其他诗人做比较性研究。

迄今为止，国内关于休斯诗歌的专著有李子丹的《泰德·休斯诗歌中的人类关怀》(2008)、刘国清的《危机与拯救：泰德·休斯诗歌的生态思想研究》(2009)、陈红的《特德·休斯诗歌研究》(2014)和凌喆的《特德·休斯诗学研究》(2016)，其中李子丹用英文分析了休斯诗歌中的人文关怀；刘国清主要研究休斯诗歌中所蕴含的生态思想，阐释了诗人对西方社会所面临的生态与精神危机所寻找的拯救之道；陈红结合休斯生平系统考察了休斯早期、中期和晚期的诗歌；凌喆则考察了特德·休斯诗学的生成语境，从诗人观、创作观、题材观和技艺观四个方面勾画诗人休斯的诗学全貌，从而探究其诗学观念与诗歌创作之间的互动关系，明晰休斯诗学的审美特质，最终评价休斯对20世纪英国诗歌的理论贡献。

综上，国内休斯学者张中载、张子清、李成坚、刘国清、李子丹、陈红等撰写了一批高质量的关于休斯生态诗

---

① 李子丹:《历史语境下的民族精神重振：泰德·休斯〈乌鸦〉主人公形象新探》,《东疆学刊》2013年3月。

② 陈红:《自然的烂漫与现实：从劳伦斯到休斯》,《外语教学》2009年3月。

歌的学术成果，对国内休斯译介与研究起到了重要推进作用。其他的学者也撰写了一些休斯研究文章，但鲜有重要学术建树和突破。总体看来，国内休斯研究存在的问题主要表现在国内休斯研究相较于世界范围依然滞后并缺乏深度，难以在国际上产生影响。针对这种状况，中国学者应该加大研究力度，加强与国外休斯学者的交流，并且扬长避短，发挥自己的优势，大胆尝试从中国学者的视角来分析研究休斯。

除了上述四位代表生态诗人，生态诗歌主题还表现在其他诗人的生态诗歌中，如威斯坦·休·奥登城市诗歌中的和解精神、谢默斯·希尼诗歌中的神圣自然和爱尔兰民族性以及麦克·朗利诗歌中的家园情结和生态意识等，其中吴泽庆（2013）指出奥登诗歌进入自我超验阶段，诗不仅涉及鸟儿、野兽、地球等自然界，还涉及到城市等现代文明。奥登不再逃离现实，而是接受现实生活，回归自然，积极参与。同时，深入基督教思想，信仰上帝的恩典，希望去发现人类所有问题的解决方法，寻找通向真正幸福的道路[①]。曹莉群（2010）从生态批评的角度出发，分析了希尼诗歌中自然与人，自然与民族传统、民族神话之间的关系[②]；夏延华（2007）展示了朗利的诗歌创作历程，总结了大自然、战争和爱是朗利诗歌的永恒主题[③]。

---

① 吴泽庆:《从世俗之城走向公正之城——奥登的城市诗歌中的和解精神》,《外国文学研究》2013 年 3 月。

② 曹莉群:《自然与人：解读谢默斯·希尼诗歌的新视角》,《当代外国文学》2010 年 3 月。

③ 夏延华:《“莫道桑榆晚，为霞尚满天”——麦克·朗利诗歌人生初探》,《湘潭师范学院学报》(社会科学版) 2007 年 7 月。

第二节　城市化进程中的20世纪中国生态诗歌和中英生态诗学之比较

一、城市化进程中的20世纪中国生态诗歌创作概况

在生态环境遭受工业文明的重创的背景下，国内环境保护呼声日益高涨，20世纪80年代以来中国的生态诗歌也经历了从萌芽、发展到迅速繁荣的过程，不仅有潜隐的乡土情结和浓郁的浪漫风韵，还体现出真切的现实关怀，彰显了诗歌的社会责任和生态意义。这些诗歌通过对人与自然关系的描写，反映人与自然、人与社会的关系，通过对整个宇宙生命系统中的生命，包括人、动物、植物、大地、山脉、江河、森林等的描写，呼唤和倡导人与宇宙、自然的和谐共处。这一时期自觉意义上的中国生态诗歌以人是自然的产物、自然中的所有生命平等、人与自然共生共荣的伦理观为出发点，以保护环境、人与自然和谐发展为主题，通过对美好生态的诗意描绘和对所有生命体的平等关照，对人与自然对峙现实的揭示和对和谐未来的憧憬，培养大众的生态意识和健康的消费观、发展观，试图为人类提供新的生存发展模式，从而促进自然、社会、人的精神世界三重生态的和谐发展。

20世纪六七十年代以来，由于世界性的生态保护运动的蓬勃兴起和不断扩大，整个人类共同聚焦人与自然关系问题，生态保护的呼声日益高涨。就中国而言，从20世纪80年代开始，工业化和城市化进程加重了对生态的严重破坏和对自然的无尽掠夺；在90年代，时尚的奢靡消费观更助长了对自然的蹂躏和践踏，致使生态环境遭到

前所未有的破坏。所有这些都促成诗人“站在大自然的伤口和工业废墟的边缘，喊出世界的疼痛”[①]。这一时期，中国刚刚按响现代工业文明的门铃，农业文明保留的原初的生态还没有遭到大的破坏，人与自然还处于比较和谐的状态，诗人们更多地表现出对大自然的热爱与崇拜，和中国古代诗人一样，他们致力于描写大自然的美，可以说，优美的自然风光描写以及作者对大自然的心灵感应构成了一幅幅人与自然和谐相处的生态美景图，代表诗作有屠岸的《青格达湖》，蔡其矫的《大理》，于坚的《河流》《高山》，刘梦琳的《麻雀》，张克的《城市里有布谷鸟在叫》等。在这些诗歌中，原生态得以完美保留，人与自然和平相处，世界充盈着温馨、信任和友好等美好的情感。但是，刚刚起步的大规模城市化使诗人们开始以一种新的视角重新审视人、动植物以及被改造的自然，如中申的《骆驼》一诗表现出了对公园将骆驼“作为有生命的道具”“零售给每一位游客”的同情;《屠鳝者》在对个体经济颂扬的主题上，真实地暴露了人性中的残忍和凶暴，以及人们大量食用鳝鱼而可能导致的生态失衡现象。除了这种忧患意识，在人应该如何对待自然山水的问题上，隐约地传达出了“人是自然的产物”，敬畏自然的思想，如赵天山的《树的眼睛》一诗初步意识到了“当我举起斧头的时候 / 树的目光比斧刃锋利 / 被砍伐的不是树”。而且，开始有了环境保护思想的萌芽，如宁宇的《清洗垃圾》一诗明确地提出我们“不仅要创造出富丽的生活 / 还需要优美的环境、清新的空气”的可持续发展观。但是，萌芽阶段

---

① 田皓:《20世纪80年代以来中国生态诗歌发展论》,《湘潭大学学报》2007年第2期，第84页。

的生态诗歌所显示的生态意识是模糊的、朦胧的，如从森林大火中反思人类对待自然态度的《大难之后：中国的沉思——大兴安岭火灾一周年祭》一诗也从“人既是自然的产物 / 又是自然的塑造者”中隐约张扬了作者的人类中心主义思想。总的说来，这一时期的生态诗人很少，发表的作品数量也相当有限，对人类中心主义的批判和对和谐生态的张扬没有明确提出，其警示作用还没有完全显现。从形式上看，诗歌以短诗为主，气势恢弘、发人深思的长诗不多。这些诗人是受生态文学思想渊源之一——梭罗的哲理生态散文《瓦尔登湖》的影响而产生生态意识，进而从事诗歌创作的。

20 世纪 90 年代初至中期是自觉意义上的中国生态诗歌的发展期，这一时期一些描写生态和谐的诗歌，已将视线逐渐由城市转向农村，那些没有遭到破坏的自然保护区、未开垦的原始森林和雄浑纯厚的高原构成了诗人吟唱的主要对象，代表诗作有沙白的《给第一批丹顶鹤》、李昆纯的《红嘴鸥》、蒙根高勒的《走马兴安岭》、张万舒的《原始森林》、李瑛的《青海的地平线》、葛根图娅的《高原》等。随着工业化和城市化向乡村不断推进，揭竿而起的楼群把田野驱赶得无处栖身，田野、大地日渐消瘦，诗人们抒发了内心深处对大地、河流、高山等的深切依恋。这种依恋之情首先表现为对土地的珍视，如曾有情的《地皮》、王永华的《地球，文明时代的宇宙垃圾》、黄焕新的《秋天，在大片的土地上失重》等诗作批判了为了经济利益大量占用耕地开发楼宇的行为；白连春的《死人和活人在靠近》批判了占用耕地奢侈墓葬的短视行径；张瑞田的《土地的呼唤》和白连春的《化肥》揭示了大量使用化肥对土地和其他动物的危害。这一时期批判人类中心主义倾向更加强烈，表现为对滥砍乱伐森林等破坏大自然的自私行为的鞭挞，代表诗作有柳沄的《眺望森林》、边国政的《树与斧》和南野的《恐惧自然》等。此外，还表现为对江河断流、洪水泛滥以及水质被污染的深深忧患，如雷抒雁的《断流》、渭水的《水的哭泣》、李瑛的《干河滩》和王小妮的《故乡》等。同样，有破坏就有保护和治理，发展期的生态诗歌对一些保护生态、致力于改善环境的勇士也进行了热情讴歌，如常荣的《植树》和马乐群的《治沙者》。随着工业化和城市化向乡村的不断推进，在描绘和勾勒恶化了的生态的同时，诗人们更追问造成灾难的原因，如郑敏的《谁征服谁？飞鱼与云团的对话》通过描写人与自然外在和谐的价值与意义，探询人与自然内在和谐的终极目标，体现了宽广而深刻的宇宙生命观：即自然是人的自然，是人的本质的展开和实现；人是自然的代言人，是自然的生态本质在人身上的展开和实现。可见20世纪中国发展阶段的生态诗歌，题材进一步扩展，意蕴进一步深化，思维有实质性的突进。

城市化进程中的20世纪中国生态诗歌的繁荣阶段是在进入90年代中期以后，此时生态环境问题以异常尖锐的方式表现出来，生态诗歌主题不仅有对践踏生态的批判，也有对和谐生态的描绘，有对自觉保护环境、改善生态的人们的歌颂，还有构建和谐生态的美好愿景，如李松涛的《拒绝末日》就以其开阔的视野和辽远的想象，凭借诗人的良知和敏锐的洞察力，冷静而理性地传达出了对人类命运的深层思考。这一阶段的繁荣主要表现在六个方面：第一，诗歌题材不断拓展，反映的生态问题也日益宽泛，涉及到森林被毁、江河污染、野生动植物濒危、洪水泛滥，地震、海啸等自然灾害频发，多层次、全方位地展示了生态破坏所带来的恶果。第二，诗歌内容日益丰富，不仅有对践踏生态的批判，也有对和谐生态的描绘，对自觉保护环境、改善生态的人们的歌颂，还有构建和谐生态的美好愿望，表现了诗人强烈的社会责任感和担当意识。第三，诗歌的表现形式出现了不少气势恢弘的长诗，并产生了较好的社会反响，如李非非的《断流的黄河》、毛志成的《致地球人》、周碧华的《忧伤的洞庭》、大卫的《颤栗》、洪烛的《蓝色纪念碑》等。第四，诗歌创作队伍日益壮大，老、中、青诗人同时较多地关注环境和生态，创作出了一大批优秀的生态诗歌作品。第五，诗歌刊物和其他报刊举办的各种形式的诗歌比赛，为生态诗歌的繁荣提供了平台。如《诗刊》杂志社多次举办"大地之歌"、"土地与未来"、"绿色地球杯"等征文活动，极大地推动了生态诗歌的创作繁荣。第六，一批以生态平衡、环境保护为主旨的刊物相继创刊，如《绿叶》《生态文学》《中国绿色时报》《中国环境报》《人与生物圈》《人与自然》和《森林与人类》等，这些刊物的发行出版，既为生态诗歌创作提供了发表作品的平台，也为广大读者及时接受生态诗歌提供了条件。此外，1991 年中国环境文学研究会的成立，标志着生态文学队伍有了自觉的团体和事业意识；1993 年以来的全国生态文学作品研讨会的举办，对生态诗歌的研究探讨以及推动其创作繁荣，都起到了很好地促进作用。

综上，城市化进程中的 20 世纪中国生态诗歌的价值取向和审美特质主要表现在如下方面：第一，对生态现状的批判。面对日益加剧的环境污染，越来越多的诗人把注意力转向自然，尝试着从生态的角度、以维护生态系统持续健康存在为出发点，批判人类对环境的破坏，呼吁人们热爱自然、保护环境、维护生态平衡。于坚的《那人站在河岸》《哀滇池》、翟永明的《拿什么来关爱婴儿》、沈河的《我替一棵树说话》等诗歌都从不同侧面批判生态恶化的现实。第二，对问题根源的反思。传统发展观内含有自身的悖论，一方面，人类借助于技术的力量不惜毁灭生态来求得财富的不断增长；另一方面，这种增长方式彻底破坏了人类发展的自然本体基础，人与生态环境之间出现了尖锐的对立。人类获得高度发达的工业文明的同时，环境问题又阻碍了进一步的发展。生态诗歌不仅揭示了生态危机，还对造成这种现象的根源进行反思，将批判的锋芒指向人类利益中心主义，指向虚妄的支配、控制、掠夺自然的观念，并对技术决定论进行质疑。华海的《悬崖上的红灯》、于坚的《事件：棕榈之死》《避雨的鸟》、沈河的《小鸟走得轻》、李松涛的《拒绝末日》、成春的散文诗《钓鱼郎的悲剧》等诗作，警醒世人反省对自然的掠夺性破坏行为，在无情的批判中充满着对人与自然和谐共生的热望。第三，对自然奥秘的感悟。生态诗人从个体经验出发，深入体验和感悟自然的奥秘，沉思人与自然之间的关系，唤起人类对大自然的尊重和敬畏，以达到心灵与自然的和解、交流和融入，如华海的《把笔从笔架河中提起》、于坚的《作品57号》、巫嘎的《松果》、黄礼孩的《飞鸟和昆虫》和哑石的《青城诗章》等诗都是深入体验自然的优秀作品。第四、对诗意家园的建构。海德格尔认为，人应该懂得他仅仅是整个生存系统的一部分，人的命运从属于整个生态系统的命运，人应该“诗意地栖居在大地上”。生态诗人在批判生态现状的同时，也着意于“生态乌托邦”的建构，表现对生态体系的敬畏与守望。自然与精神在生态诗歌的艺术境界里得到了升华、融合，和谐共生理想境界在诗的内涵中得以表现。这种生态乌托邦浸透了生态哲思，真正显示出生态诗歌内在的温暖、和谐和光芒。代表诗作有华海的《天湖》《喊山》，海子的《面朝大海，春暖花开》和于坚的《避雨之树》等。

二、城市化进程中的20世纪中国生态诗歌的发展脉络和努力方向

纵观城市化进程中的20世纪中国生态诗歌，可见和20世纪英国生态诗歌的发展脉络相似，生态诗歌都经历了从萌芽到发展、再到繁荣的过程，生态诗歌创作既源于浪漫的诗歌传统，又流露出真切的现实情怀，具有浓烈的时代特征和本土意识。在中国文化的血脉里，浪漫主义是一种远古的传统，是中华这片神奇土地孕育的结果。中国巍峨秀美的崇山峻岭、云蒸霞蔚的江河湖泊、生机盎然的鲜花丛林以及出没无踪的飞禽走兽，使诗人们生活在多样化、和谐优美的自然怀抱之中，熔铸了他们情感炽烈的浪漫气质；自屈原、李白、苏轼以来的文化传统滋养了诗人们乐观、豪放、明朗的浪漫情怀。在传统文化的滋养下，20世纪80年代中国生态诗歌萌芽期的诗人们创作的生态诗歌自然具有了浓郁的浪漫风韵，这种浪漫性以丰富的想象为主要特征铺展衍进。无独有偶，西方生态学家特别强调生态文学的想象性，布伊尔的生态文学研究专著的标题就是“环境的想象”。我国生态诗歌的想象从两个方面展开，一是对未来生态灾难的反乌托邦想象。诗人从现实的生态危机和困境中联想到未来生态环境的恶化，生态灾难的降临，为人类描绘一幅幅可怕的生存图景，以此希望人们约束自身的行为，为自然“还魅”。诗人们正是通过这种反乌托邦的想象，抵抗和拒绝非生态的科技理性主义和

文化价值观，以抑制反生态行为的发生。生态诗歌的反乌托邦想象构成了其生态预警的特点。二是对生态理想的表达，充满悠扬、舒缓的牧歌情调。当“去魅”的自然伤痕累累地冲击着人们的视线时，诗人们试图通过对生态理想的表达在精神上首先为自然“复魅”，这种“复魅”不单单是对人类少年时代的童话梦境和神话传说的寻找与复活，也是对技术理性的反思，对反生态行为的历史批判与穿透，是对人们置身其中的生态环境的重估和超越，并由此为人类架设一条和谐生态的绿色之路。

在创作日益繁荣的情况下，我们也不能不为生态诗歌的纵深发展而担忧。环境与生态问题从根本意义上说不只是一个简单的科学问题，它更是一个思想问题，是科学技术和人文精神之间的博弈和融合。人与自然环境之间的关系，不仅仅是考虑到经济发展对环境破坏的问题，也不仅仅是在城市化建设中保护能源、绿地和水源的问题，而是我们思想体系当中一个思想断层的问题，我们需要将其补充完整并发展连贯。因此，如果仅仅关注解决具体问题而不寻根求源，问题就不能得到实质性的解决。正如田皓指出，当下生态诗歌的弊病之一就是，“对一些不良现象较多地停留在就事论事的社会性批判，缺乏文化因素的内质审视”[①]。生态失衡的根源是人类长期持有的人类中心主义、天人对立的二元论、发展至上论、消费主义观等思想，因此，生态环境的改善，最终有赖于人们思想的改善，这需要我们改变原有的思维范式，传承中华民族传统文化中人与自然关系的思想精华，同时借鉴西方生态文学的优质资

① 田皓:《20世纪80年代以来中国生态诗歌发展论》,《湘潭大学学报》2007年第2期。

源，构建一种新型的、现代的生存与生态意识，使生态诗歌内蕴的批评性与文化批评有机结合，升华生态诗歌的内质，避免陷入一种浅表化、单一化的泥潭。生态诗歌的弊病之二是生态诗歌对在生态日益恶化的情况下，人类应该如何构建与自然的关系这一问题的回答上显得单调和贫乏。生态诗人们提出的构建和谐生态的解决方案大多是建立一种“天人合一”的构想，而且这种“天人合一”时常停留在一种简单化的回归自然和隐含的对所有科技文明的否定，而不能从思维范式、伦理道德、社会责任的高度来构想未来人与自然的和谐，这就很难克服其创作的浮躁与表面化。生态诗歌的弊病之三是生态诗歌创作对人们为改善生态环境所做出的努力和取得的成绩缺乏足够的关注。如果说20世纪80年代生态诗歌的萌芽时期人们对生态的认识还处于一种朦胧、模糊的认识状态的话，自90年代以来，人们在吞食了自身酿造的苦果之后，生态意识已经大大加强，退耕还林、退湖还田、封山育林、植树造林、定期休渔、保护野生动植物等一系列措施的有效实施，取得了不少喜人的成绩，生态恶化现象也在逐步得到有效控制，不少仁人志士对改善生态环境做出了不懈努力，但这些生态改善的现状和典型人物形象在诗歌中却非常少见，在一定程度上使人们产生了生态诗歌就是“危机”和“批判”的代名词的误解。所以，如何客观、自觉地反映人类在调整人与自然关系方面的努力，如何在恢复和重建与自然的和谐中肩负起诗歌的使命，以激励人们更迅速地、更彻底地调整思维，诗意地栖息在地球上，是今后生态诗歌创作努力的方向。此外，我国的生态诗歌还很少涉足那些违背自然规律和干扰自然进程的科技创造、严重污染生态环境的农业现代化、大规模杀伤性武器的研制和使用等核心问题，这显示了某些创作内容的缺席，因此生态诗歌的创作内容和主题还有待向纵深拓展。

三、道法自然与大地诗学——中英生态诗学之比较

将20世纪城市化进程中的中英生态诗歌的发展历程相比较，可见其发展轨迹不乏相似之处，都是从赞美人与自然的和谐共生到鞭挞人类中心主义凌驾于自然之上，再到倡导现代文明之下人与自然的诗意栖居，形成了一个循环。实际上，西方的生态整体观和中国传统文化的天人合一、道法自然异曲同工。追溯中国传统思想对自然的认知，特别是老庄的道家思想，中国的生态诗学经历了“心与物游”的物化混茫意识、“以自然为善”的非人类中心主义和“与物为春”的人类情感的大地书写[①]，这与西方生态伦理观的发展过程既有相似之处，也有差异。

《庄子·天道》中云:“故之人在混茫中，处一世而淡漠焉，其生也天行，其死也物化，游乐不入于胸”。在庄子看来，人与物同处于混茫之中，是平等的关系，这不同于传统的西方认识论把物象、感性事物从原本、理念中分离出来，同时也把主体从客体中、把自我从他人中分离出来。中国传统思想一开始就对自我之“成心”怀有警惕，如“物我两忘”、“忘名忘义”就是明证。这里人与物貌合神离、亦此亦彼、亦是亦非，容不得做出是非、物我之别的判断。这种向大自然生存的诗学取向，正是构成中国文人迷恋山水的无意识底蕴，也是他们永远渴望回归的故园。

老庄道家一派通过取消人的主体性，同时又取消以自

---

① 冯文坤:《道法自然与大地诗学——生态视野下的中西诗学比较》,《四川外语学院学报》2006年7月。

然为对象的价值生成，从而在客观效果上确立了“以自然为善”的生命观。需要强调的是这并非刻意而为，因为老庄等人并无意于为人的存在确立某种价值尺度，更无意于以人自身的尺度去为自然设定某种超念的形而上的价值存在。在老庄那里，人与自然所体现出的是一种无价值的价值，无关系的关系。中国诗学中的“以物观物”、“两忘而化其道”、“物性不能桎梏于我性”以及王国维的“兹有一物焉，使吾人超然于利害之外，而忘物我之关系”[①]等言论，向我们展示的正是物我之间的无关系。这种无关系回避了人以自身的尺度将自然物向价值存在意义上转换，避免了人把自然当作生产对象，避免了人的本质力量在自然身上的对象化，从而使人类中心主义无从介入物我之中，因而其在客观效果上促成了以自然为善的价值生成。以自然为善，要求诗人将自己悉数付出给自然，做到以澄明的心胸观赏自然万物之运化流变。中国古代诗人们不仅以无我之心观物，呈现“无我之境”的自然物化自身言说，而且对自我之“成心”更是持明显的警惕。所以，福柯所指出的源于主体构建活动之结果的“词与物”之间的分裂，在庄子那里却被物自身的言说所克服了。陶渊明言“此中有真意，欲辨已忘言”，既然真意已在此中，言辩乃为多余。这里意与境、意与象、情与景之间的整合开辟了“中国诗学以自然入诗的物化抒写的主体言说隐匿的诗学传统”[②]。

此外，庄子还提倡以物为春的大地诗学，即人要与自然为一，与万物冥合无间。要做到这一点，道家主张消

① 王国维:《〈红楼梦〉评论》，载《王国维文学论著三种》，商务印书馆2001年版，第4页。

② 冯文坤:《道法自然与大地诗学——生态视野下的中西诗学比较》，《四川外语学院学报》2006年7月。

解主体自我存在，用庄子自己的话来说叫作“吾丧我”。“我”既然是一种价值生成后的载体，自然就成为庄子要予以消解的对象了。当然其根本原因在于：庄子肯定了自然自身的本体性地位，如他所言，“天地有大美而不言，四时有明法而不议，万物有成理而不说”。不说，是为了保全天地万物的自在自为性，让天地万物之意义自行呈现，而自我对万物的感知则取“澄怀味象”、“随物赋形”的态度，亦即海德格尔所谓“人必须在说话之前先让大道对自己说话”①。

与中国传统的自然观不同的是，西方人所不断追求的正是超越于自然之上的理性存在。其观点是：人的理性成为万物的尺度，所确立的是人在更高意义上的价值存在，而万物只是自然存在，它必须打上人的意志的印痕。由此，价值就成为先于存在、先于现象的东西，成为第一位的东西。不断地化自然之物为价值之物，就成为西方价值构成的必然进程。大卫·雷·格里芬（David R. Griffin）在分析西方人与自然的关系时明确地指出：在西方人眼里，“自然完全是由无生命的物质构成的，它缺乏任何经验、情感、内在关系，缺乏有目的的活动和努力。一句话，它没有任何内在价值”②；康德则认为“我们是自己的目的”③，意即我们每个人都是主体，而不仅仅是客体。相反，自然界却被视为客体世界，自然物被看成完全是可依据我们的目的而加以使用的他者。自然与上帝的关系，也

---

① ［德］海德格尔：《柏拉图的真理学说·附论人类中心论的信》，载成中英《本体于诠释》，生活·读书·新知三联书店2000版，第316页。

② ［美］大卫·雷·格里芬：《后现代精神》，王成兵译，中央编译出版社1998年版，第128页。

③ 同上。

只是上帝赠送给人类的礼物而已。此种激进的“物质”与“精神”、“主体”与“客体”、“我”与“它”之间二元论所产生的，就是一种“人类中心主义伦理学”。这一中心主义理念下，在西方诗学中自然的美也被打上了人的烙印。在 M. H. 埃布拉姆斯的诗歌文论《镜与灯——浪漫主义文论及批评传统》中，詹姆斯·贝蒂在谈到“自然的美”时说：“诗歌之本不是真实的自然，而是有了一定改进了的自然”[①]；诺瓦里斯说：“诗所表现的是精神，是内心世界的总体”[②]；蒂克说：“我要描摹的不是这些植物，也不是这些山峦，而是我的精神，我的情绪，此刻它们正支配着我”[③]。从总体上来讲，西方诗学所张扬的不仅是独立主体的理性精神，更是用这种理性之灯来照亮自然万物，而并不在乎此种照射是否会扭曲“物各其性”的自身显现。

然而，令人感到安慰的是，西方人已经意识到该重新拾起人与自然之间那固有的脐带了。要重建人与自然之间和谐的关系，就得首先反对人类中心主义，然后才能重返自然。所以当代西方思想中极为重要的现象，就是反对人本主义。结构主义宗师列维·斯特劳斯申明：结构主义就是要把人从“自然界的统治者”和“意义的唯一的指定者”的宝座上拉下来，“结构主义把人归并到自然之中”[④]；巴特从文本里化解了人本主义的权威，他提出“读者的诞生必

① [美] M. H. 埃布拉姆斯：《镜与灯——浪漫主义文论及批评传统》，北京大学出版社 1989 年版，第 49 页。

② 同上。

③ 同上书，第 72 页。

④ 河清：《现代与后现代》，中国美术学院出版社 1994 年版，第 355 页。

须以作者的死亡为代价"[①]；福柯则断言，人是一种"臆造"，认为作为一个短暂的构造物而产生的人"将要像海市蜃楼一样消失"，在它之后留下的是"世界、世界的秩序和人的本质，而不是人"[②]；结构主义精神分析学家拉康指出"自我"并不是真正的主体，不过是虚妄而已："自我的结构告诉我们，自我从来就不完全是主体。从本质上说，主体与他人有关"[③]；存在主义哲学家海德格尔喊出了"拯救大地"的口号；存在主义神学家蒂利希则斩钉截铁地呐喊道："如果没有了对大自然的拯救，也就没有对人的拯救，因为人是在自然之中，而自然是在人之内"[④]。这些振聋发聩的呼吁并非对于一个已经离我们远去了的历史事件的反思，而是对生活于其中，并与我们每个人日夜伴随的世界的反思，这就是我们今天的现实。对这种现实的反思或许可以笼统称之为"后现代思想"。格里芬在《后现代精神》一书中指出："后现代思想是彻底的生态主义的，它为生态学运动所倡导的持久的见识提供了哲学和意识形态方面的基础。"[⑤]

由此可见，在文学方面，生态文学或生态文学批评的话题亦非偶然。它是随后现代思想应运而生的文学现象。它跨越两千年，从价值思维模式中摆脱出来，与中国传统思维模式在历史时空中实现了对话和衔接。庄子

---

① 王先霈：《文学批评术语词典》，上海文艺出版社 1999 年版，第 366 页。

② ［法］米歇尔·福柯：《词与物》，莫伟明译，生活·读书·新知三联书店 2001 年版。

③ ［法］雅克·拉康：《拉康选集·编者前言》，生活·读书·新知三联书店 2000 年版。

④ 刘晓枫：《基督教文化评论（11）》，贵州人民出版社 2000 年版，第 350 页。

⑤ ［美］大卫·雷·格里芬：《后现代精神》，王成兵译，中央编译出版社 1998 年版，第 227 页。

之“与物为春”的处物态度，中国诗学之“无我之境”的物化书写方面，中国诗歌中自然呈“真意”的主体空灵品质以及主体虚位后的“空故纳万象”和“篇终接混茫”的宇宙意识，无疑具有生态文学和生态文学批评的内涵和品质。“与物为春”的处物方式与生态文学批评是彼此关联的：它承认我们所面对着的世界不是纯“知”的世界，而是广义的“价值”的世界，是“有意义”的世界。这个“意义”和“价值”并不是“人”外加于“世界”的，是“世界”本身向人显现出来的。庄子之所以说“天地有大美而不言”，或许他已经意识到了“大美”，已经有把天地对象化或人化之嫌，故以“不言”来消解之，这符合庄子之“不可为象”的思维。同样，生态批评家主张由物态自身言说，反对将自然对象化，亦反对心智的介入。

总之，庄子的“与物为春”经过一系列对自我的个体化消解，其“吾丧我”、“心斋”、“坐忘”、“忘忘”等言论就是要消除个人“成见”、“偏执”、“成心”，从而在本质上实现对主体的虚化，并最终反归于诗性空灵的混冥境界之中。此时，眼中之天地万物是一个神秘的“神圣混茫”，用美国生态学家爱文敦的话来说：“解放”自然，使其脱离人的心智力的支配——自然既不是作为一个客体，亦不是作为一个“延伸的自我”[①]，又如梅洛・庞蒂所说，人与自然完全脱离了概念范畴和智心，就是“回归事物自身，即回到那个先于知识的世界中去”[②]。此时，若泻于诗，必是大地之诗，是大地自身的诗学。由此可见中西生态诗歌和诗学的相通之处。

① See Dana Phillips. *New Literary History*. Virginia: The University of Virginia, 1999, p.589.

② Ibid, p.589.

结　语

自第一次工业革命在英国兴起和发展以来，科技发展给人类文明带来翻天覆地的变化。然而，在全球化和现代化的时代背景下，科技发展和经济繁荣给人们带来前所未有的便利的同时，也给人类的生存带来严重的问题甚至灾难。在20世纪的英国以及全世界，科技加速发展，经济空前繁荣，但也以对生态环境的毁灭性破坏为代价，表现在人对自然资源的掠夺和无节制使用、对动物的虐待等，这些都对人类的生存环境构成威胁，如全球变暖、沙尘暴肆虐、酸雨频降、淡水资源匮乏、物种濒临灭绝、海平面上升以及海洋污染甚至地震海啸时有发生，人类和动物的整体生存环境空前恶化。在此危机之下，人类认识到改善人与自然的关系的迫切性，并为改善生态污染和环境破坏做积极的努力，积极倡导从身边小事做起，如放弃一次性塑料袋的使用以减少环境污染，乘坐公共交通工具实现绿色出行，尽量实现无纸化办公，夏天调高空调的温度，随手关灯关电脑等以节约能源，在有条件的情况下种一些绿色植物，放弃捕猎以保护珍稀动物等，为环境保护尽可能多做贡献。在此背景下，生态伦理学也作为一门学科迅速发展起来，并和文学创作和研究相结合实现跨学科发展，很多生态文学家和文学研究者迫切发出自己的声音，通过自己的方式如生态文学创作或文学研究的生态学转向呼吁人类为改善环境做出努力，实现人与自然的和谐共处。如前所述，伴随着西方伦理学的发展，文学的生态批评从20世纪70年代的美国发端，并迅速在世界范围内传播，到90年代成为文学研究的显学。由于中国具有优良的生态哲学的传统，使得生态批评在中国如重返故乡般受到欢迎。国内生态批评视角的外国文学研究兴起于20世纪末21世纪初，并在短短十几年中呈现井喷趋势，从研究内容看，包括生态批评理论研究，生态审美及生态艺术特性研究、生态思想文化维度研究；从研究对象看，既包括对20世纪60年代以来涌现的生态文学的研究，又包括对古往今来所有外国文学作家作品中生态思想的研究，后者多是重新评价，揭示被忽视的美学价值，以及对反生态思想和人类中心主义展开批评。

20世纪英国生态诗歌中的生态伦理思想非常丰富，是工业革命和两次世界大战对生态环境的持久破坏以及达尔文的生物进化论的影响等在文学中共同作用的反映。纵观20世纪英国生态诗歌，从世纪之交的托马斯·哈代、到20世纪二三十年代的D. H.劳伦斯、到50年代的菲利普·拉金，再到60—80年代的泰德·休斯等代表诗人，他们生态诗歌中的生态思想都超越了“人类中心主义”的西方文学文化传统，倡导地球中心主义，体现出对罹难动物的怜爱与同情，对人类残害动物等破坏自然行为的谴责，对人与动物平等关系的讴歌，对逝去的英国风景的怀念，对野生动物原始力与美的颂扬，以及对人与自然的和谐共生的向往。此外，他们的生态思想发展还呈现出人与自然关系思考维度拓展、伦理理念递进的流变趋势，主要表现在人与动物、自然关系由对立走向统一和谐共生倾向；以及由怜悯动物遭遇、控诉人类中心主义转向积极参与环境保护并维持生态的平衡和可持续发展方面。以哈代、劳伦斯、拉金和休斯等代表诗人为例研究20世纪英国生态诗歌，目的在于揭露工业化和科技文明的高度发达给其他生物和自然环境造成的负面影响，鞭挞人类中心主义思想，深思诗歌中所蕴藏的生态意识和道德关怀，从而对世界范围内的读者有深刻的警示和借鉴作用。

此外，20世纪英国生态诗歌中蕴含的丰富的生态伦理思想和中国传统生态思想有很多类似之处，如对动物的怜爱和同情、众生平等观和对人类中心主义的批判和儒家的恻隐之心、道家的类无贵贱、佛教的戒杀、放生和素食等如出一辙。中国儒家的生态伦理思想还包括孔子"知命畏天"的生态伦理意识、"乐山乐水"的生命伦理情怀以及"弋不射宿"的生态资源节用观，孟子"仁民而爱物"的生态爱护意识和荀子"天行有常"的生态伦理意识①；道家的生态伦理思想包括老子"道法自然"的生态平等观、"天网恢恢"的生态整体观和"知常曰明"的生态保护观，庄子"至德之世"的生态道德理想、"物我同一"的生态伦理情怀和"万物不伤"的生态爱护观念②。可见古今中外生态伦理思想的相通之处：遵循客观规律，节约有度，爱护动植物和大自然，珍惜生命，保护环境，以此维护生态平衡和可持续发展。不可否认的是，随着现代社会科技的发展和人口的膨胀，新的环境问题不断出现，中西方生态伦理观在如上相通的总体原则基础上也注入了现代元素，纳入了新的内涵，因此，环保的具体做法应随之与时俱进，如节约用电、绿色出行、反对使用杀虫剂和保护物

---

① 任俊华、刘晓华：《环境伦理的文化阐释——中国古代生态智慧思考》，湖南师范大学出版社2004年版，第166—176页。

② 同上书，第217—223页。

种多样化等；而且，环境保护不仅靠个人从身边日常生活的小事做起，也应该提升到国家和社会发展的战略高度上来，纳入各国国家战略发展方案中，形成世界范围内的一种合力。

当前，在世界范围内生态危机持续加重，地球可持续发展危在旦夕的背景下，通过分析20世纪英国生态诗歌中生态伦理观的共同特征和发展态势，解析和借鉴古今中西方生态伦理思想，对我们克服固有的中西方传统文化偏见，树立正确的生态伦理观，改善动物保护现状，深刻反思人与自然以及生存环境的关系，推进世界范围内的生态文明建设有重要意义。这也和当代中国“坚持人与自然和谐共生、绿水青山就是金山银山、良好生态环境是最普惠的民生福祉、山水天湖草是生命共同体、用最严格制度最严密法治保护生态环境和共谋全球生态文明建设”的指导思想相一致。人与环境的关系问题和生态伦理学的发展既具有深厚的中西方传统文化思想基础，也有关系到国计民生和可持续发展的深刻的现实意义，已成为世界范围内各研究领域关注的焦点，今日中国正以负责任的态度成为全球生态文明建设的重要参与者、贡献者和引领者，并做出庄严的承诺和坚定的行动，因此，在当今时代背景下，研究20世纪英国生态诗歌的生态伦理思想，以此唤起人们的生态意识和环保责任，是对当前的环境问题和人类生存现状以及可持续发展的反思，也是对西方生态伦理学和文学实现跨学科发展经验的借鉴，更是为中国推动构建人类命运共同体的宏伟目标尽一份绵薄之力。

参考文献

[法]阿尔贝特·史怀泽:《敬畏生命》,陈泽环译,上海社会科学院出版社2003年版。

[美]奥尔多·利奥波德:《沙乡年鉴》,侯文蕙译,吉林人民出版社1996年版。

[英]伯特兰·罗素:《西方哲学史》(下卷),马元德译,商务印书馆2002年版。

曹莉群:《自然与人:解读谢默斯·希尼诗歌的新视角》,《当代外国文学》2010年第3期。

曹莉群:《建构自然:论菲利普·拉金、泰德·休斯和谢默斯·希尼的诗歌》,北京外国语大学2016年博士论文。

曹莉群:《自然的信仰——论菲利普·拉金的诗歌》,《首都外语论坛》2016年第6期。

陈红:《特德·休斯诗歌研究》,华中师范大学出版社2014年版。

陈红:《论特德·休斯中后期诗歌的社会生态观》,《外国文学研究》2014年第6期。

陈黎、张芬龄:《四个英语现代诗人:拉金·休斯·普拉斯·希尼》,花莲县文化局2005年版。

陈晞:《生物、生态、环境——菲利普·拉金的生态伦理》,《2008文学与环境武汉国际学术研讨会论文集》

2008 年第 11 期。

陈晞:《城市漫游者的伦理演变：论菲利普·拉金的诗歌》，华中师范大学 2011 年博士论文。

陈晞:《空间·叙事·伦理——菲利普·拉金的城市诗歌》,《国外文学》2014 年第 8 期。

[英] D. H. 劳伦斯:《灵船——劳伦斯诗选》，吴迪译，上海人民出版社 2012 年版。

[美] 大卫·雷·格里芬:《后现代精神》，王成兵译，中央编译出版社 1998 年版。

丁宏为:《理念与悲曲——华兹华斯后革命之变》，北京大学出版社 2002 年版。

飞白:《世界诗库》，花城出版社 1994 年版。

[英] 菲利普·拉金:《菲利普·拉金诗选》，桑克译，河北教育出版社 2003 年版。

[英] 菲利普·拉金:《高窗：菲利普·拉金诗集》，舒丹丹译，上海人民出版社 2016 年版。

冯文坤:《道法自然与大地诗学——生态视野下的中西诗学比较》,《四川外语学院学报》2006 年第 4 期。

傅浩:《英国运动派诗学》，译林出版社 1998 年版。

韩利敏:《生态批评视角下的劳伦斯诗歌解读》,《吉林省教育学院学报》(学科版)，2011 年第 9 期。

韩利敏、梁晓东:《托马斯·哈代：一位悲戚而刚毅的诗人——哈代诗歌的生态批评解读》,《河北北方学院学报》2011 年第 12 期。

郝红玲、王欢:《生态批评视角下的 D. H. 劳伦斯诗歌解读》,《湖南工程学院学报》(社会科学版) 2015 年第 12 期。

河清:《现代与后现代》，中国美术学院出版社 1994

年版。

黄炎平:《阿兰·奈斯论深层生态学》,《现代哲学》2002 年第 2 期。

姜慧玲:《D.H. 劳伦斯动物书写诗歌中的“众生平等观”》,《大众文艺》2016 年第 11 期。

[美]劳伦斯·布伊尔:《环境批评的未来:环境危机与文学想象》,刘蓓译,北京大学出版社 2010 年版。

老子:《道德经》,Arthur Waley 译,外语教学与研究出版社 1998 年版。

李美华:《英国生态文学》,学林出版社 2008 年版。

李莹:《人文关怀充溢生活时空——菲利普·拉金诗歌主题解读》,《辽宁大学学报》(哲学社会科学版)2017 年第 6 期。

李增、刘国清:《痴迷的自然情结——论泰德·休斯的自然观和自然诗》,《东北师大学报》(哲学社会科学版)2004 年第 2 期。

李子丹:《泰德·休斯与凯尔特文化传统》,《外语与外语教学》2007 年第 1 期。

李子丹:《泰德·休斯的故土情结以及诗歌创作》,《吉林师范大学学报》2011 年第 8 期。

梁丽娟:《对话、平衡与超越——后现代语境中的希尼研究》,中央民族大学 2013 年博士论文。

梁锡华:《徐志摩新传》,台湾联经事业出版公司 1991 年版。

廖素云:《追寻诗中的自我与心灵的轨迹——评 D. H. 劳伦斯的诗歌创作》,《济南大学学报》2003 年第 2 期。

林玉鹏:《野性与力亦有情——评泰德·休斯的诗》,

《当代外国文学》1999 年第 1 期。

凌喆:《特德·休斯诗学研究》，浙江大学出版社 2016 年版。

刘爱玲:《菲利普·拉金诗歌中的生态伦理思想》,《文教资料》2017 年第 1 期。

刘国清:《论诗集〈乌鸦〉主人公的角色变迁》,《山东外语教学》2004 年第 5 期。

刘国清:《社会历史语境下的生态思想建构：论泰德·休斯的自然诗》,《东北师大学报》(哲学社会科学版) 2005 年第 6 期。

刘国清:《异化与超越：泰德·休斯诗歌中的生存之思》,《东北师大学报》(哲学社会科学版) 2007 年第 6 期。

刘国清:《异化与超越：泰德·休斯诗歌中的生存之思》,《东北师大学报》(哲学社会科学版) 2007 年第 6 期。

刘国清:《暴力观、双重视角与救世：泰德·休斯自然诗的再认识》,《辽宁大学学报》(哲学社会科学版) 2010 年第 6 期。

刘巨文:《中国的菲利普·拉金诗歌翻译》,《文艺报》2015 年第 7 期。

刘淑兰:《英国产业革命史》，吉林人民出版社 1982 年版。

刘晓枫:《基督教文化评论 (11)》，贵州人民出版社 2000 年版。

刘玉敏、周方珠:《生命的赞歌　自然的啸声——D.H. 劳伦斯诗歌解读》,《山东外语教学》2001 年第 2 期。

龙其林:《为溃退的自然见证——D.H. 劳伦斯诗歌的生

态叙事》,《北方论丛》2012年第7期。

吕爱晶:《寻找英国的花园——菲利浦·拉金诗歌中的生态意识》,《外国语文》2010年第8期。

吕爱晶:《菲利浦·拉金的“非英雄”思想》,中山大学2010年博士论文。

鲁春芳:《神圣自然:英国浪漫主义诗歌的生态伦理思想》,浙江大学出版社2009年版。

鲁枢元:《生态文艺学》,陕西人民出版社2000年版。

鲁枢元:《生态批评的空间》,华东师范大学出版社2006年版。

[英]伦达·马多克斯:《劳伦斯:有妇之夫》,邹海仑等译,中央编译出版社1999年版。

[英]罗·吉丁斯:《年老的哈代》,海尼曼出版公司1978年版。

[美]霍尔姆斯·罗尔斯顿:《环境伦理学》,杨通进译,中国社会科学出版社2000年版。

[美]M. H. 埃布拉姆斯:《镜与灯——浪漫主义文论及批评传统》,北京大学出版社1989年版。

[德]马丁·海德格尔:《柏拉图的真理学说·附论人类中心论的信》,载成中英《本体于诠释》,生活·读书·新知三联书店2000年版。

毛训:《徐志摩论稿》,四川大学出版社1991年版。

[法]米歇尔·福柯:《词与物》,莫伟明译,生活·读书·新知三联书店2001年版。

苗福光:《生态批评视角下的劳伦斯》,上海大学出版社2007年版。

聂珍钊:《悲戚而刚毅的艺术家》,华中师范大学出版社1992年版。

区鉷、李子丹:《泰德·休斯诗歌中的道家思想倾向》,《外国文学研究》2006年第2期。

潘丽萍等:《从拟人论视角看D.H.劳伦斯诗歌中的生态文化思想》,《重庆电子工程职业学院学报》2018年第4期。

任俊华、刘晓华:《环境伦理的文化阐释——中国古代生态智慧思考》,湖南师范大学出版社2004年版。

阮炜、徐文博、曹亚军:《20世纪英国文学史》,青岛出版社1998年版。

宋礼慧:《D.H.劳伦斯诗歌〈蛇〉中的生态观》,《时代文学》2010年第4期。

[英]泰德·休斯:《生日信札》,张子清译,译林出版社2001年版。

陶久胜:《体验自然的伤残,呼吁整体的和谐——哈代自然诗歌生态思想揭示》,《重庆邮电学院学报》(社会科学版)2005年第5期。

田皓:《20世纪80年代以来中国生态诗歌发展论》,《湘潭大学学报》2007年第2期。

[英]托马斯·哈代:《梦幻时刻——哈代抒情诗选》,飞白、吴笛译,中国文联出版社1992年版。

[英]托马斯·哈代:《哈代文集》,刘新民译,人民文学出版社2004年版。

王国维:《〈红楼梦〉评论》,载《王国维文学论著三种》,商务印书馆2001年版。

王觉非主编:《近代英国史》,南京大学出版社1997年版。

王林:《菲利普·拉金诗四首》,《译林》1994年第1期。

王诺:《欧美生态文学》，北京大学出版社2003年版。

王守仁、何宁:《20世纪英国文学史》，北京大学出版社2006年版。

王先霈:《文学批评术语词典》，上海文艺出版社1999年版。

王育烽、陈智淦:《菲利普·拉金诗歌中的生态思想初探》，《安徽理工大学学报》(社会科学版)2011年第6期。

王佐良:《英国诗选》，上海译文出版社1993年版。

魏平玲:《论托马斯·哈代诗歌的社会生态意识》，《安徽工业大学学报》(社会科学版)2016年第7期。

吴笛:《哈代研究》，浙江文艺出版社1994年版。

吴景明:《中国当代诗歌简论》，《文艺争鸣》2007年第4期。

吴泽庆:《从世俗之城走向公正之城——奥登的城市诗歌中的和解精神》，《外国文学研究》2013年第3期。

夏延华:《宗教杀戮与文学拯救——论迈克·朗利诗歌中的民族文化情愫》，《西华师范大学学报》(社会科学版)2011年第2期。

夏延华:《莫道桑榆晚，为霞尚满天——麦克·朗利诗歌人生初探》，《湘潭师范学院学报》(社会科学版)2007年第7期。

肖云华:《评〈菲利普·拉金诗选〉的翻译》，《文教资料》2005年第27期。

肖云华:《人类纪视野下的菲利普·拉金诗歌——以〈去海边〉为例》，《外国文学研究》2018年第4期。

[英]谢默斯·希尼:《伟大的人，伟大的诗人——特德·休斯追悼会上的悼词》，紫琴译，《当代外国文学》

2000年第1期。

[英]谢默斯·希尼:《希尼诗文集》，吴德安等译，作家出版社2000年版。

徐志摩:《汤麦士哈代的诗》，载《徐志摩全集卷四》，广西民族出版社1991年版。

薛青:《劳伦斯和他的生态诗歌》,《牡丹江师范大学学报》2012年第12期。

[法]雅克·拉康:《拉康选集·编者前言》，生活·读书·新知三联书店2000年版。

闫建华:《绿到深处的黑色：劳伦斯诗歌中的生态视野》，中国社会科学出版社2013年版。

闫建华:《劳伦斯诗歌中的黑色生态意识》，上海外国语大学2015年博士论文。

颜学军:《论哈代的自然诗》,《外国文学评论》2002年第1期。

颜学军:《哈代诗歌研究》，人民文学出版社2006年版。

姚智勇、吾文泉:《泰德·休斯及其“动物世界”》,《江苏教育学院学报》(社会科学版)1997年第1期。

余娟:《论D. H.劳伦斯诗歌中的动物书写》,《湖南科技学院学报》2016年第4期。

张炳飞:《论哈代的自然观——由哈代诗歌的鸟意象谈起》,《绍兴文理学院学报》2005年第6期。

张文刚:《“城市”和“乡村”：于坚诗歌的生态寓意》,《湖南文理学院学报》2006年第6期。

张中载:《塔特·休斯——英国桂冠诗人》,《外国文学》1985年第10期。

周忠华、向大军:《文化差异·文化冲突·文化调适》,《吉首大学学报》(社会科学版)2011年第2期。

朱黎航:《在绝望和希望中徘徊——试析哈代的悲观主义》,《上海大学学报》1999年第4期。

Abrams, M. H. *The Mirror and the Lamp: Romantic Theory and the Critical Tradition*. Oxford: Oxford University Press, 1971.

Auden, W. H. *City Without Walls and Other Poems*. London: Faber and Faber, 1969.

Auden, Wystan Hugh. *Collected Poems*. Ed. Edward Mendelson. London: Faber and Faber, 1976.

Bate, Jonathan. *Romantic Ecology: Wordsworth and the Environmental Tradition*, London: Routledge, 1991.

Birch, Cyril. "Hsu Chih-mo's Debt to Thomas Hardy". *Tamkang Review*. Vol. 8, No. 1, 1977: 2-6.

Booth, James. "Larkin as Animal Poet". *About Larkin* 2006 (22): 11-22.

Bridget, Keegan & James C. McKusick (eds.). *Literature and Nature: Four Centuries of Nature Writing*. New Jersey: Prentice-Hall, Inc., 2001.

Buell, Lawrence. *The Environmental Imagination: Thoreau, Nature Writing, and the Formation of American Culture*. Cambridge, Mass.: Harvard UP, 1995.

Davie, Donald. *Thomas Hardy and British Poetry*, New York: Oxford University Press, 1972.

Dodsworth, Martin. *The New Pelican Guide to English Literature: The Present*. Penguin Book Ltd, 1983.

Ellis, David. "Introduction", *The Complete Poems of D. H. Lawrence*, Wordsworth Editions Ltd., 2002, p. XIII.

Fainstein, Elaine. *Ted Hughes: The Life of a Poet*. London: Weiledfeld & Nickson, 2001.

Felstiner, John. *Can Poetry Save the Earth: A Field Guide to Nature Poems*. New York: Yale University Press, 2009.

Florence, E. H. *The Life of Thomas Hardy, 1840-1942*. London: Macmillan Publishers Ltd., 1962.

Genesis 1: 26, 28.

Gifford,Terry. *Green Voices: Understanding Contemporary Nature Poetry*, Manchester: Manchester University Press, 1995.

Gifford, Terry. *Ted Hughes*. London and New York: Routledge, 2009.

Gifford, Terry. "Hughes's Social Ecology." *The Cambridge Companion to Ted Hughes*. Cambridge: Cambridge University Press, 2011.

Glotfelty, C. & Harold Fromm (ed.). *The Ecocriticism Reader—Landmarks in Literary Ecology*. Athens and London: The University of Georgia Press, 1996.

Grant, Steve. "Finding Nature in Literature" , *The Hartford Courant* 16 Dec. 1998.

Graves, Robert. *The White Goddess*. New York: Farrar, Straus and Girdoux, 1982.

Hadley, Edward. *The Elegies of Ted Hughes*. Hampshire: Palgrave Macmillan, 2010.

Haffenden, John. *Viewpoints: Poets in Conversation with John Haffenden*. London & Boston: Faber and Faber, 1981.

Haffenden, John, *W.H. Auden: The Critical Heritage*. London: Routledge & Kegan Paul, 1983.

Hughes, Ted. *Poetry in the Making*, ed. with notes by Masaaki Yoshino, Tokyo: NAN'UN-DO, 1980.

Hughes, Ted. *Wolfwatching*. London & Boston: Faber and Faber, 1989.

Hughes, Ted. *Elmet*,.London and Boston: Faber and Faber, 1994.

Hughes, Ted. *Three Books*. London: Faber and Faber, 1993.

Hughes, Ted. *Birthday Letters*. London: Faber and Faber, 1998.

Hughes, Ted. *Letters of Ted Hughes*, selected and edited by Chirstopher Reid, London & Boston: Faber and Faber, 2007.

Hughes, Ted. *Ted Hughes: Collected Poems*. Ed. Paul Keegan. London: Faber and Faber, 2003.

Kerridge, R.& N. Sammells (ed.). *Writing the Environment: Ecocriticism and Literature*, London: Zed Books Ltd., 1998.

Jody, Allen Randolph. "Interview: Michael Longley and Jody Allen Randolph" . *Colby Quarterly*, Number 3, 2003: 294–308.

Larkin, Philip. *The Less Deceived*. Hessle: Marvell Press, 1966.

Larkin, Philip. Ed. *The Oxford Book of Twentieth Century English Verse*, Oxford: Oxford University Press, 1973.

Larkin, Philip. *Collected Poems.* Ed. By Anthony Thwaite. London: The Marvell Press and Faber& Faber, 1988.

Larkin, Philip. "Going, Going" , May 12, 2008, http://www.igreens. org. uk/going_going.htm.

Lawrence, D. H. *The Complete Poems of D.H. Lawrence*, Wordsworth Editions Ltd., 2002.

Lawrence, D. H. "Fish" . https://www.best–poems. net/poem/fish–by–d–h–lawrence.html.

"Hummingbird" . https://www.poetsgraves.co.uk/ Classic%20Poems/Lawrence/humming_bird.htm.

Lawrence, D. H. "Mountain Lion" . http:// scenechanges.org/lawrence.php.

Lockwood, M. J. *A Study of the Poems of D. H. Lawrence—Thinking in Poetry.* Palgrave: Macmillan UK, 1987.

Longley, Michael. "How Poets Work" *A Tongue at Play*. Ed Curtis Tony. Bridgend: WBC Book Manufacturers, 1996:111–121.

Longley, Michael. *Collected Poems*, London: Johnathan Cape, 2006.

Marshall, Peter. *Nature's Web: Rethinking Our Place on Earth*, New York: Paragon House, 1992.

Meeker, Joseph W. *The Comedy of Survival: Studies in Literary Ecology*, New York: Charles Scribner's Sons, 1974.

Moore, Harry T. (ed). *The Collected Letters of D.H. Lawrence* (Volume Ⅱ). Viking Range Co. Ltd., 1965.

Morrison, Blake. *The Movement: English Poetry and Fiction of the 1950s.* London: Methuen, 1986.

Motion, Andrew. *Philip Larkin*. London: Methuen, 1986.

OmParkash, Singla. *W. H. Auden's Quest for Values*, Rohtak: Manthan Publications, 1989.

Phillips, Dana. *New Literary History*. Virginia: The University of Virginia, 1999.

Picot, Edward. *Outcast from Eden: Ideas of Landscape in British Poetry since 1945*. Liverpool: Liverpool University Press, 1997.

Rowe, M. W. "The Transcendental Larkin" . *English* 161.38. 1989:143.

Sagar, Keith. *Ted Hughes and Nature: "Terror and Exultation"*. Peterborough: Fast–Print Publishing, 2010.

Salgado, Gamini. *A Preface to D.H. Lawrence*. Beijing: Beijing University Press, 2005.

Scigaj, Leonard M. *The Poetry of Ted Hughes: Form and Imagination*. Iowa City: University of Iowa Press, 1986.

Scigaj, M. Leonard. *Ted Hughes*. Virginia Polytechnic Institute and State University, 1991.

Scigaj, Leonard M. ed., *Critical Essays on Ted Hughes*, New York: Macmillan Publishing Company, 1992.

Scigaj, Leonard M. "Ted Hughes and Ecology: A Biocentric Vision" , *The Challenge of Ted Hughes*, ed. Keith Sagar, New York: St. Martin's Press, 1994.

Shoptaw, John: "Why Ecopoetry" . *Poetry*, 2016 (1): 395–408.

Skea, Ann. *Ted Hughes: The Poetic Quest*. New England: The University of New England Press, 1994.

Summerfield, Geoffrey ed., *Ted Hughes*, London: Penguin Books Ltd., 1974.

Tyson, Wynne. *The Extended Circle*. New York: Paragon House, 1989.

Sunday Telegraph. 18.11.1990.

http://www.chinanews.com/gn/2018/06-20/8541678.shtml.

后 记

这本稚嫩的小书是我2015年辽宁省教育厅一般项目“城市化进程中的20世纪英国生态诗歌研究”的最终成果，在她即将付梓之际，回首她诞生的过程，我感慨万千。

2007年6月我在马爱华老师的指导下完成了硕士论文《托马斯·哈代和菲利普·拉金诗歌中的“英国本土意识”》，在撰写论文期间我在北京国家图书馆和北京大学图书馆、北京外国语大学图书馆获得研究这两位诗人的宝贵资料，在阅读这些资料的过程中我加深了对这两位诗人的认识，为他们诗歌中的经验主义和民族性所吸引，也看到哈代自然诗歌中的乐观和担忧，城市诗人拉金诗歌中对城市化自然和生态危机的关注，以及对美好的往日的向往。硕士论文完成后我将这些珍贵的资料保存完好，以备继续深入研究。

2007年8月，我硕士毕业后获得了留校任教的资格，在公共外语教研部任教期间我专心于英语作为第二外语的教学工作，课余时间曾致力于研究英国学院派小说，一度中断了对英国诗歌的再研究，直到文学的生态批评吸引了我的注意。随着生态危机的加重，文学生态批评盛极一时，因注意到哈代、拉金诗歌中的生态意识，我开始尝试将生态批评运用到他们的诗歌分析中，又将两位诗人放到 20 世纪英国的宏大历史背景中进行对英国生态诗歌的系统研究。在进行文献检索调研后，我发现以生态批评的视角对 20 世纪英国生态诗歌的研究已逐渐兴起，如李增、刘国清在《东北师大学报》（哲学社会科学版）上发表文章《痴迷的自然情结——论泰德·休斯的自然观和自然诗》（2004），苗福光著有《生态批评视角下的劳伦斯》（2007）、闫建华著有《绿到深处的黑色：劳伦斯诗歌中的生态视野》（2013）等，于是我将劳伦斯和休斯也纳入研究范围，不仅研究单个诗人的生态思想，还研究他们之间的影响和超越关系，研究 20 世纪英国生态诗歌中生态伦理观的流变趋势。在由硕士论文衍生出的校级科研项目“哈代和拉金诗歌中的英国本土意识”的研究基础上，我尝试申报相关省级课题，在 2014 年 9 月获批辽宁省社会科学基金课题“20 世纪英国动物书写诗歌中的生态伦理观研究”；在深入研究该课题的同时，我继续尝试申请省教育厅课题，于是“城市化进程中的 20 世纪生态诗歌研究”于 2015 年 6 月获批省教育厅一般项目；继而我又于 2016 年 9 月获批辽宁省经济社会发展立项课题：“‘小之美’和‘力与美’——菲利普·拉金与泰德·休斯动物诗歌比较研究”，三个相关课题的立项给了我全力以赴研究 20 世纪英国生态诗歌的动力。

在研究相关课题的过程中，我通读国内外相关文献，撰写了多篇研究论文和研究报告，并在此基础上撰写本书稿。在研究的过程中我深受中西方生态伦理观的影响，对大自然、动植物和居住环境都比以前更关心，对几位英国生态诗人以及他们在中国的研究情况也逐渐熟悉，尤其是在清华读博期间，我有幸上了王宁老师的《文学理论前沿》讲座课，对生态批评理论有了更深刻的理解，我还在课上做了生态批评的汇报展示，很荣幸得到王老师的鼓励，我的学期论文也得到老师的肯定，被王老师主编的《文学理论前沿》接收。我将生态伦理批评与城市化进程中的20世纪英国生态诗歌紧密结合，既注重单个诗人的研究，又注重整个20世纪生态诗歌中生态伦理观的共同特征和流变研究，并涉及20世纪中国生态诗歌的创作和中英生态诗歌比较研究，历时三年，终于完成了本书稿。得益于同事宁晓晓老师的引荐，我有幸结识了中国戏剧出版社的张霞编辑，她对我的选题非常感兴趣，于是我们有了后续的合作。

值得一提的是，大连外国语大学学科发展规划办和公共外语教研部的领导对本书的出版非常关心并提供资助，在此深表感谢；感谢我的家人、同事和朋友在项目期间的理解、照顾和帮助，使我即使在2016年临近春节下楼梯时不慎跌倒致右肱骨粉碎性骨折的不利情况下能够逐渐康复，并有足够的时间和精力完成本书稿，按时结项。

然而项目结题不是最终目的，更希望本书能够唤起读者的共鸣，在全球化生态危机的今天唤起人们的生态预警，让每个普通人都肩负起生态责任。作为一个在中国辽南农村出生长大的孩子，在我的童年记忆中，既有出生地的青山、清澈的小河，又有第二故乡蔚蓝的大海，家乡的山水和海洋给了我童年无尽的欢乐，我曾经和小伙伴一起到山上采蘑菇、摘野果，到小河里捉鱼摸虾；也曾赶海捉螃蟹挖蚬子，留下了最珍贵的童年记忆。初中时代，因父母工作调动，我们举家搬到了县城，过上了城里的生活。然而城市里虽然有高楼大厦和夜晚的霓虹，却少了乡土的快乐。随着城市化进程的加快，如今大都市的孩子们全然没有我童年时那般和自然融为一体的记忆。随着科技和经济发展给环境带来破坏程度的加剧，为了能够实现可持续发展，环保已成为国家的发展战略，“绿水青山就是金山银山”的标语时刻在提醒人们保护环境、保护动物、热爱自然，这也正是本书的初衷，愿《城市化进程中的20世纪英国生态诗歌研究》唤起读者曾经美好的童年记忆或生态愿景，为人和自然的和谐共处的绿色未来增添一抹亮色。